Tracy Buchanan
Sternenwandler

PIPER

Zu diesem Buch

Ihren sechzehnten Geburtstag hat sich Tori wirklich anders vorgestellt: Erst gerät sie nachts an eine Gruppe gewalttätiger Jugendlicher, dann wird sie heldenhaft gerettet – aber nicht vom Ritter ihrer Träume, sondern lediglich von seinem Pferd! Doch plötzlich beginnt der Hengst zu schimmern, und vor sich sieht sie einen jungen Mann, sein Körper funkelt wie ein Sternenmeer. Es ist Cam Chase, dessen tiefgrüne Augen Tori vom ersten Augenblick an in ihren Bann ziehen. Dass ihr neuer Freund ein ungewöhnliches Geheimnis hütet, ist klar. Und auch, dass sie sich unsterblich in ihn verliebt hat. Für Cam setzt sich Tori zahlreichen Gefahren aus und begleitet ihn auf eine riskante Mission. Denn nur mit ihrer Hilfe kann er das Leben seines verschwundenen Zwillingsbruders retten – und außerdem viele andere Menschen vor dem sicheren Tod bewahren.

Tracy Buchanan studierte Englische Literatur in London und schrieb als Journalistin für diverse Magazine. Heute arbeitet sie für die britische Open University sowie die BBC und lebt mit ihrem Mann und ihrem Jack-Russell-Terrier Archie in Buckinghamshire. »Sternenwandler« ist ihr erster Roman.

Weiteres zur Autorin: www.tracybuchanan.de

Tracy Buchanan

Sternenwandler

Roman

Aus dem Englischen von
Vanessa Lamatsch

Piper München Zürich

Mehr über unsere Autoren und Bücher:
www.piper.de

Für meine Mom, die mich gelehrt hat, Worte zu lieben

FSC
Mix
Produktgruppe aus vorbildlich bewirtschafteten Wäldern und anderen kontrollierten Herkünften
www.fsc.org Zert.-Nr. GFA-COC-001223
© 1996 Forest Stewardship Council

Deutsche Erstausgabe
März 2011

Published by Arrangement with Tracy Buchanan
Umschlagkonzept: semper smile, München
Umschlaggestaltung: Guter Punkt, München | www.guter-punkt.de
Umschlagabbildung: I. B. Graphics, Tunesien
Satz: Kösel, Krugzell
Papier: Munken Print von Arctic Paper Munkedals AB, Schweden
Druck und Bindung: CPI – Clausen & Bosse, Leck
Printed in Germany ISBN 978-3-492-25945-3

Kapitel 1

Zu beobachten, wie sich ein Pferd in einen Jungen verwandelt, gehörte nicht zu den Dingen, die ich in der ersten Stunde meines sechzehnten Geburtstages erleben wollte.

Ich hatte eigentlich auch nicht vorgehabt, in der Dunkelheit mitten auf einem Feld zu stehen, aber genau dort fand ich mich kurz nach Mitternacht an diesem lauen Sommerabend. Meine Eltern hatten sich wieder gestritten, ihre Stimmen waren zu mir durch die Bodendielen gedrungen. Dabei hatte ich versucht, die Geräusche auszublenden, indem ich den Kopf unter mein Kissen schob, aber ich konnte die Bilder der Blutergüsse nicht verdrängen, die morgen auf dem Gesicht meiner Mutter zu sehen sein würden.

Als es still wurde, schlich ich mich leise aus dem Haus und ging wie üblich den Weg entlang zu jenem nahe gelegenen Feld. Ich hatte das Gefühl, Schritte hinter mir zu hören, aber als ich mich umdrehte, war niemand da – nur die dämmrigen Schatten der Straßenlaternen.

Ich erreichte das Feld, das komplett in Mondlicht

getaucht war. Die Bäume an seinem Rand wirkten wie Riesen in weißen Roben. Irgendwie fand ich das Feld trotz des Drecks und des herumliegenden Mülls schön. Es war meine persönliche Festung, ein einsamer Ort, an den ich fliehen konnte, wenn mir alles zu viel wurde.

Ich bahnte mir meinen Weg zu seiner Mitte. Dabei kam ich an einem verlassenen Wohnwagen und den silbernen Skeletten von umgekippten Einkaufswagen vorbei. In der Nähe kräuselte sich das Wasser eines schlammigen Teichs, auf dessen Oberfläche ein Mantel trieb. Er war leuchtend rot, wie ein Feuerwehrauto, und das Wasser bewegte seine Ärmel, als versuchte der Besitzer gerade, ihn wieder anzuziehen.

Ich schaltete meinen iPod an, schloss die Augen und begann, eine Pirouette nach der anderen zu drehen. Das taunasse Gras quietschte unter meinen Zehen, während ich versuchte, die Bilder aus meinem Kopf zu wirbeln. Mir wurde so schwindlig, dass ich die Augen wieder öffnen musste, um zu beobachten, wie meine Umgebung an mir vorbeischoss: Bäume, Weg, Mond.

Dann tauchten andere Bilder vor meinen Augen auf – hohe Schatten, Zähne in der Dunkelheit, begleitet vom Geruch von Bier und noch etwas anderem, was ich nicht einordnen konnte. Stolpernd kam ich zum Stehen, auch wenn sich in meinem Kopf noch alles drehte, und sah, dass Liam Brown und ein paar seiner Kumpane mich beobachteten. Fettige blonde Haare hingen Liam vor den Augen, und auf seinen dünnen, feuchten Lippen lag ein unangenehmes Lächeln. In der Hand hielt er eine Metallstange, die er vor sich herumwirbeln ließ.

Ich zog mir die Kopfhörer aus den Ohren und griff nach meiner Tasche, als Liam schon einen Schritt auf mich zutrat, während seine Augen meinen Körper entlangglitten. Ich verschränkte die Arme, weil mir plötzlich bewusst wurde, wie dünn meine Strickjacke war.

»Du bist Ashtons Ex, oder?«, fragte Liam, warf einen Stein in die Luft und schlug ihn mit der Metallstange in seinen Händen in die Ferne. »Nette kleine Tanzübung, die du da vorgeführt hast.«

Ich wich mit klopfendem Herzen zurück. Das Letzte, was ich mir wünschte, war, mit jemandem allein zu sein, der zum Spaß Katzen in der Mikrowelle frittierte. »Ich gehe jetzt besser nach Hause, sonst bringen meine Eltern mich um.«

»Geh noch nicht, Baby, wir wollen eine kleine Party feiern.« Einer seiner Freunde hob eine Packung mit Bierdosen hoch und zwinkerte mir zu.

»Nein danke, ich sollte wirklich gehen. Mein Dad wird sich schon fragen, wo ich bin.« Als ich mich in Richtung Pfad in Bewegung setzte, fühlte ich plötzlich Liams feuchtkalte Hand an meiner Schulter. Ich dachte kurz darüber nach, loszurennen, aber meine Ballettschuhe waren vom Tau völlig durchnässt.

Langsam drehte ich mich um und bemerkte, dass Liam mich mit hungrigen Augen anstarrte. Seine zwei Freunde wechselten einen seltsam lächelnden Blick, der mir kalte Schauer über den Rücken jagte.

»Bitte«, flehte ich, und meine Augen glänzten. »Ich muss wirklich nach Hause.«

Liams Finger gruben sich tiefer in meine Haut. »Was denkt ihr, Jungs? Soll Blondie nach Hause gehen?«

Einer seiner Kumpane, groß und picklig mit rasiertem Schädel, runzelte die Stirn. »Vielleicht sollten wir sie in Frieden lassen, Kumpel. Ashton wird austicken.«

Was zur Hölle interessierte sie, was Ashton dachte? Die drei waren wirklich nicht die Art von Jungs, mit denen er abhing.

Der andere Kerl, der kleiner, aber gleichzeitig muskulöser wirkte, lachte. »Das wird ihm egal sein, nachdem Miss Zimperlich ihn abgesägt hat. Bring sie lieber dazu, für uns zu tanzen.«

Liam packte meine Schulter und warf mich herum, sodass meine Tasche auf den Boden fiel. »Also los, du hast gehört, was er gesagt hat.«

»Lass mich los, Liam!« Ich versuchte, ihn wegzustoßen.

»Mensch, du solltest echt mal relaxen.« Er warf einen Arm um meinen Nacken, drückte mich an sich und schob mir eine Plastiktube unter die Nase. »Schnüffel mal daran, Baby, das wird helfen.«

Der beißende Geruch von Kleber drang in meine Nase und sorgte dafür, dass ich würgen musste. Ich versuchte, mich aus Liams Griff zu befreien, doch er war zu stark. Dann hielt ich den Atem an, aber zu spät – mein Kopf begann bereits sich zu drehen, und ich konnte nicht mehr klar sehen. Er schubste mich weg und lachte, als ich auf den Boden fiel und meine nackten Knie in das Gras sanken.

Ich schaute zu ihm auf: Er schien zu schwanken, während er die Klebertube unter seine eigene Nase hielt und tief einatmete. Sterne tanzten über seinem Kopf, und ich hatte plötzlich Angst, dass sie auf uns herunterfallen würden.

Dann brach plötzlich am Waldrand ein Schatten aus den Bäumen, begleitet von einem donnernden Geräusch. Als er näher kam, verwandelte er sich in ein riesiges, kastanienbraunes Pferd, das seine Nüstern blähte. Seine Augen funkelten wild im Vollmondlicht.

Habe ich Halluzinationen?

Liam sprang von mir weg, als das Pferd in einen Trab fiel, bevor es uns erreichte. Tiefes Schnauben drang aus seiner Kehle, straffe Muskeln spannten sich unter dem seidigen Fell, und die feinen Haare der Mähne wippten bei jedem seiner Schritte. Dann bäumte sich das Tier auf und wieherte laut, während seine Hufe direkt vor Liams Gesicht austraten. Er stolperte nach hinten und fiel zu Boden.

Als die Vorderhufe des Fuchshengstes wieder den Boden berührten, drehte er sich zu mir um. Dann legte er seinen dunkelbraunen Kopf schief, und smaragdgrüne Augen glitzerten mich an. Hinter meiner Stirn spürte ich ein Hämmern, und mein Herz schlug in meiner Brust wie die Faust eines Boxers, während ich mich darum bemühte, wieder klar sehen zu können.

Liam sprang auf und hob mit vor Wut glühenden

Augen die Eisenstange hoch über den Kopf. Ich schrie, als er nach vorne stürmte und die Stange gegen den Schädel des Pferdes schlug. Dann rannte sein muskulöser Freund zu ihm, drückte seine Arme um den Hals des Hengstes und zog, bis das Tier auf dem Boden zusammensackte.

»Dämliches Pferd«, sagte Liam und warf die Stange neben dem großen Körper ins Gras. Ich schob mich zu dem bewusstlosen Hengst, und mir rutschte das Herz in die Hose, als ich das Blut an seinem Kopf bemerkte, das das glatte Fell verklebte.

»Kumpel, dafür können sie dich drankriegen«, sagte Liams pickliger Freund. »Wegen Tierkörperverletzung oder irgendwas. Hat dein Bewährungshelfer nicht gesagt, dass du in den Knast wanderst, wenn du dir noch irgendetwas zuschulden kommen lässt?«

Liam wich zurück. »Ja, könnte sein.« Er zeigte auf mich und grinste höhnisch. »Kein Wort darüber, okay? Wir sehen uns bald wieder, Baby. Schon sehr bald.« Er lachte, warf noch einen letzten Blick auf das Pferd und rannte mit seinen Kumpanen davon.

Ich drehte mich zu dem Pferd um und rieb mir die Augen. Seine Umrisse schienen zu schimmern – lag das am Kleber? Aber dann wurde das Schimmern immer deutlicher, wie eine Million glitzernder Sterne. Die Hinterbeine des Pferdes verkürzten sich, sein Bauch verlor an Umfang, und sein braunes Fell bekam eine hellere, leicht goldene Färbung.

Was war hier los? Ich vergrub meinen Kopf in den Händen, um die Halluzinationen zu stoppen. Und als ich wieder aufblickte, schnappte ich nach Luft und stolperte nach hinten. An der Stelle, wo sich gerade noch das Pferd befunden hatte, lag ein Junge!

Ein sehr nackter Junge.

Ich sah mich auf dem Feld um. Wohin war nur das Pferd verschwunden? Dann drehte ich mich wieder zu dem Jungen. Im Mondlicht konnte ich eine Wunde auf seiner linken Gesichtshälfte sehen. Blut rann aus seinem dunklen Haar über seine schlammverschmierte Stirn. Seine Augen mit den langen dunklen Wimpern waren geschlossen und hoben sich von den starken Wangenknochen ab. Ich konnte mich nicht davon abhalten, auch den Rest seines Körpers zu betrachten. Mein Atem beschleunigte sich, als ich das weiche dunkle Haar auf seiner Brust sah, seinen flachen Bauch ...

Plötzlich hörte ich ihn gequält stöhnen und sprang verängstigt auf die Füße. Es war mitten in der Nacht, und er war *nackt*. Was, wenn er mich angriff?

Seine Augen öffneten sich flatternd, und mein Magen machte einen Sprung, als ich entdeckte, dass er smaragdgrüne Augen hatte. Etwas an der Art wie er mich ansah, brachte mich aber dazu, meine Angst herunterzuschlucken und näher zu treten.

Er wird mir nicht wehtun.

Dann schaute er an sich selbst herunter und riss schockiert die Augen auf. Ich warf ihm meine Strickjacke zu, die er sich sofort um den Unterleib wickelte. Dann versuchte er aufzustehen, schwankte und fiel fast wieder um. Instinktiv streckte ich die Hand aus, packte seinen Arm und half ihm auf die Füße.

Er fühlte sich real an. Sehr real. Er roch auch real,

ein wenig nach Moschus. Verwirrt betrachtete er meine Hand, die auf seiner heißen Haut lag, und runzelte die Stirn. Ich ließ ihn sofort los.

»Bist du okay?«, fragte ich und beäugte die Blutspur, die sich über sein Gesicht zog.

Er wischte darüber, musterte kurz seine roten Fingerspitzen, bevor er mit panischem Blick zu mir aufsah. Er stolperte rückwärts, verlor fast die um seine Hüften gebundene Strickjacke, drehte sich dann um und rannte los.

»Warte!« Meine Stimme hallte über das Feld. Ich konnte nicht zulassen, dass er einfach verschwand. Ich musste wissen, ob ich mir das alles nicht nur einbildete.

Der Junge zögerte, warf einen Blick über die Schulter zurück, und unsere Blicke trafen sich. Mein Herz fing an zu rasen, und ich konnte keinen klaren Gedanken mehr fassen.

»Meine Strickjacke«, war alles, was mir einfiel.

Er legte den Kopf schräg, dann rannte er zwischen die Bäume und verschwand in der Nacht.

Kapitel 2

Als ich am nächsten Morgen aufwachte, herrschte bereits drückende Hitze, und ich hatte die schlimmsten Kopfschmerzen meines Lebens. Die Straßen draußen flimmerten und erinnerten mich irgendwie an das schimmernde Pferd ... und den Jungen.

Im nüchternen Licht des Tages schlussfolgerte ich, dass alles eine Halluzination gewesen sein musste, die die Klebstoffdämpfe ausgelöst hatten. Wie sonst sollte sich ein Pferd in einen Jungen verwandeln? Vielleicht war ich auch gar nicht auf dem Feld gewesen? Vielleicht war alles nur ein Traum? Was auch immer die Erklärung war, ich überzeugte mich selbst, dass die Ereignisse der Nacht nicht real gewesen sein konnten.

Meine Gedanken wurden unterbrochen, als mein Dad mit einem Tablett in den Händen und einem breiten Lächeln auf dem Gesicht in mein Zimmer kam.

»Ein erwachsenes Frühstück für mein erwachsenes Mädchen.« Er stellte das Tablett auf meinem Bett ab und küsste mich auf die Wange. »Happy Birthday!«

Meine Mum folgte ihm. Sie hatte eine Hand über die Wange gelegt, in dem Versuch, den Bluterguss zu verstecken, der sich darunter gebildet hatte. »Happy Birthday, Tori.« Sie beugte sich zu mir, um mich zu umarmen, und für einen Moment trafen sich unsere Blicke. Schnell wandte sie den Kopf ab.

»Du wirkst müde, Prinzessin«, sagte mein Dad. Ich wich seinem Blick aus. Kein Wunder, dass ich müde war. Ich hatte die ganze Nacht statt wolliger Schafe nackte Jungs gezählt.

Ich zuckte mit den Achseln. »Ich konnte wegen der Hitze nicht gut schlafen.«

»In den Nachrichten hieß es, dass dieser Juli der heißeste seit Jahren ist«, sagte meine Mum, während sie aus dem Fenster schaute.

Mein Dad streichelte meine Wange. »Ich besorge dir einen Ventilator, Liebes. Ich will doch nicht, dass meine Prinzessin Augenringe bekommt.«

Das Mittagessen war eine ungemütliche Angelegenheit, weil die Blutergüsse meiner Mutter wie ein uneingeladener Gast mit am Tisch saßen. Die Streitigkeiten meiner Eltern wurden ständig schlimmer, und wir alle versuchten, das Offensichtliche zu leugnen. Ich war mir nicht sicher, wie lange ich das noch aushalten konnte. Eine Mischung aus Verzweiflung und Schuldgefühlen regte sich in mir, wuchs heran und machte sich bereit für eine Explosion.

Mein Dad zog mir die Finger aus dem Mund. »Hör auf, an den Nägeln zu kauen, Tori! Wie oft muss ich dir das noch sagen?«

»Tut mir leid«, murmelte ich.

Dann kam meine Mum mit einem lächerlich aussehenden Geburtstagskuchen ins Zimmer, der die Form eines Märchenschlosses hatte. Als ich die Kerzen auspustete, konnte ich beobachten, wie die Rauchfäden sich vor ihrem geprügelten Gesicht nach oben ringelten.

»Was hast du dir gewünscht?«, fragte sie mich.

Ich schaute auf die silberne Gabel vor mir, deren Zinken im Licht glitzerten, und wünschte, ich könnte sie mir in die Hand rammen – fühlen, wie meine Haut aufplatzte, meine Sehnen rissen, und mit ansehen, wie mein Blut über diesen dämlichen Kuchen floss.

Aber stattdessen lächelte ich. »Den Weltfrieden?«

Nach dem Mittagessen entschied ich, mich im Garten in die Sonne zu legen. Ich schloss die Augen, fühlte die Wärme auf meinem Gesicht und glitt in einen Schlummer, der mich zurück zu dem nächtlichen Feld führte. Der Junge trat ins Licht und streckte mir seine Hand entgegen, sein Gesicht schimmernd wie Sterne und atemberaubend schön. Ich gab ihm meine Hand, während es in meinem Bauch kribbelte. Aber dann veränderte sich sein Gesicht, und stattdessen erschien der Kopf einer Krähe, die mich aus smaragdfarbenen Augen anstarrte ... Ich wurde geweckt vom Geräusch schlagender Flügel, während die Äste der alten Eiche über mir knirschten. Das Gesicht des Jungen hatte ich immer noch vor Augen.

»Tori!« Plötzlich rückte meine Mum in mein Gesichtsfeld und hielt eine dunkle Plastiktüte in der

Hand. »Ich glaube, darin ist eine von deinen Strickjacken. Sie lag vor der Haustür.«

Ich riss ihr die Tüte aus den Händen und spähte mit klopfendem Herzen hinein. Es war die Strickjacke, die sich der Junge um die Hüfte gebunden hatte!

»Die … hatte ich Lottie geliehen, sie muss sie dorthin gelegt haben«, erklärte ich und bemühte mich, ruhig zu klingen. »Mir ist es hier draußen zu heiß, ich glaube, ich lege mich in mein Zimmer.«

Sobald ich oben war, griff ich in die Tüte, befühlte den weichen Stoff und zog ihn heraus. Nicht ein einziger Fleck. Ich kontrollierte die Tüte auf weiteren Inhalt – vielleicht eine Nachricht? Doch da war nichts. Als ich die Jacke gegen meine Nase drückte, war ich überrascht, das blumige Aroma von Waschmittel einzuatmen, statt den moschusartigen Duft, den ich gestern an ihm wahrgenommen hatte.

Also war der Junge real. Aber warum hatte er nackt auf diesem Feld gelegen? Und wohin war das Pferd verschwunden? Und was zur Hölle hatte es mit diesem seltsamen Schimmern auf sich?

Mensch, Tori, reiß dich zusammen. Dein Name ist nicht Glöckchen, du lebst nicht in Nimmerland, und du versprühst definitiv keinen Feenstaub.

Ich schaute gerade aus dem Fenster, als eine große schwarze Krähe auf einem der Äste des Baumes landete und mich anstarrte.

»Damit du's weißt, Krähe, ich bin nicht Glöckchen«, sagte ich laut. Der Vogel legte den Kopf schräg, als würde er mir zuhören.

»Tori!«, rief mein Dad von unten. »Komm sofort

her! Ich will am Geburtstag meiner Tochter ein wenig Zeit mit ihr verbringen!«

Ich legte meine Hand auf das Fenster, fühlte das kühle Glas unter meiner Handfläche und stellte mir vor, dass die Hitze meines Körpers anstieg, bis ich kochte. Dann würde ich so heiß sein, dass ich ein handförmiges Loch in das Glas brennen, mich hindurchpressen und der Kontrolle meines Dads entkommen konnte.

An diesem Abend klingelte es um acht Uhr an der Tür. Ich lief nach unten und sah, wie mein Dad meinen zwei besten Freundinnen die Tür öffnete, Caitlin und Lottie.

»Hallo, Mr Hamilton«, sagte Lottie. Sie lächelte ihn gehemmt an, damit er ihr Zungenpiercing nicht bemerkte, woraufhin er sie missbilligend musterte.

Ich drängte mich an ihm vorbei. »Um elf bin ich wieder da, okay?«

»Zehn«, sagte mein Dad.

»Ich bin jetzt sechzehn! Viertel vor elf?«

Mein Dad zögerte einen Moment. »Halb elf. Aber nur, weil es dein Geburtstag ist und ihr zu Caitlin geht.« Ich war kurz davor zu protestieren, aber als seine Augen wütend aufblitzten, nickte ich verhalten.

»Also, wohin gehen wir wirklich?«, fragte ich, nachdem wir das Haus verlassen hatten. »Nicht zu dir, Cait, schließlich wohnst du nicht in dieser Richtung.«

Die Mädchen grinsten sich an. »Folg uns einfach, Geburtstagskind«, sagte Lottie und schob ihren Arm unter meinen.

Die nächsten zwanzig Minuten stampften wir Arm in Arm an einem Kreisverkehr nach dem anderen vorbei – immerhin gehörten sie zu den stilprägenden Kennzeichen von Middleton, der ländlichen Kleinstadt, in der wir lebten. Nach einer Weile konnte ich erkennen, was unser Ziel war: ein verfallenes Herrenhaus. Dieses war die einzige Verbindung unserer Stadt mit einer Zeit vor Einkaufszentren und Kreisverkehren, aber Altus, die ansässige Pharmafirma, der das Herrenhaus gehörte – wie auch fast die Hälfte vom restlichen Middleton –, hatte es niemals für die Öffentlichkeit zugänglich gemacht.

»Mädels, was soll das?«, fragte ich und betrachtete den riesigen hässlichen Zaun um das Grundstück. »Wir kommen doch sowieso nicht rein.«

Lottie schenkte mir ein hinterhältiges Lächeln. »Ich habe da meine Mittel und Wege, liebe Tori, du wirst schon sehen.« Wir gingen auf die Rückseite, und Lottie schob ein paar Sträucher auseinander, bis ein kleines Loch im Zaun sichtbar wurde. »Alex hat es vor ein paar Wochen entdeckt. Nachdem Altus hier nicht mehr regelmäßig ist, kümmern die sich nicht wirklich um die Security.«

Ich spähte hindurch. Das halbe Herrenhaus war zerstört und vor Jahrhunderten verbrannt, also konnte ich von unserem Standpunkt aus direkt in sein Herz sehen. Die Innenwände waren mit Moos und Efeu überzogen. In der Ferne waren die Überreste eines Turms zu erkennen, dessen obere Hälfte fehlte. Wir krochen durch das Loch, dann gingen wir zur Vorderseite des Herrenhauses und stoppten nur kurz, um ein Hinweisschild zu lesen. *Privatgelände von Altus Ltd. Widerrechtliches Betreten wird strafrechtlich verfolgt.* Lottie riss das Schild von der Wand, warf es auf den Boden und trampelte darauf herum.

»Lots!«, ermahnte Caitlin ihre Freundin.

Lottie lachte nur. »Wen interessiert es? Zum Teufel mit Altus.«

Ich betrachtete den Abdruck, den ihr Schuh auf dem Schild hinterlassen hatte. Dann stellte ich mir das Gesicht meines Dads vor, der ihn entdeckte. Als Leiter der Security von Altus – und als bester Freund des Geschäftsführers – wäre das für ihn kein schöner Anblick gewesen. Aber Lottie hatte recht: Wen interessierte es?

Ich folgte ihr in das Herrenhaus, und meine Füße betraten moosigen Boden, als wir die riesige Eingangshalle erreichten. Neben uns waren noch die ersten drei Stufen von etwas zu sehen, was einst eine herrschaftliche Treppe gewesen sein musste. Trotz des verfallenen Zustands war es phantastisch. Eine wunderschöne, atemberaubende Ruine. Ich folgte den Mädchen durch mehrere leere Räume, wobei unsere Schritte zahlreiche Insekten aufscheuchten.

Caitlin und ich hielten am Eingang zum Ballsaal des Herrenhauses an. Die Wände hier waren größtenteils unversehrt, wenn man vom hinteren Teil absah, dessen Mauer in die Höhe ragte wie ein kantiger Eisberg. Ein kleines Stück Decke hing noch über einem Teil des Raumes, und daran war ein kaputter Kronleuchter befestigt, wenn auch all seine Kristalle längst verschwunden waren. In der Mitte des Saals befand sich ein kleiner Krater, in dessen Mitte ein hässlicher Bohrkopf lag.

Caitlin legte ihr Kinn auf meine Schulter. »Das ist ein denkmalgeschütztes Gebäude, oder? Die können hier doch sicher nicht einfach *bohren.*«

»Da seht ihr, wie Altus ist – ständig in Dinge verwickelt, von denen sie besser die Finger gelassen hätten«, sagte Lottie. »Meine Mum hat mir aber erzählt, dass sie die Arbeiten hier eingestellt haben. Los jetzt, hopp, hopp.«

Caitlin und ich rollten mit den Augen und folgten ihr nach draußen durch einen Torbogen, der uns auf einen großen, quadratischen Platz führte, welcher von zerfallenden Mauern umschlossen wurde. In der Mitte befand sich ein Ahornbaum, der vor Leben strotzte und in heftigem Kontrast zu seinem verfallenden Umfeld stand.

»Das muss der alte Innenhof gewesen sein«, sagte ich und blinzelte im Licht der untergehenden Sonne.

Caitlin öffnete ihre Tasche und zog eine Picknickdecke heraus, während Lottie eine Flasche Wodka und drei Plastikbecher hervorzauberte.

»Ich weiß nicht, Lottie«, sagte ich mit Blick auf den Wodka.

Sie lachte. »Oh mein Gott, du bist ja so süß!«

»Bin ich nicht, ich bin nur …«

»Oh bitte! Du bist so süß, dass wir ein Bonbon nach dir benennen sollten.«

Ich zögerte und schaute zwischen Lotties Gesicht und der Flasche hin und her. *Vielleicht hat sie recht, vielleicht sollte ich mal ein bisschen lockerer werden?*

»Na ja, heute ist mein Geburtstag«, meinte ich dann. »Aber nur ein Glas.«

»Wunderbar!« Lottie schüttete etwas Wodka in meinen Becher und beobachtete mich genau, als ich kurz daran nippte. Die Flüssigkeit brannte in meiner Kehle.

Lottie schenkte sich auch etwas ein und kippte es runter, während Caitlin und ich sie anstarrten. »Was habt ihr?«, fragte sie. »Alex kommt später noch mit Simon, also sollten wir so viel trinken, wie wir können, bevor sie uns alles wegsaufen.«

Eine Stunde später lagen wir drei auf der Picknickdecke und starrten in den dunkler werdenden Himmel. Caitlin hatte ein paar Kerzen mitgebracht, deren orangefarbene Flammen um uns herum flackerten. Plötzlich hörte ich in der Ferne Stimmen und bemerkte drei Silhouetten, die aus dem Herrenhaus traten.

»Alex!« Lottie sprang auf und rannte ihm entgegen.

»Bäh, Simon ist auch dabei«, sagte Caitlin und starrte einen größeren Jungen in der Mitte an.

Ich setzte mich auf, während sich mein Kopf ein wenig drehte, und versuchte die dritte Gestalt zu erkennen. »Wer ist das?«

»Cam Chase. Er ist vor Kurzem neben Alex eingezogen und kommt eigentlich aus Kanada«, erklärte Caitlin, während sie ihnen zuwinkte. »Lottie sagt, er ist total knackig und hat phantastische grüne Augen.«

Grüne Augen? Ich verspannte mich, und mein Atem ging schneller, als die Gestalten sich näherten. Sein Gesicht war leicht abgewandt, und ich musterte sein Profil im Kerzenlicht. Dann fing es in meinem

Bauch an zu kribbeln, als mir klar wurde, dass es genau die gleichen Gesichtszüge waren, die ich gestern Nacht vor mir im Gras gesehen hatte. Als er sich zu mir umdrehte, leuchteten seine grünen Augen, und ich griff zur Sicherheit nach der Picknickdecke, um nicht in meinen verrückten Gefühlen zu ertrinken.

Er war keine Halluzination, er ist real!

Wir starrten uns ein paar Augenblicke an. Sein Kiefer war verspannt, und mir stand der Mund offen, bis Alex zu mir kam, mich umarmte und damit den Zauber brach. »Happy Birthday, Tor!«

Simon wuschelte mir durchs Haar. »Fröhlichen Schlumpftag, Hamilton.«

Alex stellte zwei tragbare iPod-Lautsprecher auf das Gras und schaltete die Musik ein. Eine regionale Band, Raising Lazarus, tönte aus den Boxen. Lottie fing an, wild zur Musik zu tanzen, während Cam mich mit seltsamer Miene anstarrte, sein Körper angespannt. Die Muskeln seiner Arme zeichneten sich im Kerzenlicht deutlich ab.

Alex warf sich neben mir auf die Picknickdecke, woraufhin Lottie für einen Moment stoppte und die Augen zusammenkniff, als sie uns beide beobachtete.

»Kennst du Cam schon, Tori?«, fragte Alex.

Ich wollte schon Ja sagen, aber Cam schüttelte fast unmerklich den Kopf. Was sollte *das* denn? Dann dämmerte es mir. Vielleicht wollte er nicht, dass Alex erfuhr, dass er nachts splitterfasernackt in der Gegend herumrannte?

»Nein«, antwortete ich schließlich.

»Cam, das ist unser liebreizendes Geburtstagskind, Tori Hamilton«, erklärte Alex. »Tori, das ist Cam Chase.«

Ich lächelte. »Hi, Cam.«

Er nickte steif. *Was hat er für ein Problem?* Ich beobachtete, wie er zu Alex ging und sich mit ausgestreckten Beinen neben ihn setzte. Jetzt war sein Gesicht im Kerzenschein deutlicher zu erkennen, und ich ergriff die Chance, um ihn hemmungslos zu mustern. *Definitiv nichts Pferdeartiges an diesem Gesicht.* Und definitiv genauso umwerfend wie gestern Nacht, als ich ihn zum ersten Mal gesehen hatte.

Lottie hörte auf zu tanzen und setzte sich auf Alex' Schoß, während der sich vorlehnte und sich die Wodkaflasche schnappte.

»Gefällt es dir hier, Tor?«, fragte Alex.

»Es ist toll.«

»Das wusste ich, deswegen habe ich Lots von der Lücke erzählt, die ich gefunden habe.« Alex blickte zu Caitlin und runzelte die Stirn. »Was ist denn mit ihr los?«

Wir alle drehten uns zu Caitlin um und sahen, dass sie mit weit aufgerissenen Augen auf das Herrenhaus starrte. »Habt ihr das gesehen? Ich schwöre, ich habe drinnen eine Gestalt gesehen!«

Cam kniff die Augen zusammen und spähte in die Schatten.

Alex lachte. »Cait, in diesem Haus spukt es nicht.«

»Das ist nicht wahr! Der Graf! Er ...«

Simon prustete und sprühte dabei Wodka über die

Decke. »Der Graf, genau! Wir wollen keine von deinen blöden Geistergeschichten hören.«

Als Cam Caitlin anlächelte, machte mein Magen einen kleinen Sprung, denn ich bemerkte, dass er Grübchen hatte. »Ich mag Geistergeschichten«, sagte er.

Caitlin wurde rot. »Danke, Cam.«

Ich verspürte einen Hauch von Eifersucht. Warum war er so nett zu ihr – und so total unhöflich zu mir?

»Wie ich gerade gesagt habe«, fuhr Caitlin fort. »Anscheinend wird das Herrenhaus vom Geist des Grafen heimgesucht. Er ruft nach seiner Frau, die er in den Hexenprozessen verloren hat.« Alle wurden still, während sich die Äste des Ahorns über uns leise im Wind bewegten. »Die Dorfbewohner betrachteten die Frau des Grafen mit Misstrauen, weil sie nicht aus der Gegend kam. Sie war Holländerin oder irgendwas. Also wandten sie sich gegen sie.«

»Was ist passiert?«, fragte Lottie.

»Der Graf beschloss, mit ihr eines Nachts zu fliehen«, erzählte Caitlin. »Aber während er das Pferd sattelte, verschwand sie. Es stellte sich raus, dass sein Butler ihn betrogen und die Dorfbewohner in das Herrenhaus gelassen hatte, um sie zu entführen. Der Graf wurde unglaublich wütend und verfolgte sie bis zum Fluss, wo sich viele Leute versammelt hatten. Er drängte sich durch die Menge und fand dort seine Frau. Sie hatten sie ertränkt.«

Caitlin starrte in das Herrenhaus, und Lottie rutschte näher an Alex heran. »Ein paar Tage später brannte der Teil des Hauses, in dem sich der Graf befand. Man vermutete, dass er selbst das Feuer gelegt hatte. Und bis heute wandert sein Geist durch die Ruine und ruft nach seiner schönen Frau.«

»Blödsinn«, sagte Simon lachend.

»Simon, würdest du einfach die Klappe halten?«, sagte Lottie. »In dieser Ruine passieren wirklich seltsame Dinge. Meine Mum hat erzählt, dass die Leute von Altus, die hier gearbeitet haben, plötzlich ein total seltsames Verhalten an den Tag legten – sie haben angefangen sich zu prügeln und so was.«

»Woher will deine Mum das wissen?«, fragte Simon.

»Sie schreibt für die *Middleton Gazette,* schon vergessen?«, meinte Lottie mit einem Augenrollen. »Sie weiß alles über diese Stadt. *Und* über Altus.«

Cam war erstarrt, als Altus erwähnt wurde, und die Hände in seinem Schoß ballten sich zu Fäusten. Was hatte es damit auf sich?

»Das alles liegt wahrscheinlich an den Kraftlinien«, meinte Alex ganz sachlich.

»Kraftlinien?«, fragte Cam.

Alex nickte. »Meine Cousine studiert Geologie. Sie hat mir erklärt, dass Kraftlinien geologische Linien sind, die sich kreuz und quer über die Erde ziehen. Angeblich erzeugen sie magnetische Strömungen, die Leute kirre machen. Und genau unter uns befindet sich anscheinend eine und zieht sich durch Middleton. Wahrscheinlich hat Altus dieses Grundstück nur gekauft, um mit Kraftlinien zu experimentieren.«

Lottie überprüfte mit weit aufgerissenen Augen den Boden.

»Wahrscheinlich hat George Chambers seinen Frankenstein-Sohn hier gezeugt, was, Tori?«, fragte Simon und zwinkerte mir zu.

Cam warf mir einen fragenden Blick zu.

»Chambers gehört Altus«, erklärte Alex ihm. »Tori ist ein paar Monate mit seinem Sohn Ashton ausgegangen.«

»Der Drecksack hat sie betrogen«, rief Lottie.

Ich lachte. »Ich kann für mich selber sprechen, danke!«

Lottie biss sich auf die Lippe. »Tut mir leid, Süße, aber das bringt mich einfach auf die Palme.«

»Gott, könnt ihr euch vorstellen, wie es im Chambers-Haus so läuft?« Simon fing an, die Titelmelodie der *Addams Family* zu summen. »Seine Mum war ziemlich durchgeknallt, oder?«

»So schlimm war sie nicht«, meinte ich. Aber es stimmte: Sie war ein wenig seltsam gewesen.

»Ach, komm schon, Tor«, meinte Lottie. »Sei nicht immer so nett. Gib es zu, sie war total verrückt – und lebte in ihrem ganz privaten Wunderland!«

Ich zuckte mit den Achseln. »Immerhin war ihr zweiter Vorname Alice.«

»Und dann hatte sie einen Herzinfarkt, oder?«, fragte Caitlin.

Ich nickte. »Ashton hat nicht viel darüber geredet.«

Lottie zog eine Augenbraue hoch. »Herzinfarkt mit fünfundvierzig. Wenn du mich fragst, ist das schon ein wenig ungewöhnlich. Ich glaube, George Chambers hat sie umgebracht.«

»Ooooh, und vielleicht ist er gerade auf dem Weg hierher, um in diesem Turm seine dunklen Experimente durchzuführen!«, sagte Simon und spähte zu der Ruine hinüber.

»Ne, ich denke, ihre Experimente machen sie in ihrem unterirdischen Bunker unter dem Hauptquartier«, meinte Lottie und betrachtete ihre Fingernägel.

Cam setzte sich plötzlich auf. »Unterirdischer Bunker?«

Lottie nickte. »Mum denkt, dass sie dort die Experimente an Tieren und so was machen. Aber egal«, lenkte sie vom Thema ab, »hat irgendwer gestern *America's Next Top Model* gesehen?«

Ich klinkte mich aus der Unterhaltung aus und beobachtete stattdessen Cam, der mit nervösem Gesicht Grasbüschel ausrupfte. Nach einer Weile bemerkte er, dass ich ihn anstarrte. Seine grünen Augen bohrten sich in meine, dann sprang er auf. »Ich gehe besser nach Hause.«

Alex runzelte die Stirn. »Bist du dir sicher, Kumpel? Es ist noch nicht mal zehn.«

»Muss mich um was kümmern.« Er warf über die Schulter einen Blick auf das Herrenhaus. Offensichtlich hatte er es eilig.

»Kommst du am Freitag mit auf den Jahrmarkt?«, fragte Lottie und blinzelte zu ihm auf. »Wir gehen alle – na ja, vorausgesetzt, dass Toris Daddy es ihr erlaubt.«

»Er wird mich gehen lassen!«, sagte ich und lief rot an. Aber tief in mir drin war ich keineswegs so sicher. Er hasste es, wenn ich zu solchen Veranstaltungen ging.

Cam schaute mich an. »Sicher.« Dann verschwand er in der Dunkelheit, und mit ihm gingen die Antworten auf meine Fragen. Vielleicht würde er sie mir auf dem Jahrmarkt beantworten? Wenn ich überhaupt hingehen durfte, natürlich.

Als ich nach Hause kam, wartete mein Dad schon auf mich. Auf dem Tisch vor ihm lagen Akten ausgebreitet.

»Hattest du einen schönen Abend bei Caitlin?«, fragte er. Für einen Moment dachte ich, er hätte rausgefunden, dass wir am Herrenhaus waren, aber dann lächelte er. »Sie ist ein nettes Mädchen. Ich mochte sie schon immer.«

»Ja, es war schön.« Ich zögerte. »Dad, nächstes Wochenende ist Jahrmarkt und …«

»Ich hasse diesen Quatsch, überall diese seltsamen Leute und Zigeuner, die meisten mit einem ellenlangen Strafregister.« Meine Hoffnung schwand, und anscheinend konnte man das an meinem Gesicht sehen, denn er seufzte. »Du willst dorthin, oder?« Ich nickte, und bei dem Gedanken, dass ich dort Cam wiedersehen würde, errötete ich leicht. »Okay, aber nur, wenn ich dich und die Mädchen hinfahre und wieder abhole.«

»Danke, Dad!« Ich ging um den Tisch herum und umarmte ihn. Nur beiläufig bemerkte ich ein nicht ganz scharfes Foto von zwei jungen rothaarigen Mädchen, die mit gehetztem Blick in meine Richtung starrten, bevor mein Dad das Bild unter einen Ordner schob. *Zwillinge*.

Kapitel 3

Ein Kaleidoskop aus Musik, Farben und Lachen empfing uns, als wir ein paar Tage später am Jahrmarkt ankamen. Die Fahrgeschäfte ragten wie Hochhäuser über uns auf.

Mein Dad spähte aus dem Auto, als ich mich zu ihm beugte, um ihn auf die Wange zu küssen. »Pass auf dich auf«, sagte er. »Ich bin um zehn wieder hier. Und denk dran, ruf mich an, falls du mich brauchst.«

Als mein Dad davonfuhr, rannten Lottie und Caitlin voraus. Ich durchsuchte die Menge nach Cam und entdeckte stattdessen ein Stück entfernt Liam. Seine Kumpane quälten gerade eine Gruppe jüngerer Kinder, während er ihnen mit einem fiesen Lächeln auf dem Gesicht zusah. Schnell wandte ich mich ab, weil ich Angst hatte, dass er mich sehen könnte.

Schließlich erspähte ich die Jungs in der Ferne. Cam lehnte an einer leuchtend blauen Bude. Sein dunkles Haar fiel ihm über die Augen, und er trug ein grauschwarzes Metallica-T-Shirt über einer dunklen Jeans – was an seinem großen Körper einfach umwerfend gut aussah. Er lachte gerade über Alex, der rosafarbene Zuckerwatte in der Hand hielt, hörte aber auf, als er mich sah, und hielt meinem Blick stand. Leute drängten sich an mir vorbei und rempelten mich an, der Geruch von Burgern und Zwiebeln, Popcorn und Zuckerwatte attackierte meine Nase, aber ich wandte meinen Blick nicht von Cam ab.

Caitlin packte meine Hand. »Komm schon, Tor, wir gehen in den Playball!«

Wir alle quetschten uns zusammen in einen Wagen, und Cam landete neben mir. Die nackte Haut seines Armes berührte meinen, und ich fühlte ein seltsames Kribbeln, als würde jede Zelle meines Körpers mich in seine Richtung ziehen. Als die Fahrt losging, landete seine Hand aus Versehen auf meinem Oberschenkel. Sofort wurde das ziehende Gefühl stärker. Er zog sie zurück und wich meinem Blick aus.

Als die Fahrt vorbei war, rannten die anderen voraus. *Jetzt. Das ist meine Chance, ein paar Antworten zu bekommen.*

»Danke, dass du meine Strickjacke zurückgebracht hast«, sagte ich, als wir die Stufen des Fahrgeschäfts nach unten stolperten.

»Kein Problem.«

»Normalerweise hänge ich nicht nach Mitternacht auf Feldern rum, nur damit du's weißt.«

Seine Miene wirkte plötzlich angespannt. »Ich auch nicht.«

Wir gingen an einem Fahrgeschäft vorbei, das mit allen möglichen mythologischen Figuren bemalt war. Mir fiel auf, dass eine der Gestalten ein Zentaur war, stark, gut aussehend und wehrhaft. Sein gebräunter, sehniger Oberkörper ging in das dunkelbraune Fell seiner Vorderbeine über. Ich blickte zu Cam, der mich beobachtete, und schluckte.

»Was hast du überhaupt in dieser Nacht auf dem Feld gemacht?«, fragte ich.

»Ist eine lange Geschichte.«

»Ich mag lange Geschichten.« Erinnerungen an diese Nacht brachen über mich herein. Der moschusartige Geruch seiner Haut. Die Art und Weise, wie seine bronzefarbene Brust im Mondlicht glänzte. Er wandte sich ab und wirkte, als wäre ihm dieses Thema unangenehm. »Cait hat gesagt, dass du aus Kanada kommst«, unternahm ich einen Versuch, ihn wieder zurück ins Gespräch zu ziehen. »Wo hast du gelebt?«

Cams Miene entspannte sich. »Außerhalb von Toronto, in der Nähe des Blue Mountain Resort.« Ich mochte den Klang seiner Stimme und den sanften Rhythmus seines kanadischen Akzents.

»Wie war es da?«

»Blau natürlich.« Wir lachten. »Nein ehrlich, es war toll, aber meiner Mum wurde hier ein Job angeboten, also haben wir beschlossen umzuziehen.«

»Was macht deine Mum?«

»Sie ist Wissenschaftlerin.«

»Wirklich? Wie cool! Ich kenne nämlich niemanden, der Wissenschaftler ist, und schon gar keine Frau.«

Er legte den Kopf schräg und lächelte. »Ja, es ist wirklich cool.«

»Vermisst du deine Freunde in Kanada?«

»Oh ja, sehr.« In seinen Augen flackerte für einen Moment Schmerz auf. *Denkt er an ein Mädchen?* »Wie lang lebst du schon hier?«, fragte er mich.

»Mein ganzes Leben. Ich weiß, das klingt echt langweilig.«

»Also willst du eines Tages von hier abhauen?«

»Ja. Hoffentlich bekomme ich einen Platz an einer Uni weit, weit weg von hier. Mein Dad will, dass ich Lehrerin werde.«

Eine Gruppe Kinder drängte sich so wild an mir vorbei, dass Cam für einen Moment meine Hand ergriff, um mich zu stützen. Als er mich berührte, kribbelte meine Haut. Doch dann bemerkte ich, wie sein Blick auf meine abgebissenen Fingernägel fiel, und ich zog hastig meine Hand weg.

»Und was willst du machen?«, fragte er, während er die Gruppe konzentriert beobachtete.

»Das weiß ich eigentlich noch nicht.« Ich bemerkte, dass er mich nun intensiv anstarrte, und fuhr mir mit den Fingern durchs Haar. »Ich tanze gerne, aber in dieser Richtung dürfte kaum die große Karriere auf mich warten. Was ist mit dir?«

Sein Gesicht leuchtete auf. »Ich interessiere mich sehr für Anthropologie – mein Dad ist Dozent dafür. Er reist um die ganze Welt und lebt eine Weile mit verschiedenen Stämmen. So wie im Moment auch. Kein Kontakt zur restlichen Welt, keine Handys. Gar nichts.«

»Es muss hart für dich sein, dass er so weit weg ist?«

Er zuckte mit den Achseln. »Sein Job ist seine Leidenschaft. Das respektiere ich.«

»Wo ist er gerade?«

»Beim Sanema-Stamm im Regenwald von Venezuela. Vielleicht muss er an einer Zeremonie teilnehmen, bei der man mit dem Harz eines bestimmten Baumes in Trance versetzt wird. Die Schamanen sagen, dass so dein Tiergeist über die Füße in deinen Körper eindringen kann und dich zu einem tollen Jäger macht.«

Ich hob meinen Fuß und betrachtete nachdenklich meine Schuhsohle. Cam lachte, und plötzlich war ich völlig fasziniert davon, wie sich seine Grübchen vertieften und seine grünen Augen leuchteten. »Deine Wunde ist völlig verheilt.«

Er berührte seine Stirn an der Stelle, wo er letzte Nacht auf dem Feld geblutet hatte, und wurde rot. »Es sah schlimmer aus, als es war.« Dann zögerte er. »Ich denke, an dieser Sache mit den Kraftlinien ist was dran, weißt du?«

»Wirklich?«

»Ja, an diesem Abend war irgendwie meine Sicht verschwommen: Deine Konturen haben irgendwie ...«

»Geschimmert?«, fragte ich fassungslos.

»Ja, genau ... sie haben geschimmert. Das ist das richtige Wort.« Er schluckte. »Hast du dich auch so gefühlt?«

Ich dachte einen Moment darüber nach. Vielleicht wurde das Schimmern in dieser Nacht tatsächlich von einer Kraftlinie ausgelöst? Wenn sie in einer geraden Linie unter dem Herrenhaus entlanglief, dann führte sie wahrscheinlich auch durch das Feld hinter unserem Haus. Als ich nickte, lächelte Cam zufrieden.

Kurz bevor ich das Pferd erwähnen konnte, tauchte plötzlich im Halbdunkel vor uns eine mir vertraute Gestalt auf. Mein Exfreund Ashton Chambers, der aussah, als wäre er direkt von der Titelseite des *GQ-Magazins* gesprungen – übrigens von der Ausgabe über Fremdgeher. Weiße Zähne, perfektes blondes Haar und makellos gekleidet.

»Tori!« Ashton machte Anstalten, mich zu umarmen, aber ich erstarrte und versuchte ihn wegzustoßen. »Sei doch nicht so, Baby«, flüsterte er in mein Ohr. Schließlich löste er sich von mir und streckte Cam die Hand entgegen. »Ich bin Ashton.«

Cam blickte für einen Moment angewidert auf die Hand, bevor er sie schließlich ergriff. Ich hätte schwören können, dass Funken zwischen ihnen aufstoben, als sie sich berührten. Auch Ashton riss die Augen auf – offensichtlich hatte Cam einfach nur mit mehr Kraft als nötig zugedrückt – und entzog ihm schnell die Hand.

»Und wer bist du?«, fragte Ashton, während er mit gerunzelter Stirn seine Hand begutachtete.

»Robert.« Ich warf Cam einen erstaunten Blick zu. Warum hatte er einen falschen Namen genannt?

Ashton legte eine Hand auf meinen Arm und senkte die Stimme. »Tori, können wir uns unter vier Augen unterhalten, irgendwo, wo es ruhiger ist?«

Ich seufzte. »Es gibt nichts zu reden, Ashton.«

»Aber du hast mich nie zurückgerufen. Ich hatte keine Chance, alles zu erklären.«

Als er mich fester packte, trat Cam einen Schritt vor. »Sie hat Nein gesagt.«

Ashton starrte ihn böse an. »Das geht dich nichts an.« Er wandte sich wieder zu mir. »Tori, bitte!«

»Ashton, ich will nicht …«

»Sie hat *Nein* gesagt!« Cam riss Ashtons Hand von meinem Arm. Seine grünen Augen blitzten vor Wut. Ashton trat einen Schritt vor und ballte die Hände zu Fäusten.

»Jetzt entspannt euch mal beide wieder!«, brüllte ich sie an. »Und du, Ashton, lass es einfach gut sein, okay? Ich bin mit meinen Freunden hier.«

Sein Kopf wurde rot. »Ich verstehe. Du brauchst offensichtlich noch Zeit. Wir können auf dem Ball reden.« Er drehte sich zu Cam um. »Ich würde gern sagen, dass es mir ein Vergnügen war, dich zu treffen, aber das wäre eine Lüge.«

»Soweit ich weiß, gehören Lügen zu deinen Stärken«, antwortete Cam.

Ashton schenkte ihm einen bösen Blick, bevor er davonstiefelte.

»Bist du in Ordnung?«, fragte Cam.

»Sicher. Er ist ein Idiot, vergiss es einfach.«

»Entschuldige, dass ich mich eingemischt habe, aber er ist einfach so ein … so ein …« Er ballte die Hände zu Fäusten, und ich lächelte.

»Wie ich schon gesagt habe: ein Idiot. Danke, dass du versucht hast zu helfen.«

Cam entspannte sich. »Kein Problem. Warum benimmt er sich dir gegenüber so?«

»Ashton Chambers wurde noch nie von einem Mädchen verlassen. Er war völlig schockiert, als ich ihn in die Wüste geschickt habe – dabei war *er* es, der *mich* betrogen hat. Außerdem gefällt seinem Dad die Vorstellung, dass wir zusammen sind und das perfekte kleine Paar spielen. Und was sein Dad denkt, ist für ihn wichtiger als alles andere.«

»Und was hat es mit diesem Ball auf sich, den er erwähnt hat?«

»Nur der Sommerball von Altus, nächsten Samstag. Total langweilig. Die halbe Stadt geht hin.«

»Wo?«

Ich runzelte die Stirn. Wieso interessierte ihn das so? »Im Altus-Hauptgebäude. Übrigens: Warum hast du behauptet, du heißt Robert?«

Genau in diesem Moment schlenderten Lottie, Caitlin und Alex zu uns herüber. »Was war denn da los?«

»Nur Ashton, der sich benommen hat wie immer«, antwortete ich und beobachtete in der Ferne, wie Ashton sich Liam Brown näherte. *Seltsam, mit Leuten wie Liam hängt Ashton für gewöhnlich nicht ab.*

»Und? Seid ihr bereit, den Eliminator zu zähmen?«, fragte Alex und legte den Kopf in den Nacken, um nach oben zu sehen.

Ich folgte seinem Blick zu dem riesigen Fahrgeschäft über uns. »Auf keinen Fall!«

Lottie packte meinen Arm. »Komm schon, Tor! Ich und Cait fahren auch mit – oder, Cait?« Caitlin schluckte schwer, als sie die Achterbahn betrachtete, dann nickte sie. »Siehst du, Cait ist auch dabei.«

Plötzlich klingelte Cams Handy. »Tschuldigung, da muss ich rangehen, ich komme nach, okay?«

Ich beobachtete, wie er mit dem Telefon am Ohr in

der Menge verschwand. Dann bemerkte ich, dass jemand ihm folgte – Liam. *Was führt er im Schilde?*

»Mir ist ein bisschen schlecht«, sagte ich zu meinen Freunden. »Ich warte einfach hier unten auf euch, wenn das okay ist?«

Lottie folgte meinem Blick. »Hat sich jemand ein bisschen verguckt?«

Ich ignorierte die Frage und beobachtete, wie sie die Achterbahn bestiegen. Dann eilte ich in dieselbe Richtung, in der Cam und Liam verschwunden waren, nämlich auf die Rückseite des Fahrgeschäfts. In der Dunkelheit bemerkte ich eine Bewegung. *Liam.*

»Wo zur Hölle ist er?«, hörte ich ihn sagen. »Er ist einfach verschwunden!«

Plötzlich grollte ein Knurren durch die Luft, und ein Rottweiler trat aus dem Schatten. Unter seinem schwarzen Fell bewegten sich angespannte Muskeln, und über seine Schultern erhob sich ein Schädel, der eher wie ein Felsbrocken wirkte.

Ich wich zurück und bereute meine Entscheidung, den beiden gefolgt zu sein. Dann griff Liam unter seine Jacke und zog etwas hervor, was im Halbdunkel silbern glänzte – ein Messer!

Erschrocken schrie ich auf, und Liam drehte sich zu mir um. Sein Messer fiel dabei auf den Boden, und der Rottweiler ergriff die Gelegenheit, um ihn anzuspringen. Er schloss seine mächtigen Kiefer um Liams Arm und schüttelte den Kopf hin und her.

Ein paar starke Arme packten mich von hinten. »Alles klar, kleine Tänzerin?« *Einer von Liams Schlägern!* Mein Schrei brach ab, als er seine Hand auf meinen Mund presste. Der Geruch nach Burgern und Bier brachte mich zum Würgen.

Der Rottweiler spitzte die Ohren, als er meinen erstickten Schrei hörte, ließ Liams Arm los und rannte auf mich zu. Der Junge, der mich gepackt hielt, gab mich frei, als der mächtige Hund ihn ansprang. Er fiel nach hinten ins Gras, und als Nächstes fing der Hund an, mich an meinem Hosenbein in eine Richtung zu ziehen, nämlich auf ein Waldstück zu. Ich versuchte ängstlich, mich von ihm zu lösen. Dann sah ich, dass Liam mit dem Messer in der Hand auf mich zuschlenderte. Ich hatte die Wahl: Liam Brown, mit einem Messer bewaffnet, oder ein Rottweiler, der seltsamerweise darauf bedacht war, mir zu helfen.

Ich entschied mich dafür, dem Hund in den Wald zu folgen. Als wir die Bäume erreichten, brach ich hektisch durch das Dickicht und stolperte über Steine. Schließlich hielt der Rottweiler vor mir an. Er atmete schwer, während in der Ferne Stimmen zu hören waren. Ein tiefes Grollen drang aus seiner Kehle, dann rannte er weiter und verschwand hinter ein paar Bäumen. Ich blieb für einige Augenblicke reglos stehen, weil ich mir nicht sicher war, was ich tun sollte, während die Stimmen hinter mir immer lauter wurden. Dann schob der Rottweiler seinen Kopf aus dem Gebüsch und jaulte, also sprang ich zu ihm und kauerte mich hinter einen Stamm. Nach ein paar Minuten kamen die Jungs vorbei, drei Schatten im Mondlicht.

Als ihre Stimmen langsam verklangen, wandte ich mich zu dem Hund um – und starrte direkt in zwei smaragdgrüne Augen! Grüne Augen, die mich aus einem schimmernden Gesicht anblickten. Ich legte meine Hand an den Hals des Rottweilers, fühlte seine Wärme unter meinen kalten Fingern, sah ihm tief in die Augen und flüsterte ein einziges Wort: »Cam?«

Was zur Hölle denke ich mir dabei, mit einem Hund zu reden? Als wäre er Cam!

Der Hund jaulte und wich langsam von mir zurück. Dann wurde das schimmernde Flirren intensiver, und das Tier fing vor meinen Augen an zu wachsen. Ich beobachtete fasziniert, wie seine muskulösen Beine länger und der breite Kopf schmaler wurden. Eine menschliche Nase ersetzte die breite, feuchte Schnauze, die noch vor einem Moment da gewesen war.

Ich wich zurück, halb verängstigt, halb erstaunt, stolperte über einen Stein und fiel auf den Hintern. Das war verrückt. Wie ein Traum! Konnte es wirklich sein, dass ich gerade dabei zusah, wie sich ein Hund in einen Jungen verwandelte? Es war unmöglich! Ich schlang die Arme um die Beine und drückte mein Gesicht an meine Knie.

Für eine Weile schaute ich nicht auf, nicht einmal, als in der Nähe etwas raschelte. Ich wusste, dass er es war. Aber ich drückte mein Gesicht noch fester gegen meine Knie, weil mir klar war, dass meine gesamte Welt aus den Fugen geraten würde, sobald ich meine Augen öffnete und ihn sah. Alles, was ich für wahr und real hielt, würde anfangen zu schimmern und die Form verändern, genau wie er.

Schließlich hob ich den Kopf und entdeckte Cam in

der Dunkelheit am Boden sitzend, sein Gesicht von mir abgewandt. Ich stand auf und ging ein paar vorsichtige Schritte in seine Richtung, während mir auffiel, wie das Mondlicht auf seinen nackten Schultern glänzte.

»Das Schimmern«, flüsterte ich. »Ich wusste, dass etwas damit nicht stimmen konnte. Ich kann es nicht glauben. Wie …«

Er drehte sich zu mir um, seine Augen funkelten wild. »Du darfst es niemandem erzählen.«

»Cam, das werde ich nicht. Ich …«

»Wir dürfen niemals wieder darüber sprechen.«

»Aber Cam, du kannst mir vertrauen, ich …«

»Niemals, Tori. Ich meine es ernst.«

Ich schwieg einen kurzen Moment. »Wenn du es so willst«, sagte ich schließlich. »Aber du musst mir zumindest erklären, was zur Hölle …«

Er stand auf und bedeckte sich mit den Händen. »Wirf mir deine Jacke zu, ich bring dich nach Hause. Am besten rufst du einen der anderen an, um ihnen zu sagen, dass dir schlecht geworden ist.«

»Aber mein Dad …«

»Erzähl ihm einfach, dass du dich nach Hause hast fahren lassen.«

»Könntest du endlich aufhören, mir ins Wort zu fallen?«

Zur Antwort warf er mir einen wütenden Blick zu und setzte sich in Bewegung, seine grünen Augen immer nach vorne gerichtet. Ich holte ihn ein und betrachtete die gebräunte Haut, die noch vor Kurzem Fell gewesen war. Den glatten Bizeps, der noch vor

Augenblicken Teil eines Hundekörpers gewesen war. Wie konnte das sein?

Schließlich erreichten wir den Rand des Waldes. Cam starrte auf das Feld, auf dem wir uns zum ersten Mal getroffen hatten, und nickte in Richtung des Weges. Dann trat er zurück in die Dunkelheit der Bäume und verschwand.

Kapitel 4

Am nächsten Tag bemühte ich mich, das, was am Abend zuvor geschehen war, logisch zu durchdenken. Es war verrückt, unlogisch, wie eine Geschichte aus dem Kino oder dem Fernsehen. So etwas geschah nicht im echten Leben. Nicht in meinem Leben. Und doch war es direkt vor meinen Augen passiert.

Ich blätterte durch ein Buch mit mythischen Kreaturen, aber das frustrierte mich nur noch mehr, weil ich immer wieder beim Thema Werwölfe endete. Cam war kein Werwolf! Warum gab es kein Kapitel über sexy Kanadier, die sich in ein Pferd, einen Hund und was weiß ich noch alles verwandeln konnten? Als mir diese Gedanken durch den Kopf schossen, ging mir auf, wie aufregend ich das Ganze fand. Eine leise Stimme erklärte mir, ich sollte Angst haben, aber ich drängte sie zurück.

Es war unmöglich für mich, an etwas anderes zu denken – und ich fing sogar an, mir zu wünschen, die Sommerferien wären vorbei, damit der Unterricht, der Tratsch und Jungs, die sich nicht in Tiere verwandeln, mich ablenken konnten.

Am nächsten Nachmittag, an dem die Hitze fast unerträglich war, waren wir Lotties Vorschlag gefolgt, zu einem winzigen See am Waldrand zu gehen.

»Igitt«, sagte ich, als ich die Blätter, toten Fliegen und leeren Plastikflaschen betrachtete, die auf der Wasseroberfläche schwammen. »Auf keinen Fall gehe ich darin schwimmen.«

»Entspann dich mal, Prinzessin«, erwiderte Lottie, zog sich ihr Oberteil über den Kopf und sprang in den See. Das Wasser spritzte bis zu uns, woraufhin ein toter Frosch direkt vor Caitlins Füßen landete.

Sie schrie auf und trat ihn weg. »Wie eklig! Niemals gehe ich da rein.«

Stattdessen breiteten wir unsere Handtücher auf dem Gras aus und rieben uns gegenseitig mit Sonnencreme ein, während Lottie ein paar Runden schwamm. Ihr rotes Haar zog wie ein Schleier hinter ihr her. Als wir in der Ferne Stimmen hörten, schaute ich über die Schulter zurück und sah Alex und Simon zwischen den Bäumen – *mit Cam*. Er hielt sofort an, als er mich bemerkte.

»Was ist los?«, fragte Alex und schaute zwischen uns hin und her.

»Nichts«, murmelte Cam. »Nur die Hitze.« Dann zog er sein T-Shirt über den Kopf und sprang in den See. Die glatten Muskeln seiner gebräunten Schultern spannten sich an, als er die Oberfläche durchbrach. Meine Körpertemperatur stieg um ein paar Grade, und mir wurde klar, dass das nicht an der Sonne lag.

»Was für ein Körper«, flüsterte Caitlin und sprach mir damit aus der Seele.

Simon rannte an uns vorbei. »Super!«, brüllte er, als er einen Bauchklatscher machte, dass das Wasser nur so spritzte.

Ich stützte mein Kinn auf die Hand und beobachtete Cam, während ich versuchte, mir darüber klar zu werden, wer er war. *Was* er war. Nach einer Weile sorgte die Wärme der Sonne auf meinem Rücken dafür, dass ich wegzudämmern begann. Mein Kopf, heiß und benommen, war plötzlich voller seltsamer Bilder: Der Zentaur, den ich auf dem Jahrmarkt gesehen hatte, wurde lebendig und trabte an mir vorbei. Ein Hund mit menschlichem Kopf schwamm im See. Eine riesige Krähe schoss über der Oberfläche dahin und berührte das Wasser mit den Flügelspitzen …

Ich wachte auf, als Wasser auf meinen Rücken tropfte. Simon stand über mir und pfiff leise. »Mädels, Mädels, Mädels, die Idee hinter einem Ausflug zum See war Abkühlung, aber ihr werdet nur noch heißer.«

Cam schwamm ans Ufer und ließ seine Augen über meine nackten Beine gleiten. Dann fing sein Gesicht an zu schimmern. Ich schaute nervös zu den anderen. Was, wenn sie sahen, wie er die Gestalt wechselte? Er stieg aus dem Wasser, ohne sich bewusst zu sein, was mit ihm los war, und ging an mir vorbei, seine schimmernden Schienbeine auf Höhe meiner Augen.

Plötzlich sprang ich auf und packte seinen nassen Arm. Er drehte sich zu mir um, während das Sonnenlicht sein schimmerndes Gesicht noch stärker strahlen ließ. *Er ist wirklich umwerfend.*

»Cam, du …«

Er schaute an sich herunter. »Oh nein«, flüsterte er und schritt schnell hinter einen nahe stehenden Baum. Als ich ihm folgte, presste er zwischen ein paar tiefen Atemzügen hervor: »Bitte, du musst weggehen. Du machst es schlimmer, du sorgst sogar dafür, dass es passiert, wenn ich es gar nicht will. Wir dürfen uns nicht mehr treffen!«

Ich wich zurück, während ich irritiert den Kopf schüttelte. »Was meinst du damit?«

»Vergiss ... Vergiss einfach, dass du mir je begegnet bist, okay?«

Dann erklang hinter mir Lachen, ich drehte mich kurz um und entdeckte ein Stück entfernt Ashton und einen seiner Kumpels. Als ich mich wieder umwandte, war Cam verschwunden. Ich trat aus dem Schatten der Bäume.

»Tori!«, rief Ashton, als er mich sah.

»Verfolgst du mich etwa?«, fragte ich.

Er runzelte die Stirn. »Ich wünschte, du wärst nicht so grausam.«

»Kannst du es ihr wirklich übel nehmen?«, rief Lottie vom See herüber.

Ashton warf einen Blick über seine Schulter. »Hallo, Charlotte, so charmant wie immer. Wie die Mutter, so die Tochter.«

Sie starrte ihn böse an, aber er wandte sich wieder mir zu. »Wer war dieser Robert, mit dem du gestern zusammen warst?«

»Was hattest du gestern mit Liam Brown zu schaffen?«

»Glaubst du, das geht dich was an?«

Ich senkte meine Stimme, damit die anderen mich nicht verstehen konnten. »Ich bin nur überrascht, dass dein Dad das erlaubt, obwohl Liam ein Junky ist.«

»Junky? Da hast du offenbar was falsch verstanden, Tori, er ist nur …«

»Er hat mich vor Kurzem gezwungen, Klebstoff zu schnüffeln, Ashton. Er ist *gefährlich*.«

»Er hat dich gezwungen, *Kleber* zu schnüffeln?« Er riss überrascht die Augen auf.

»Vielleicht willst du noch mal darüber nachdenken, ob du wirklich mit solchen Idioten rumhängen willst.« Ich blickte ihm fest in die Augen. »Und ich bin nicht begeistert davon, dass du ihn auf jeden Jungen hetzt, mit dem du mich zufällig siehst.«

Er lachte. »Ich habe keine Ahnung, wovon du redest!«

»Ich habe gesehen, wie Liam …« Beinahe hätte ich Cams Namen verraten. »… Robert gefolgt ist, direkt, nachdem er mit dir geredet hat. Ein großer Zufall, hm?«

Ashtons Freund schlenderte zu uns. »Lass uns hier verschwinden, Ashton. Schau dir nur mal diesen See an. Wir können stattdessen in deinem Indoor-Pool schwimmen.«

Ashton verzog das Gesicht, als sein Blick auf den See fiel. »Du hast recht, das hier ist eine Kloake. Tori, warum kommst du nicht mit? Du weißt, dass mein Schwimmbad schöner ist als diese Jauchegrube, und es ist drinnen.«

»Nein, danke.« Ich ging zurück zu Caitlin, die Ashton abwertend musterte.

»Dein Fehler«, rief Ashton mir hinterher. Er setzte sich mit seinem Freund in Bewegung, dann drehte er sich mit zusammengebissenen Zähnen noch mal zu mir um. »Ich werde mich mit Liam unterhalten, Tor. Du musst dir keine Sorgen mehr wegen ihm machen.«

Ich drehte mich von ihm weg und schaute zu dem Baum, hinter dem noch vor Minuten Cam gestanden hatte. Ashton spielte einfach keine Rolle. Es gab wichtigere Dinge, über die ich nachdenken musste – zum Beispiel darüber, was um Himmels willen Cam für ein Problem mit mir hatte.

An diesem Abend hörte ich kurz vor dem Einschlafen ein sanftes Picken an meinem Fenster. Zuerst ignorierte ich es. Aber als es immer nachdrücklicher wurde, ging ich zum Fenster und entdeckte auf dem Fensterbrett draußen eine Krähe. Sie legte ihren kleinen Kopf schräg. Ich wollte gerade wieder ins Bett gehen, als ich bemerkte, dass ihre glänzenden Augen sich leuchtend grün gegen das schwarze Gefieder abhoben.

Mein Herz machte einen Sprung. *Cam?* Aber was, wenn es nur ein gewöhnlicher Vogel war, dem ich das Fenster öffnete? Sicher würde diese seltsame Krähe panisch durch mein Zimmer fliegen und Chaos anrichten. Aber es war zu spät – meine Hand lag bereits am Griff und öffnete das Fenster.

Ich sprang zur Seite, als die Krähe in den Raum segelte und sanft auf dem Bett landete. Erst jetzt wurde mir bewusst, was für schreckliche Kleidung ich trug: gelbe Shorts und ein enges Oberteil, das Einzige, was ich in dieser furchtbaren Hitze ertragen konnte. Die Krähe ließ ihre grünen Augen über mich gleiten.

Hm, ein Vogel checkt mich in meinem Schlafzimmer ab. Wie bescheuert ist das?

Während ich noch am Fenster stand und über meine nachlassende geistige Gesundheit nachdachte, erhob sich die Krähe plötzlich in die Luft und schoss ans andere Ende meines Zimmers. Dann wurde sie langsamer und glitt vorsichtig an mir vorbei, sodass ihre weichen Federn meine Wange streichelten, bevor sie wieder auf dem Bett landete.

Und dann begann das Schimmern, und mein Atem beschleunigte sich vor Aufregung. Im Halbdunkel beobachtete ich konzentriert, wie der Vogel erst zu einer großen, braunen, fast straußartigen Kreatur wurde, bevor sie sich schließlich in den (völlig nackten) Cam verwandelte, der auf meinem Bett saß. Ich wandte mich ab, aber nicht ohne einen Blick auf seine Brust und die glatten Muskeln zu erhaschen, die völlig unangemessene Gefühle in mir auslösten. Ich warf ihm meinen Bademantel zu.

»Was machst du hier?«

Er schaute ernst zu mir auf. »Ich wollte mich für die Art entschuldigen, wie ich mich dir gegenüber benommen habe. Bisher hat noch niemand beobachtet, wie ich mich verwandle, abgesehen von meiner Familie und anderen wie mir.«

»Warum hast du dich dann überhaupt vor mir verwandelt?«

»Ich hatte es nie vor, weder auf dem Jahrmarkt ... noch am See.«

»Also kannst du es nicht kontrollieren?«

»Normalerweise schon. Aber in den letzten Monaten fiel es mir manchmal schwer. Und wenn du in der Nähe bist, wird es sogar noch schlimmer.« Er warf mir einen kurzen Blick zu, seine Wangen waren rot. »Es tut mir wirklich leid, das ist nicht fair dir gegenüber.«

»Du brauchst dich nicht zu entschuldigen! Mir ist so was schließlich auch noch nie passiert. Und jemand wie *du* ist mir noch nie begegnet. Das alles ist total verrückt!«

Er lachte. »Du hast recht. Also kann ich dir vertrauen, dass du es niemandem erzählst?«

»Hundertprozentig. Aber du musst mir erklären, was zur Hölle hier abgeht, bevor mein Kopf explodiert.«

»Das wäre eine ziemliche Katastrophe«, sagte Cam, während er seine langen Beine auf dem Bett ausstreckte. Ich schaute in sein Gesicht, auf seine Lippen und räusperte mich. *Konzentrier dich, Tori.* Dann sprach er weiter. »Ich nehme an, man könnte sagen, ich bin ein Gestaltwandler. Ich kann mich in jedes lebende Wesen verwandeln, an das ich nahe genug herankomme: Tiere, Menschen, sogar Pflanzen.« Ich blickte kurz zu dem halb toten Kaktus auf meiner Fensterbank. Cam folgte meinen Augen und lachte. »Hey, im Gegensatz zu ihm kann ich eine ziemlich gut aussehende Zimmerpflanze sein, okay?«

Ich lächelte. *Darauf würde ich wetten.* »Und woher

kommt es, dass nur du dich verwandeln kannst und andere Leute nicht?«

»Meine Eltern hatten Probleme mit dem Kinderkriegen, also haben sie – zusammen mit ein paar Hundert Paaren aus der ganzen Welt – an einer Fruchtbarkeitsbehandlung teilgenommen. Die Medikamente, die bei diesem Experiment eingesetzt wurden, haben bei Kindern wie mir genetische Mutationen ausgelöst, die dafür sorgen, dass ich die Gestalt wechseln kann.«

»Haben alle Kinder aus dieser Behandlung solche Fähigkeiten wie du?« Als Cam nickte, brauchte ich eine Minute, um das zu verdauen. Hunderte von Kindern auf der ganzen Welt konnten sich wie Cam verwandeln?! »Aber was war der Auslöser?«, fragte ich.

»Die Forscher haben bei der Fruchtbarkeitsbehandlung etwas verwendet, das sich Abeo-Staub nennt.«

»Abeo?«

»Benannt nach den Blutgruppen. A, B, AB, 0 und die Blutgruppe der Gestaltwandler, E.«

»Du hast eine neue Blutgruppe?« Er nickte, und ich fuhr fort. »Und wie bewirkt dieser Abeo-Staub das Gestaltwandeln?«

»Er besteht aus Nanomagneten, die …«

»Nano-was?«

»Das sind winzige Magneten, die von Bakterien erzeugt werden. Die Forscher haben sie benutzt, um die Embryos in der Gebärmutterschleimhaut meiner Mum zu verankern, was bedeutet, dass ich mit magnetischer DNS geboren wurde.« Er schaute mich über meine Nachttischlampe hinweg an. »Siehst du den Staub im Licht?« Ich beobachtete, wie die Staubpartikel im gelben Lampenlicht tanzten, und nickte. »Also, in diesen kleinen Teilchen steckt auch deine DNS. Winzige Schüppchen deiner Haut, Spucketröpfchen, Bruchstücke deiner Haare – alles.« Ich betrachtete die schimmernden Partikel und fand die Vorstellung irgendwie eklig. »Die Magnete ziehen diesen Staub zu mir, und ich benutze ihn dann durch meinen molekularen Aufbau, um einen Klon zu erzeugen. Und deshalb kann ich mich in alles verwandeln, dem ich nahe komme. Es reicht, wenn ich ein paar Meter entfernt stehe. Und selbst, wenn ein Lebewesen hinter einem Zaun ist, wie Löwen oder Panther im Zoo, kann ich versuchen, ihre DNS zu mir zu ziehen – solange mich nicht eine massive Wand von ihnen trennt.«

»Löwen? Wow.« Ich dachte an das seltsam ziehende Gefühl, das Cam auf dem Jahrmarkt bei mir ausgelöst hatte. »Also bist du magnetisch?«

Er zog eine Augenbraue hoch. »Das ist es, was sie alle behaupten.« Ich fragte mich insgeheim, wie viele er damit meinte.

»Tut es denn weh?«, wollte ich wissen.

»Nö. Ich werde einfach ganz ruhig und stelle mir in Gedanken vor, in was ich mich verwandeln will, und bumm, es passiert. Eigentlich fühlt es sich toll an. Ich fühle mich frei.«

»Was meinst du damit?«

Er schwieg einen Moment. »Ich breche aus meiner Haut, meinen Knochen, aus allem aus. Ich verwandle mich und werde zu wem oder was auch immer ich sein will.«

»Wow, ich wünschte, ich könnte auch ausbrechen.« Ich starrte einen Moment gedankenverloren aus dem Fenster, dann ging mir auf, dass es noch so viele Fragen gab, auf die ich eine Antwort wollte. »Wie lang bleibst du so, ich meine, verwandelt?«

»So lang ich will, außer ich verliere das Bewusstsein. Ich kann auch meinen Kehlkopf verwandeln.« Ich lachte, als Cam völlig unerwartet mit Lotties Stimme sprach. Dann wurde sein Haar plötzlich leuchtend rot, bevor es wieder seinen normalen Braunton annahm. Dann flimmerte er ein wenig, und die Wunde aus der Nacht auf dem Feld erschien wieder.

Ich setzte mich neben ihn auf das Bett und hob meine Hand, um sie zu berühren. »Ist das okay für dich?«

Er starrte in meine Augen, und sein Atem beschleunigte sich. »Ja.«

Dann berührten meine Finger seine Haut. Sie war trocken und warm, wie die Wüste. Dann spürte ich wieder dieses Ziehen. Ich schloss die Augen, sah den Mondschein auf dem Meer, fühlte die Gezeiten. Eine Motte flog auf ein pulsierendes Licht zu. Eine Münze schoss über einen Tisch auf einen Magneten zu. Als ich die Augen wieder öffnete, sah Cam mich immer noch an. Ich riss die Hand zurück.

»Also«, sagte ich und konzentrierte mich wieder, »siehst du wirklich so aus, wie du mir jetzt erscheinst, oder hast du dich nur verwandelt, um gut auszusehen?«

»Ich sehe also gut aus, was?«

Oh Gott. »Ich meine eigentlich, dass du in Wirklichkeit auch eine ziemliche Hackfresse haben könntest.«

Er lachte. »Nein, das, was du siehst, ist mein wahres Ich. Du hast mich schließlich auch bewusstlos gesehen, erinnerst du dich? Ich muss diese Wunde nur vor meiner Mum verstecken, ansonsten würde sie mir Löcher in den Bauch fragen. Und sie würde komplett austicken, wenn sie wüsste, dass ich mich vor dir verwandelt habe. Alle Eltern bemühen sich, das Gestaltwandeln ihrer Kinder geheim zu halten. Stell dir vor, die Öffentlichkeit und die Medien würden es herausfinden – das würde eine Hexenjagd geben.«

»Es muss schwierig gewesen sein, diese Gabe zu verbergen, als du ein Kind warst?«

»Das Gestaltwandeln fängt erst richtig an, wenn man in die Pubertät kommt. Bei mir ist es mit zwölf passiert. Zuerst zitterte mein Körper einfach ein wenig und wirkte irgendwie verschwommen.«

»Du hast geschimmert«, flüsterte ich.

»Ja, geschimmert. Als Nächstes fiel mir auf, dass mein Arm plötzlich Fell bekam, wenn ich an einem Hund vorbeiging. Nach und nach bemerkte ich immer mehr komische Dinge an mir, aber ich habe es vor meinen Eltern geheim gehalten. Bis meine Mum eines Morgens am Frühstückstisch einen Anfall bekommen hat – sie saß zwei Versionen meines Dads gegenüber. Dann fing Seth an, sich auch noch in ihn zu verwandeln und …«

»Seth?«

Schmerz blitzte in seinen Augen auf. »Seth ist mein Bruder. Meine Mum hatte Zwillinge. Wir waren so ziemlich die ersten Kinder, die nach der Fruchtbarkeitsbehandlung auf die Welt kamen.«

»Sind alle Gestaltwandler Zwillinge?«

»Nein, es gab nur ein paar Zwillingspaare. Und wir waren die ersten.«

»Ist Seth noch in Kanada?«

Er zögerte und starrte auf seine Hände. »Altus hat ihn.«

»Altus?«

»Deswegen bin ich hier, Tori. Altus hat damals das Fruchtbarkeitsmedikament entwickelt.«

Kalte Schauder glitten mir über den Rücken, und neue Fragen schossen mir durch den Kopf. *Weiß mein Dad davon? Und Ashton? Sollte ich Cam von meinem Dad erzählen?* Aber stattdessen schwieg ich kurz, holte tief Luft und stellte nur eine einzige Frage: »Woher weißt du, dass sie Seth haben?«

»Ich weiß es einfach. Hinter mir sind sie auch her.«

»Aber warum? Wollen sie euch verstecken?«

»Das ist ja das Seltsame daran. Sie wissen seit vier Jahren, was mit uns los ist – meine Eltern hatten es Altus mitgeteilt, sobald sie merkten, dass wir uns verwandeln. Die Forscher haben uns daraufhin ein paar Tests unterzogen, uns gesagt, dass wir für unsere eigene Sicherheit Stillschweigen bewahren sollen, und damit angefangen, die anderen Eltern zu informieren. Ich verstehe einfach nicht, warum sie nun plötzlich beginnen, uns einzufangen.«

»Sind noch andere Kinder entführt worden?«

»Nicht, dass ich wüsste.«

»Wie haben sie dich und Seth gefunden?«

»Sie wussten immer, wo wir wohnten, nachdem allen Eltern zu Beginn der Fruchtbarkeitsbehandlung mitgeteilt wurde, dass sie Adressänderungen bekannt geben sollten. Bis jetzt hatte niemand Grund, Altus zu misstrauen, also haben sich Mum und Dad brav umgemeldet.«

»Und du glaubst, dass Seth hier im Hauptquartier ist?« Cam nickte. »Ist es nicht gefährlich für dich, in ihrer Nähe zu sein?«

»Sie wissen nicht, dass wir hier sind. Wir haben bei der Einreise falsche Pässe benutzt.«

»Du darfst auf keinen Fall dorthin gehen, um ihn zu finden. Sie könnten dich gefangen nehmen.«

Sein Gesicht war ernst. »Tori, er ist mein Bruder. Mein *Zwillingsbruder*.«

»Kann nicht deine Mum dorthin gehen?«

»Sie weiß nicht einmal, dass ich schon dort war. Sie versucht noch, Informationen über das Gebäude zu sammeln, bevor wir dort eindringen.«

»Was ist mit deinem Dad?«

»Er ist gerade bei einem Dschungelstamm, erinnerst du dich? Er weiß nicht mal, dass Seth verschwunden ist. Meine Mum hat versucht, ihn zu erreichen, aber ... es hat nichts gebracht.«

»Das Hauptquartier von Altus hat eine ziemlich heftige Security.« *Eine Security, die von meinem Dad kontrolliert wird – einem absoluten Kontrollfreak.*

»Für Leute wie mich ist es einfach, in gesicherte Gebäude reinzukommen.«

»Schätze, du verwandelst dich in eine Maus oder so?«

»Nein, in eine Ratte.« Ich rümpfte die Nase, und er lachte kurz, bevor er sofort wieder ernst wurde. »Ich war gerade auf dem Rückflug vom Altus-Gebäude, als ich dich in dieser ersten Nacht auf dem Feld entdeckt habe. Ich bin noch einmal dort gewesen, nachdem Alex einen unterirdischen Bunker erwähnt hatte. Aber ich konnte nicht rausfinden, wie man reinkommt. Dieser Laden ist ein ziemliches Labyrinth.«

»Also hast du noch nicht herausgefunden, wo genau Seth ist?«

Ein Muskel auf seiner Wange zuckte. »Nein. Kein einziges Zeichen von ihm.« Ich dachte an meinen Dad. Vielleicht konnte ich helfen? Er fuhr sich mit den Fingern durch sein dunkles Haar. »Verdammt. Eigentlich wollte ich dir gar nicht so viel erzählen.«

»Cam, ich meine es ernst, was ich gesagt habe. Du kannst mir wirklich vertrauen.« Ich zögerte und dachte an die Blutergüsse im Gesicht meiner Mum. »Wir alle haben unsere Geheimnisse.«

»Du auch?«

»Natürlich«, sagte ich und überdeckte meinen Schmerz mit einem Lachen. »Alle Mädchen haben Geheimnisse.«

»Allzu wahr. Ich wette, auch Angel hütet ein paar.«

»Angel?« Ich fragte mich, ob das seine Freundin war, und spürte Eifersucht in mir. *Lächerlich, Tori, du kennst ihn doch kaum.*

»Sie ist auch Gestaltwandlerin. Wir haben ungefähr zur selben Zeit angefangen, uns zu verwandeln –

dann haben wir jedes Wochenende zusammen Zoos besucht, um uns in coole Tiere zu verwandeln.«

»Wie Löwen?«

Er lächelte. »Ja, zum Beispiel.«

»Du hast gesagt, da draußen gibt es Hunderte Kinder wie dich?«

»Altus hat keine offiziellen Zahlen veröffentlicht, aber meine Mum schätzt, dass es ungefähr fünfhundert Gestaltwandler gibt. Die Fruchtbarkeitsbehandlung wurde pro Jahr ungefähr vierzig bis fünfzig Leuten angeboten, und das etwa dreizehn Jahre lang – die Teilnehmer an dem Experiment waren alles Leute, die entweder mit Altus in Verbindung standen oder superreich waren. Mum sagt, dass Altus sogar kurz davor war, einen Vertrag mit dem National Health Service zu unterschreiben, bevor die genetischen Mutationen bekannt wurden. Daraufhin haben sie alles schnell vertuscht.«

»Kennst du viele andere Kinder wie euch?«

»Eine Menge, aber bei Weitem nicht alle.«

»Habt ihr keine … Konferenzen oder irgendwas?«

Er lachte. »Tori, wir sind keine Epileptiker oder so! Wir müssen unsere Fähigkeit geheim halten. Ein paar der europäischen Kinder aus der Behandlung haben sich öfter mal hier in England getroffen, aber diejenigen von uns, die weiter weg wohnten, mussten sich überwiegend mit Onlinekontakt zufrieden geben. Es gibt außerdem eine Internetseite für Leute wie uns, mit Chatrooms und so Zeug. Denn als wir unsere Fähigkeiten entdeckt haben, hat einer der Gestaltwandler, den ich kenne, Spikehead, eine echte Paranoia entwickelt. Er war der Meinung, dass Altus sich eines Tages gegen uns wenden würde.« Er zog eine Augenbraue hoch. »Und er hatte recht. Auf jeden Fall hat Spikehead zusammen mit einem anderen Gestaltwandler, einem russischen Internetnerd namens Gleb, diese Website aufgebaut. Gleb hat sie so designt, dass nur echte und vertrauenswürdige Gestaltwandler mit den richtigen Passwörtern reinkommen, und Spikehead pflegt sie.«

»Das ist ein seltsamer Name, Spikehead.«

Cam lachte. »Er ist ein toller Kerl. Ich kenne ihn, seit ich ein kleines Kind war. Meine Mum hat sich mit ein paar anderen Müttern aus der Fruchtbarkeitsbehandlung angefreundet, und eine von ihnen war Spikeheads Mum. Sie hat als Krankenschwester für Altus gearbeitet, also weiß Spike von ihr einiges über Altus. Er aktualisiert die Website immer mit Neuigkeiten, die er von alten Arbeitskollegen seiner Mum erfährt.«

»Kann er nichts über Seth rausfinden? Und warum sie hinter dir her sind?«

Cam seufzte. »Er gibt sich wirklich Mühe, es herauszufinden. Er hat schon ein paar ziemlich geheime Datensätze geknackt, aber das Ganze muss megageheim sein.«

»Spikehead und dieser Gleb scheinen ziemlich clever zu sein.«

»Ja, sie sind tolle Kerle. Spikehead hat auch die falschen Pässe für mich und meine Mum besorgt.«

Ich dachte darüber nach, wie gefährdet Cam im Moment war, trotz all dieser Codes und gefälschten

Pässe. Denn sie änderten nichts an der Tatsache, dass er in genau der Stadt war, in der das Hauptquartier seiner Feinde lag. »Ich weiß wirklich zu schätzen, dass du mir in dieser Nacht auf dem Feld geholfen hast, weißt du? Wie viel du riskiert hast, wird mir jetzt erst richtig klar.«

»Ich konnte nicht zulassen, dass dieser Mistkerl dir wehtut, Glöckchen.«

Ich zögerte. *Glöckchen?* »Warte mal, ich habe dich schon mal als Krähe gesehen, oder? Auf dem Baum!«

»Ich musste doch ein Auge auf dich haben, falls Liam dich noch mal belästigt!«

Ich warf ihm ein Kissen an den Kopf, und er hob die Hände, um sein Gesicht zu schützen, während er lachte.

»Oh mein Gott!«, rief ich. »An diesem Tag sah ich furchtbar aus!«

»Du siehst nie furchtbar aus. Alex sagt, du bist die heißeste Braut der Stadt.«

»Wer's glaubt, wird selig!«

Cam fing an zu flimmern, seine Gesichtszüge schimmerten und verwandelten sich im Licht meiner Nachttischlampe.

Wow! Ich fiel vor Schreck fast vom Bett, als mir aufging, dass ich mich selbst ansah. Das gleiche unordentliche, blonde Haar und die gleichen großen braunen Augen. Die gleichen dürren Arme und muskulösen Tänzerschenkel. Ich fühlte mich leicht abgestoßen, während ich auf diesen fremdartigen Klon meiner selbst starrte, und rutschte unwillkürlich von ihm – oder besser gesagt von mir – weg.

Cam schimmerte zurück in sein normales Selbst, senkte den Kopf und starrte auf das Bett. Seine Haare hingen vor seinen Augen. Für ein paar Momente blickte ich ihn unsicher an. Wie konnte er hier sitzen, dunkelhaarig und groß und hundertprozentig männlich, wo er vor ein paar Sekunden noch blond und klein und hundertprozentig weiblich gewesen war? Hundertprozentig *ich*? Die Verwandlung war so schnell geschehen, als hätte er sich einfach einen Mantel übergeworfen.

Dann sah er auf. »Tut mir leid. Manchmal lasse ich mich ein wenig hinreißen.«

»Ist okay. Das Ganze ist nur ein wenig gewöhnungsbedürftig.«

»Es ist dir unheimlich, richtig?«

»Sicher, schließlich sieht ein Mädchen nicht jeden Tag, wie sich ein Junge in einen Klon von ihr verwandelt, aber ... mir gefällt es.«

Er legte den Kopf schräg. »Wirklich? Es macht dir keine Angst?«

»Wahrscheinlich sollte ich Angst haben, aber eigentlich fasziniert es mich.« Ich stoppte mich selbst, bevor ich hinzufügen konnte, *wie* aufregend ich es fand. Stattdessen blickte ich zur Tür. »Du gehst jetzt besser. Ich bekomme Hausarrest bis ans Ende meines Lebens, falls mein Dad dich hier erwischt.«

Cam runzelte die Stirn. »Alex sagt, er ist ziemlich streng.«

Ich nickte. »Er hat ein wirklich realitätsfernes Bild von mir, als würde er sich eine Lebkuchentochter backen.«

»Was meinst du damit?«

»Es ist, als hätte er den Teig angerührt und würde jetzt versuchen, mich in diese perfekte, märchenartige Form zu drängen, in die ich aber eigentlich gar nicht passe! Ich will einfach nur die Form zerbrechen, die er für mich geschaffen hat.« Ich schaute weg, weil mir mein Ausbruch peinlich war. Warum schüttete ich einem gestaltwandelnden Fremden mein Herz aus? »Sorry, aber es nervt mich furchtbar, wie beherrschend er ist.«

»Das ist völlig okay.« Er stand auf. »Dann gehe ich besser. Aber ich hoffe, ich konnte verhindern, dass dein Kopf explodiert?« Als ich nickte, lächelte er, wobei seine Grübchen wieder erschienen. Ich schluckte schwer und fühlte Schmetterlinge in meinem Bauch. Seine Augen fielen auf meine Lippen, und für einen verrückten Moment dachte ich, wir würden uns jetzt küssen.

Aber dann verwandelte er sich in einen Vogel und flog aus dem Fenster.

Über wie viel Kerle kann man das schon sagen?

Kapitel 5

Am nächsten Morgen beim Frühstück musterte ich eingehend das Gesicht meines Dads. Wusste er von den Mutationen, die die Fruchtbarkeitsbehandlung ausgelöst hatte? Wusste er von Cam und seinem Bruder Seth?

»Wie läuft's in der Arbeit?«, fragte ich ihn beiläufig und schenkte mir ein wenig Orangensaft ein.

Er blickte von seiner Zeitung auf. »Prima. Warum?«

Die Augen meiner Mum schossen zwischen uns hin und her. »Tori, stell nicht so viele Fragen!«

»Nein, nein, es ist in Ordnung, Valerie. Ich bin froh, dass Tori zur Abwechslung mal so interessiert ist.« Er schwieg für einen Moment. »Bringen sie euch in der Schule auch dieses Klimazeug bei?«

»Ja. In Erdkunde.«

»Also, Altus ist im Bereich der erneuerbaren Energien ein ziemlicher Durchbruch gelungen«, sagte er. »Etwas, an dem unsere Wissenschaftler schon seit Jahrzehnten arbeiten. George gibt es am Samstag öffentlich bekannt.«

»George hat immer gesagt, dass er die Welt retten

wird«, sagte meine Mum und griff nach dem leeren Teller meines Dads. *Und verursacht ganz nebenbei ein paar Mutationen …*

Ich versuchte mich in der Woche vor dem Sommerball mit Ballettstunden und Treffen mit meinen Freundinnen abzulenken. Seit mich Cam besuchen gekommen war, hatte ich nichts mehr von ihm gehört. Warum auch? Wir kannten einander kaum. Aber das hielt mich nicht davon ab, jeden Tag und jede Sekunde an ihn zu denken. Die Art, wie seine grünen Augen sich in meine bohrten. Diese Grübchen, wenn er lächelte. Eigentlich war es verrückt, dass mich seine *Grübchen* beeindruckten, wo er doch diese erstaunlichen Fähigkeiten hatte.

Als wir am Samstagabend bei Altus ankamen, war dort die Hölle los. Vom Bürofenster meines Dads im sechsten Stock aus konnte ich sehen, wie unten herausgeputzte Leute in das riesige Gebäude strömten.

»In Ordnung, lasst uns gehen«, sagte mein Dad und klappte seinen Laptop zu. In der Reflexion auf dem Fenster konnte ich sehen, wie er zu seinem neuen Assistenten blickte – Ashtons Cousin Matthew, einem gehetzt wirkenden Mann mit ausgezehrtem Gesicht. »Hast du diese Dokumente abgeheftet?«

Matthew riss die Augen auf. »Max, das habe ich total vergessen! Ich hole das sofort nach!« Er ging in Richtung Tür, blieb aber stehen und sagte: »Sagst du mir noch mal, wo …«

»Du bist seit *zwei Monaten* hier, Matthew!«, schrie mein Dad. Dann wurde seine Miene sanfter – zweifelsohne erinnerte er sich gerade daran, wessen Neffe Matthew war. »Block D, erinnerst du dich? Im Untergeschoss.«

Das muss der Bunker sein, den Alex erwähnt hat.

Mein Dad stand auf, nachdem Matthew aus dem Raum geeilt war. »Tut mir leid, dass ich dich hier hochgeschleppt habe, Süße, aber ich wollte dich nicht allein da draußen lassen.«

»Mum wäre gerne mitgekommen.«

»Du weißt, dass es für sie unmöglich ist, solche Veranstaltungen zu besuchen, wenn sie Migräne hat. Aber George hat gesagt, dass Ashton begeistert ist, dass du trotzdem mitgekommen bist.« Ich rollte die Augen. Wenn er wüsste, was Ashton getan hatte, würde er sich trotzdem so benehmen? Wahrscheinlich. Ashton war schließlich George Chambers Sohn.

Als wir das Büro verließen, kamen zwei herrische Gestalten auf uns zu. *Ashton und sein Dad.*

Mein Dad beschleunigte seine Schritte. »George, ich war gerade schon auf dem Weg. Ich musste noch kurz eine E-Mail losschicken, ich habe nicht …«

George ignorierte Dad und wandte sich an mich. »Tori, du hast dich zu so einer umwerfenden jungen Frau entwickelt.«

»Sie war schon immer eine umwerfende junge Frau«, sagte Ashton und lächelte mich an. Aber sein Lächeln verschwand, als ich ihn böse anstarrte.

Mein Dad lachte leise und tätschelte Ashton den Rücken, während seine Augen zu George schossen. »Du hattest schon immer eine Schwäche für Tor, oder?«

George lächelte. »Wir alle haben eine Schwäche für dich, Tori. Du bist so viel besser als diese Hühner, die Ashton heutzutage mit nach Hause bringt.« Ashton erstarrte. »Du hast mich immer an meine Frau Sarah erinnert. Ein gutes Mädchen.« Er wurde für einen Moment still, während Ashton unbeholfen neben ihm stand. »In Ordnung«, sagte er schließlich. »Lasst uns hinuntergehen. Ich habe eine aufregende Nachricht zu verkünden.«

Als wir ins Atrium kamen, war es bis zum Bersten gefüllt mit Gästen, die auf Georges jährliche Ansprache vor dem Ball warteten. Selbst die Balkone waren voller Leute, die sich mit gespannten Gesichtern über das Geländer lehnten.

George schritt nach vorne, während Ashton bei uns blieb. Er stand viel zu nah neben mir. Ich trat einen Schritt zur Seite, dann entdeckte ich Lotties Mum in der Menge. Sie zwinkerte mir zu, während mein Dad sie missbilligend beäugte – er hatte sie noch nie gemocht, was angesichts der vielen negativen Storys, die sie über Altus veröffentlicht hatte, auch kein Wunder war.

»Wie zum Teufel hat sie es hier reingeschafft?«, fragte er.

Ashton zog ein finsteres Gesicht. »Muss anstelle ihres Verlegers gekommen sein. Die verdammte Presseabteilung hier ist einfach unfähig.«

»Ich werde dafür sorgen, dass sie hinausgeleitet wird«, sagte mein Dad und knöpfte sein Jackett zu.

Ashton legte eine Hand auf den Arm meines Dads. »Nein, es ist schon in Ordnung. Sie wird wirklich

Mühe haben, an dieser Story eine negative Seite zu finden. Außerdem fängt Dad sowieso gerade an.«

Wir drehten uns um und entdeckten George am Podium, dessen Vorderseite mit dem Altus-Logo geschmückt war – zwei sich schneidende silberne Ovale. Hinter ihm hing ein riesiger Plasmabildschirm. George strahlte in die Menge und wirkte mit seinem grauen Designeranzug, dem silbernen Haar und dem gut aussehenden Gesicht sehr herrschaftlich.

»Willkommen zu unserem zehnten Sommerball!«, sagte er. Die Anwesenden jubelten. »Weil die Gerüchte schließlich schon im Umlauf sind, ist jetzt die Zeit, die aufregendste Nachricht in der Geschichte von Altus bekannt zu geben. Wie man sagt: Ein Bild ersetzt tausend Worte.«

Er drehte sich zu dem Bildschirm hinter sich um. Die Worte »Die schlechte Nachricht« erschienen darauf, und dramatische klassische Musik ertönte aus den Lautsprechern um uns herum. Dann zeigte der Bildschirm einen riesigen Kühlturm, aus dem weißer Dampf aufstieg, gefolgt von einer Bohrinsel mitten im dunkelblauen Ozean, um die herum sich ein glänzender Ölfilm ausbreitete. In der nächsten Filmsequenz waren winzige Vögel zu sehen, deren Federn mit Öl verklebt waren, ein einst wunderschönes Korallenriff, das mit Öl überzogen war, ein kleines Kind, das braunen Schleim auf dem gesamten Körper hatte. Dann tobte ein Hurrikan über den Schirm, gefolgt von einem riesigen Eisberg, der im endlos kalten Meer in Stücke brach und eine gigantische Flutwelle auslöste. Eine Stimme erklang und informierte die Zuschauer, dass diese Welle Hunderte von Meilen über den Ozean gereist war.

Einige im Publikum keuchten, und Ashton lächelte auf mich herab. Seine Augen leuchteten vor Aufregung. Wie konnte er bei diesen Bildern Freude empfinden? Dann entdeckte ich in der Menge ein vertrautes Gesicht. Alex! Er stand im hinteren Teil des Atriums und blickte grimmig in Richtung meines Dads. Ich winkte ihm zu. Es dauerte ein wenig, bis er langsam die Hand hob und zurückwinkte.

Ich richtete meine Aufmerksamkeit wieder auf den Bildschirm und sah Autoschlangen vor einer Tankstelle, an der ein handgeschriebenes Schild mit den Worten »Kein Benzin« hing. Es folgte eine Preistafel, auf der der Preis für Treibstoff ständig stieg und stieg.

Dann wurden diese Bilder ersetzt durch die Worte »Die gute Nachricht«. Das Publikum wartete mit angehaltenem Atem, während die Buchstaben verschwanden und ein einziges Wort erschien: »Altus«. Ich hörte, wie jemand in der Menge empört aufstöhnte, schaute hin und entdeckte, dass es Lotties Mum war. Mein Dad durchbohrte sie mit wütenden Blicken.

George wandte sich wieder an seine Zuhörer. »Experten sagen voraus, dass die weltweite Nachfrage an Öl schon im Jahr 2013 das übersteigt, was wir fördern können. Die Bedrohung einer ernsthaften Ölknappheit ist absolut real.« Er hielt inne und starrte ins Publikum. Seine eiskalten blauen Augen schienen direkt in meine Seele zu blicken. »Wenn man noch hinzurechnet, dass die CO_2-Emissionen trotz aller Bemühungen, sie zu stabilisieren, auf beispiellose Art ansteigen, braucht unsere Erde mehr als jemals zuvor alternative Energielösungen. Und hier kommt Altus ins Spiel.«

Ein neues Bild erschien hinter ihm – das Bild eines Mannes in altertümlicher Kleidung. »Vor über dreihundert Jahren entdeckte der Gründervater von Altus und mein Vorfahre Harold Chambers eine außergewöhnliche Erdsubstanz. Jahrzehntelang haben unsere Wissenschaftlicher mit diesem Staub gearbeitet und niemals den Glauben an seine Fähigkeiten verloren.« George lächelte. »Schließlich haben wir letztes Jahr die Geheimnisse dieses Staubs entschlüsselt – des Abeo-Staubs, wie wir ihn nennen – und haben dabei auch den Schlüssel zur Rettung unserer Umwelt gefunden.«

Abeo-Staub? War das nicht der Staub, von dem Cam gesagt hatte, dass er in der Fruchtbarkeitsbehandlung eingesetzt worden war?

»Ich übergebe jetzt an die leitende Wissenschaftlerin des Projekts, Liz Morris, für tiefer gehende Erklärungen.« George lächelte eine attraktive Frau mit porzellanartiger Haut und langen dunklen Haaren an, die neben ihm stand. Sie nahm seinen Platz am Podium ein und räusperte sich nervös. Dann griff sie nach dem Mikrofon und warf bei dieser Bewegung fast ein Wasserglas um.

»Dämliche Wissenschaftler«, flüsterte Ashton mir ins Ohr. »Haben einfach keine Ahnung, wie man sich auf solchen Veranstaltungen verhält.« Ich ignorierte ihn, weil ich es immer noch nicht fassen konnte, dass

George wirklich über den Staub sprach, den Altus benutzt hatte, um Gestaltwandler zu erschaffen.

Der Bildschirm flackerte und zeigte dann zwei dunkle Kugeln sowie drei kleine weiße, die unabhängig voneinander herumtanzten.

»Die zwei Atome, die Sie auf dem Schirm hinter mir sehen können, sind Wasserstoff und Kohlenstoff«, sagte Liz. Die Kugeln drifteten aufeinander zu, dann verbanden sie sich zu etwas, was aussah wie ein Atombündel. »In manchen Teilen der Welt bilden sich auf natürliche Art aus Wasserstoff und Kohlenstoff Kohlenwasserstoffe. Wie viele von Ihnen wissen, werden sie aus dem Boden geholt und verbrannt, um Energie zu erzeugen – wir kennen sie als Treibstoffe wie Öl oder Benzin. Wir beheizen damit unsere Häuser, treiben unsere Autos an und noch viel mehr. Unglücklicherweise«, fuhr sie fort, »sind die natürlichen Kohlenwasserstoffreserven nicht unerschöpflich, und daraus entsteht die Angst vor einer globalen Ölknappheit. Wir aber haben entdeckt, dass Abeo-Staub bindende Fähigkeiten hat.« *Bindende Fähigkeiten, die Cams Fähigkeiten geschaffen haben!* »Das bedeutet, dass man ihn verwenden kann, um durch menschliche Einwirkung Kohlenstoff mit Wasserstoff zu verbinden. Die Kohlenwasserstoffe, die somit entstehen, können dann verbrannt und in Treibstoff umgewandelt werden. Und nachdem Abeo-Staub im Gegensatz zu den natürlichen Kohlenwasserstoffen seit Jahrzehnten nicht gefördert wurde, gibt es immer noch riesige Vorräte, die wir nutzen können, um Wasserstoff mit Kohlenstoff zu verbinden.«

Als sich im Zuschauerraum ein Raunen ausbreitete, lächelte Liz. »Daher bin ich erfreut zu verkünden, dass wir mit einer Kohlenstofffirma in Russland zusammengearbeitet haben, um eine Maschine zu bauen, die Wasserstoff und CO_2-Emissionen direkt aus der Atmosphäre auffängt, um sie dann als Grundmaterialien für den Verbindungsprozess einzusetzen. Da Abeo-Staub als natürlicher Katalysator dient, kann er eingesetzt werden, um CO_2 aufzuspalten, den Sauerstoff zu neutralisieren und so Kohlenstoff zu gewinnen – und das unter Einsatz eines höchst geringen Teils der üblicherweise nötigen Energiemenge. Wenn die von uns gefertigten Kohlenwasserstoffe als Treibstoffe verbrannt werden, entstehen natürlich wieder neue CO_2-Emissionen. Aber das Außergewöhnliche an unserer Maschine ist, dass diese CO_2-Emissionen in einem kontinuierlichen Kreislauf wieder eingefangen und damit zu einer nachhaltigen Energiequelle werden.« Sie hielt inne und blickte ins Publikum. »Wie ich sehen kann, ist einigen von ihnen das Ausmaß dieser Nachricht bereits klar geworden: Indem Altus CO_2 aus der Atmosphäre verwendet, um Treibstoffe zu erzeugen, werden die CO_2-Emissionen in der Atmosphäre sinken – und das wiederum verlangsamt den Treibhauseffekt.«

Erneut breitete sich ein Raunen im Publikum aus, während Liz lächelte. Dann trat sie vom Podium zurück, und George nahm wieder ihren Platz ein. Er griff erfreut zum Mikrofon.

»Ich bin begeistert, meinen wunderbaren Mitarbeitern, den Medien der Welt und einigen ganz besonderen Gästen verkünden zu dürfen, dass Altus endlich einen kostenneutralen Weg gefunden hat, Kohlenstoffe zu gewinnen und zu recyceln. So stabilisieren wir die CO_2-Konzentration in unserer Atmosphäre, während gleichzeitig eine völlig neue Art von Energie entsteht!«

Das Publikum klatschte frenetisch Beifall, einige Leute jubelten sogar. Aber ich ließ meine Hände, wo sie waren. Würde das bedeuten, dass zusammen mit dem recycelten Kohlenstoff auch Abeo-Staub in die Luft gepumpt wurde? Und wenn ja, würde das uns alle zu Gestaltwandlern machen? Ich musste Cam davon erzählen!

Das Telefon meines Dads summte. »Ich muss für ein paar Minuten weg, bleib bei Ashton«, sagte er zu mir.

Als er davoneilte, zog George Liz zu sich hinter das Podium und strahlte sie an. Dann suchte er Ashtons Blick, und Ashton lächelte ihn mit vor Aufregung gerötetem Gesicht an. »Und jetzt dürfen die Medien ein paar Fragen stellen«, sagte George. Er nickte einem Mann mit roten Haaren zu. »Scott?«

»Danke, George. Ich würde mich freuen, wenn ich ein wenig mehr über den Abeo-Staub erfahren könnte. Wo zum Beispiel wird er abgebaut?«

George lächelte ins Publikum. »Wenn ich das verraten würde, müsste ich Sie alle umbringen.« Die Zuhörer lachten. »Ich hoffe, dass Sie verstehen, warum wir uns da nicht in die Karten schauen lassen. Wir sind schließlich ein globales Unternehmen, und wir haben viele Konkurrenten.«

Der Journalist zuckte mit den Achseln und kritzelte etwas auf seinen Notizblock. George zeigte auf eine indisch aussehende Frau. »Shia?«

»George, das sind fantastische Nachrichten. Aber Sie führen ein globales Unternehmen. Sicherlich interessiert alle brennend, welche Regierung von diesem erstaunlichen Fortschritt profitieren wird.« Sie hielt für einen Moment inne und zog eine Augenbraue hoch. »Und wie viele Milliarden genau werden dafür bezahlt?«

Das Publikum lachte wieder. »Wir stehen im Moment in Verhandlungen mit einigen Interessenten.« George warf einen kurzen Blick zu einer offiziell wirkenden Gruppe, die nur aus Männern in Anzügen bestand. »Und wir hoffen, dass wir bereits in ein paar Wochen die nächsten aufregenden Nachrichten verkünden können. Weitere Fragen? Tony, wie wäre es …«

»Robyn Slingsby von der *Middleton Gazette*.« Ich drehte mich um und sah, dass Lotties Mum die Hand gehoben hatte. George lächelte sie an, aber mir fiel auf, dass er dabei fast angewidert die Nase rümpfte. »Darf ich festhalten, dass diese alternativen Treibstoffe nicht nur die neu erzeugten Kohlenwasserstoffe enthalten, sondern auch Spuren von Abeo-Staub? Und dass diese Spuren wiederum mit den recycelten CO_2-Emissionen in die Luft gepumpt werden?«

George lachte. »Ich dachte, wir hätten das schon geklärt, aber nur um es zu bestätigen: Ja, es werden immer noch Kohlenwasserstoffe verbrannt werden, aber die CO_2-Gase werden über kurz oder lang wiederverwendet, um neue Kohlenwasserstoffe zu erzeugen – was bedeutet, dass die Menge der Treibhausgase in der Atmosphäre sich endlich stabilisieren wird, statt weiter anzuwachsen. Ebenso wie das Umweltpapier dafür gesorgt hat, dass weniger Bäume gefällt werden. Und ja, das bedeutet, dass durch den Verbrennungsprozess auch Spuren von Abeo-Staub in die Luft gelangen werden, aber er ist harmlos. Haben Sie das verstanden, Robyn?«, fragte er herablassend.

Mein Herz fing an, schneller zu schlagen. Abeo-Staub *würde* in die Luft gelangen!

»Ich frage mich nur«, meinte Robyn und klopfte sich mit dem Ende ihres Stiftes gegen die Lippe, »ob diese Interessenten, von denen Sie gesprochen haben, meine Bedenken teilen, dass gerade *Altus* etwas in die Atmosphäre pumpt, obwohl Ihre Wissenschaftler doch diese fragwürdigen Techniken eingesetzt haben, um ...«

»Wie ich schon sagte, Abeo-Staub wurde getestet und ist selbst in großen Dosen absolut harmlos und auch unsichtbar«, blaffte George. »Okay, ich glaube, das war genug von Robyn. Es ist Zeit, jemand anderem eine Chance zu geben.«

»Paul Greenwood vom *Green-Magazin*. Die Middleton-Windfarm hat vor Kurzem verkündet, die Anzahl ihrer Windräder zu erhöhen, sobald sie die Fördermittel vom Staat erhalten hat. Machen Sie sich Sorgen darum, dass ein ansässiges Unternehmen wegen ihrer Ankündigung leiden wird?«

»Ansässige Firmen sind mir unglaublich wichtig«,

antwortete George. »Aber ich muss ehrlich sein: Wenn man sich die Zahlen genau ansieht, ist Windenergie keine realistische Lösung, wenn man bedenkt, dass wir eine Fläche in der Größe von Wales mit Windrädern vollpflastern müssten, um sie wirklich effektiv zu nutzen. Meine Mutter ist Waliserin, und glauben Sie mir, das Land würde zu den Waffen greifen, wenn man seine wunderschöne Landschaft mit diesen hässlichen Geräten verschandelte.« Das Publikum lachte, und George spähte nach links. »Wie wäre es mit einer Frage von CNN?«

Als der CNN-Reporter anfing, eine Reihe von Fragen abzufeuern, winkte Alex mich zu sich. Ich schaute Richtung Tür. Ich musste wirklich zu Cam und ihn wissen lassen, was Altus mit Abeo-Staub vorhatte. Aber ich konnte Alex nicht einfach ignorieren. Schnell schlich ich mich an Ashton vorbei, ging zu ihm und bemerkte, wie seine Augen mich musterten. Ich schaute auf meine Kleidung herunter: ein kurzes Etuikleid aus einem glänzenden dunkelblauen Stoff, das Lottie mir geliehen hatte. Vielleicht erkannte er es wieder?

»Was tust du hier? Ich dachte, du wolltest wegfahren?«, fragte ich ihn.

Er lächelte. »Alex *ist* weggefahren.«

»Was meinst du damit?« Sein Gesicht flimmerte schwach, und ich schlug die Hand vor den Mund. »Cam?«

Er nickte und führte mich in ein Hinterzimmer, weg von den anderen. »Ich kann nicht glauben, was ich da höre! Habe ich das richtig verstanden? Abeo-

Staub soll in die Luft gepumpt werden?«, fragte er mich.

»So klang es zumindest! Wenn sich dieser Abeo-Staub als Bindemittel zwischen Wasserstoff und Kohlenstoff einsetzen lässt, dann wird er zusammen mit den dadurch entstandenen Treibstoffen verbrannt. Kraftwerke und Autos werden ihn überall auf der Welt ausstoßen.« Ich zögerte. »Denkst du, was ich denke?«

»Du meinst, dass dadurch genetische Mutationen verursacht werden? Ich weiß nicht, das hätten sie doch als Erstes kontrolliert, oder? Wenn Abeo-Staub Mutationen verursachen sollte, wenn er in die Luft gelangt, wäre Altus ruiniert. Das würden sie nicht riskieren. Ich muss darüber mit meiner Mum reden, sie weiß, was zu tun ist.«

Ich seufzte. »Das Traurige ist, dass dieser Durchbruch tatsächlich unglaublich ist. Wenn das stimmt, was George Chambers und die Wissenschaftlerin gesagt haben, dann bedeutet es, dass die Treibhausgase nicht mehr zunehmen werden!«

»Mensch, Tori, du klingst wie eine Ökoaktivistin!«

Ich lachte. »Ich bin keine Aktivistin! Ich mache lediglich gerade ein Sommerprojekt über erneuerbare Energien, das ist alles.«

Er zog eine Augenbraue hoch. »Wirklich?«

»Damit will uns unser Lehrer auf das Examen vorbereiten. Ich soll dazu die Middleton-Windfarm besuchen. Dieser Journalist hat sie eben erwähnt. Aber dort lassen sie niemanden auch nur in die Nähe – wegen der Proteste gegen die Erweiterungspläne.

Alex hat mir versprochen, mich über seinen Dad reinzubringen, aber ich habe noch nichts von ihm gehört.« Ich lachte, als ich Alex-Cam ansah. »Vielleicht kannst du ja ein gutes Wort für mich einlegen, *Alex*?«

»Ich bemühe mich, Glöckchen.«

»Warum bist du eigentlich als Alex hier?«, fragte ich und musterte ihn von oben bis unten.

»Ich wollte nicht als sein Dad erscheinen, falls man mir Fragen stellen würde, also habe ich mich in Alex verwandelt in der Hoffnung, dass ich damit gute Chancen habe, reinzukommen. Ich hatte recht.«

»Du bist verrückt!«

Er lächelte. »Vielleicht.« Seine Augen glitten wieder über mein Kleid. »Du siehst übrigens toll aus.«

Ich errötete. »Danke.«

Dann wurde seine Miene ernst. »Bist du mit Ashton hier?«

»Auf keinen Fall! Nein, er hängt sich einfach ständig an mich dran.«

»Dann bist du allein hier? Wer war dieser ältere Kerl, der bei dir stand?«

Ich hatte schon den Mund geöffnet, um zu sagen, dass es mein Dad war, aber irgendetwas hielt mich zurück. Ich wollte nicht, dass Cam wusste, wer mein Dad war. Noch nicht. »Nur jemand, den Ashton kennt. Ich bin mit Lotties Mum hier. Diejenige, die Chambers all die unbequemen Fragen gestellt hat.«

Er lächelte wieder. »Ich mag sie.«

»Warum bist du hier?«

»Ich wollte noch mal versuchen, diesen unterirdischen Bunker zu finden, den Alex erwähnt hat.«

Ich dachte daran, was mein Dad vorher über einen unterirdischen Bereich gesagt hatte. »Ich glaube, ich weiß …«

Ich bemerkte, dass Cams Miene finster wurde, drehte mich um und sah, dass Ashton auf uns zukam.

»Nicht dieser Trottel«, murmelte Cam leise. Ich trat ihm auf den Fuß, und er jaulte auf.

»Alles okay, Alex?«, fragte Ashton ihn.

»Hab mir den Knöchel beim Fußball verletzt«, sagte Alex-Cam und warf mir einen bösen Blick zu.

Ashton drehte sich zu mir um und streckte die Hand aus. »Sollen wir?«

»Sollen wir *was*?«

»Zur Tanzfläche gehen?«, erklärte er.

»Ich weiß nicht …«

»Es ist okay, geht nur«, stimmte Alex-Cam zu.

Ich blickte ihn böse an, aber Ashton zog mich weg.

»Ashton, könntest du aufhören, so an mir zu zerren?«

Er runzelte die Stirn. »Tori, ich weiß, warum du wütend auf mich bist, aber bitte …«

»Natürlich bin ich wütend, Ashton. Du hast mich betrogen, erinnerst du dich?«

»Sieh mal, ich war ein Idiot. Das gebe ich zu. Aber wir können doch nicht alles, was wir hatten, von einem Moment der Schwäche ruinieren lassen. Wir passen perfekt zusammen, das denken alle. Mein Dad, dein Dad …«

»Darum geht es also, oder? Was dein Dad denkt? Und was denkst du?«

»Du weißt, wie ich für dich empfinde, Tori!«

»Du hast mich betrogen. Ich habe es mit eigenen Augen gesehen, erinnerst du dich? Für mich war es nicht nur ein *Moment*. Jedes Mal, wenn ich dich anschaue, sehe ich wieder, wie du dieses Mädchen küsst.«

Er hatte einen gequälten Ausdruck im Gesicht. »Wie kann ich dir beweisen, wie viel du mir bedeutest, Tori? Ich habe dafür gesorgt, dass Liam Brown dir nicht noch mal wehtut, ist das nicht genug?«

»Was meinst du damit?«

»Ich dachte, du hättest es gehört. Er sitzt im Jugendgefängnis«, erklärte er beiläufig. »Ich weiß, du brauchst ein wenig Zeit, und ich will dich nicht drängen. Wenn du willst, kann ich dich für ein paar Wochen in Ruhe lassen. Damit du Zeit zum Nachdenken hast.«

»Da wirst du leider ewig warten müssen. Akzeptier es einfach, es ist vorbei.«

Er versteifte sich. »Das ist es also, was du willst?«

»Absolut.«

George kam zusammen mit meinem Dad und einem dritten großen Mann zu uns, während Ashton ins Leere starrte. »Aufregende Neuigkeiten – oder, Kinder?«, sagte er. Ich lächelte künstlich. *Sicher, tolle Nachrichten, wenn man bedenkt, dass vielleicht Kinder mit genetischen Mutationen geboren werden!* Er wandte sich an den großen Mann. »Senator, mein Sohn Ashton und seine Freundin Tori haben mir vorhin schon gesagt, wie aufregend das alles für sie ist. Nicht wahr, Kinder?«

Der Senator lächelte uns an. »Es ist schön zu sehen,

dass die jüngere Generation so enthusiastisch auf diese Nachricht reagiert. Schließlich seid ihr es, die die Vorteile spüren werden. Jetzt müssen Sie mich entschuldigen, George, ich muss einen Anruf erledigen, aber ich sehe Sie im Sitzungssaal, richtig?«

George beobachtete, wie der Senator davonschritt, dann wandte er sich an meinen Dad. »Hast du von all diesen Demonstrationen gegen ihn in den Staaten gehört? Ich hoffe, das verzögert die Sache nicht!«

»Ja, die hat er erwähnt«, antwortete mein Vater. »Aber er sagte auch, dass er ohne Probleme damit fertig wird. Ich stehe hundertprozentig auf seiner Seite. Homosexuellen sollte nicht erlaubt werden zu heiraten. Hat der römische Politiker Cicero nicht einst gesagt, dass die ›erste Gesellschaftsbindung in der Ehe selbst‹ liegt? Ich mache mir ernsthaft Sorgen um unsere Gesellschaft, wenn Männer Männer heiraten können und Frauen Frauen!«

»Hat Cicero sich nicht auch von seiner ersten Frau scheiden lassen, um sich mit einem Teenager einzulassen?«, fragte ich, weil ich mich vage an eine Geschichtsstunde erinnerte.

Mein Dad musterte mich überrascht. »Wo um Himmels willen hast du das gehört, Tori?«

»Sie hat recht, Max, es war ein misslungenes Beispiel«, sagte George, während mein Dad rot anlief. »Die Gesellschaft ist sehr zerbrechlich. Sie braucht starke Fundamente. Fundamente und Regeln, die von Anfang an bestehen. Und die wichtigsten dieser Regeln beschäftigen sich mit der Ehe zwischen einem Mann und einer Frau. Nicht einer Frau und einer

Frau oder einem Mann und einem Mann. Die Art von Beziehung, die Homosexuelle haben, unterscheidet sich von der zwischen Mann und Frau und sollte auch so behandelt werden.«

Mein Dad nickte. »Ganz meine Meinung.«

Ich lachte. »Einspruch!« Mein Dad sah ungläubig zwischen George und mir hin und her, aber ich fühlte mich plötzlich mutig und sprach einfach weiter. »Dass Leute aus Liebe heiraten, wird nicht zum Zusammenbruch der Gesellschaft führen. Das ist lächerlich!«

Mein Dad packte mich am Arm. »Tori, ich glaube ...«

»Sie hat recht«, sagte Ashton. »Warum sollte man ihre Persönlichkeitsrechte einschränken, wenn sie sich benehmen und der Gesellschaft keinen Schaden zufügen?« George starrte seinen Sohn finster an. »Natürlich«, fügte Ashton schnell hinzu, »gibt es auch Leute, die ihre Andersartigkeit nicht im Griff haben und allein damit eine Gefahr für die Gesellschaft darstellen.«

George lächelte ihn an, und Ashton wirkte sehr zufrieden mit sich selbst. *Das ist schon eher der Ashton, den ich kenne und hasse.*

»Du solltest dich jetzt mit dem Senator treffen, George«, meinte mein Dad ein wenig steif. »Und ich muss mich auch um ein paar Dinge kümmern. Tori, bleib bitte bei Ashton, ja?«

Als die beiden davongingen, tauchte ein hübsches Mädchen mit lockigen schwarzen Haaren neben Ashton auf. »Hey, Ash«, schnurrte sie.

»Euch beide lasse ich dann mal allein«, meinte ich, mit einem Lächeln an sie gewandt.

»Aber …

»Mach dir keine Sorgen, Ashton, Alex wird auf mich aufpassen!« Ich eilte in Richtung Alex-Cam davon, der Ashton aus der Entfernung böse anstarrte.

»Er kann einfach die Finger nicht von dir lassen, oder?«, sagte er wütend.

In meinem Bauch kribbelte es. War er eifersüchtig? Wollte ich, dass er eifersüchtig war? »Mir war nicht klar, dass du als mein Bodyguard hier bist.«

»Ich finde es nur einfach nicht richtig, nach dem, was er dir angetan hat.«

»Aber du hast gerade zugelassen, dass er mich hinter sich herschleppt!«

Seine Augen funkelten verschmitzt. »Das war die Strafe dafür, dass du mir auf den Fuß getrampelt bist.«

»Cam, was ich in dem Augenblick sagen wollte, als Ashton aufgetaucht ist: Ich glaube, ich weiß, wo der Eingang zum Bunker ist.«

Seine Augen leuchteten auf. »Cool! Wo?«

»Im D-Block, und ich glaube, ich weiß genau wo … weil ich mich da einmal verlaufen habe.« Ich drehte mich um und wollte loslaufen. »Folg mir!«

Doch er packte meinen Arm. »Du darfst nicht gehen, es ist vielleicht gefährlich.«

»Cam, ich weiß noch nicht, wie ich es dir erklären soll, aber glaub mir: Der beste Weg ist, wenn ich dich hineinbringe.«

Er schaute mir tief in die Augen, dann seufzte er. »In Ordnung, Miss Gefährlich.«

Ich lachte und führte ihn durch den Saal, wobei ich mein Bestes gab, Ashton und Co. auszuweichen. Dann tauchte die Tanzfläche vor uns auf, voller Paare, die sich im Takt von langsamer Musik wiegten. »Da müssen wir durch.«

Eine Discokugel warf silberne Sterne auf den Boden, als Alex-Cam mir so nah folgte, dass ich seinen Atem im Nacken spüren konnte. Wir kamen an einem jungen Paar vorbei, das völlig ineinander verschlungen tanzte. Ich drehte mich zu ihm um, steckte mir einen Finger in den Mund und tat so, als müsste ich würgen. Er lachte.

Als wir das Ende der Tanzfläche erreichten, blockierten mehrere Paare unseren Weg. Ich drehte mich zu Alex-Cam um. »Tut mir leid, wir werden einfach …« Ich zögerte, weil mir klar wurde, wie nah sich unsere Gesichter waren. Obwohl er in Alex verwandelt war, konnte ich Cam immer noch erahnen, konnte ihn riechen und seine magnetische Anziehung spüren. Er lächelte leicht, und der Blick seiner grünen Augen sank tief in meine. Dann warf er einen Blick über meine Schulter. »Der Weg ist frei.«

Mein Gesicht wurde heiß, weil die Situation mir so peinlich war. Schnell drehte ich mich um und führte ihn zu einer großen Doppelschwingtür. Als wir hindurchgegangen waren, fanden wir uns in einem hell erleuchteten Treppenhaus wieder, das in absolutem Kontrast zum dunklen Saal stand.

»Das ist der D-Block. Ich glaube, diese Treppe ist

der einzige Weg, wie wir hinunterkommen«, sagte ich. Wir eilten über die Stufen nach unten, als ich über uns Stimmen hörte.

»Tori?« Es war mein Dad!

Cam fing plötzlich an zu schimmern, und bevor ich auch nur blinzeln konnte, schwebte eine kleine Motte vor mir. Grüne Augen starrten mich aus einem winzigen Insektengesicht heraus an. Seine Kleidung lag als Haufen auf dem Boden. Schnell trat ich sie hinter eine Säule, außer Sicht.

Mein Dad polterte die Treppe herunter, und ich bekam Panik. Ich wollte wirklich nicht, dass Cam erfuhr, wer mein Dad war. Zumindest nicht so.

»Warum bist du hier unten?«, fragte mein Dad. »Du hast dich doch nicht schon wieder verlaufen?«

Ich lachte nervös, mit einem kurzen Blick zu der Cam-Motte. »Doch, ich Dummerchen.«

»Dann komm, Liebes, lass uns wieder hochgehen.«

Als wir wieder oben und zurück auf der Tanzfläche waren, joggte Matthew auf meinen Dad zu.

»Was will er denn jetzt?«, murrte mein Dad fast unhörbar. »Ja, Matthew?«

»Können wir uns unter vier Augen unterhalten, Max?«

»Tori, geh nicht weg.«

Als er Matthew hinter die Tanzfläche gefolgt war, spürte ich eine Berührung an der Schulter. Ich drehte mich um und starrte Alex-Cam an, sein Gesicht angespannt und seine Kleidung unordentlich.

»Warum hast du gelogen, Tori?«, fragte er.

Oh Gott. »Gelogen?«

»Dieser ältere Kerl ist nicht einfach ein Bekannter von Ashton. Er hat mit dir geredet, als wäre er dein Dad oder irgendwas.« Cam starrte mich an, die Stirn gerunzelt. Ich wich seinem Blick aus, und mein Herz raste. »*Ist* er dein Dad?« Ich biss mir auf die Lippe und nickte. »Und warum ist er so vertraut mit George Chambers *und* mit den Wachmännern?«

»Er arbeitet für Altus«, sagte ich schnell, als wollte ich möglichst schmerzlos ein Pflaster von der Haut abziehen.

Cam erstarrte und riss die Augen auf. »Warum hast du mir das nicht erzählt?«

»Ich ... ich hatte Angst.«

»Angst?«

»Dass du mich jetzt vielleicht hassen könntest. Wegen Seth. Ich weiß, es war dämlich, ich hätte es dir früher erzählen sollen.«

»Was für eine Aufgabe hat er hier?«

Ich zögerte. Sollte ich es ihm sagen? Irgendwann würde er es ohnehin herausfinden, also holte ich tief Luft. »Er ist Chef der Security.«

»*Was?*« Er fuhr sich mit der Hand durchs Haar, und sein Gesicht schimmerte. »Mann, das ist übel. Das ist wirklich übel. Dein Dad ist der Leiter der Sicherheitsabteilung von Altus? Ich kann nicht glauben, dass du mir das nicht gesagt hast!«

»Cam, ich wollte es dir erzählen, ich hatte nur ...«

»Vergiss die Sache einfach«, erwiderte er und wich langsam von mir zurück. »Ich gehe besser und suche diesen Bunker.«

Ich legte eine Hand auf seinen Arm und konnte

fühlen, wie seine Muskeln sich bei meiner Berührung verspannten. »Aber das kannst du ohne mich nicht, Cam.«

Er starrte auf meine Hand, und in seinen Augen blitzte Wut. »Ich brauche deine Hilfe nicht.« Dann stürmte er davon, und ich blieb unter der Discokugel zurück, während die Paare um mich herumtanzten. Die Wut und die Enttäuschung in seinem Gesicht würde ich nicht so leicht vergessen können.

Kapitel 6

Mein Dad hatte wirklich miese Laune, als wir nach Hause fuhren, also steckte ich mir sofort meinen iPod in die Ohren, kaum dass ich im Bett war. Ich wollte das Geräusch ausblenden, das die Hand meines Dads auf dem Gesicht meiner Mum verursachte, aber als ihr Schreien einfach zu laut wurde, sprang ich wieder auf. Vielleicht würden sie aufhören zu streiten, wenn ich in die Küche ging und so tat, als würde ich nur etwas trinken wollen. Ich ging nach unten und spähte ins Wohnzimmer. Meine Mutter saß auf dem Sofa, die Augen rot vom Weinen, während mein Dad am Kamin stand und sich mit einer Hand am Sims abstützte.

Als ich ins Zimmer trat, wandte er sich mit wütendem Gesicht zu mir um. »Und was sollte das heute Abend eigentlich?«

»Was meinst du?«, fragte ich.

Mein Dad löste sich vom Kaminsims. »Ich meine, junge Dame, den absoluten Mangel an Respekt, den ich aus deinem Cicero-Kommentar herauslesen konnte! Liegt es daran, dass du mit dieser Lottie rumhängst?

Wenn sie auch nur ansatzweise ist wie ihre Mutter, dann hat sie schlechten Einfluss auf dich!«

Meine Mum streckte ihre Hand in Richtung meines Dads aus. »Max, sie würde nie …«

Er schlug ihre Hand weg. »Halt den Mund, Valerie.«

Sie grub ihre Fingernägel so fest in die Sofalehne, dass es aussah, als würden sie brechen. Der Blick in ihren Augen sorgte dafür, dass ich sie umarmen und ihr sagen wollte, dass alles gut werden würde. Aber das war nicht möglich. Ich stand einfach nur da und starrte entgeistert meinen Dad an.

»Also, hast du eine Erklärung dafür, Tori?«

»Es … es … tut mir leid. Ich dachte nur …«

»Du dachtest, du könntest mich beschämen? Na, dabei hast du dich aber gut angestellt!«

»Max«, ergriff meine Mum wieder das Wort. »Tori würde dich niemals absichtlich beschämen, sie …«

»Valerie. Treib. Es. Nicht. Zu. Weit.«

Hektisch suchte sie meinen Blick, und in dieser Sekunde sah ich tiefe Angst in ihren Augen. Ich wusste, dass die Schmerzen, die die Fäuste meines Dads verursachten, ihr viel weniger wehtun würden als der Schmerz, den es ihr bereiten würde, wenn ich dabei zusah. Sie senkte den Blick auf ihre Füße. »Tut mir leid, Max.«

Aber es war zu spät. Mein Dad bewegte sich mit einer Geschwindigkeit auf mich zu, die sowohl meine Mum als auch mich überraschte. Ich stolperte nach hinten und hob meinen Arm, um mein Gesicht zu schützen, während Mum vorsprang und den Arm meines Dads packte. »Nein, Max, nicht Tori!«

Er wirbelte herum und schlug sie mit dem Handrücken ins Gesicht, so fest, dass sie gegen die Couch flog und ihr Kopf gegen die Armlehne schlug. Ich hatte noch nie gesehen, wie er sie schlug. Ich hatte nur die Streitereien gehört und dann ihre Blutergüsse gesehen.

»Dad! Bitte!«, schrie ich. Meine Mutter duckte sich und schaute ängstlich zu meinem Dad auf, während sich auf ihrer Wange eine rote Schwellung ausbreitete. »Tu Mum nicht weh, es war mein Fehler.«

Er drehte sich zu mir um und hob die Hand. Ich zuckte vor ihm zurück, und aus meiner Kehle kam ein Schluchzen. Plötzlich verschwand alle Wut aus seinem Gesicht, als wäre ein Schalter umgelegt worden. Er streckte die Hand nach mir aus. »Tori, Liebes. Das tue ich normalerweise nicht … es muss an dem Wein liegen, den ich getrunken habe …«

Ich rannte nach oben, und Dad folgte mir. Im Hintergrund konnte ich meine Mum schluchzen hören. Ich schlug ihm die Schlafzimmertür vor der Nase zu, drehte den Schlüssel um und schlüpfte schnell in meine Jeans. *Ich muss hier raus.*

»Tori«, rief mein Dad durch die Tür, seine Stimme voller Schmerz. »Bitte, Prinzessin, ich hatte nicht vor, deiner Mutter wehzutun. Ich liebe euch beide. Schließ die Tür auf, Liebes.«

»Ich brauche Zeit. Wir können morgen reden.«

Er zögerte ein paar Augenblicke. »Okay. Ich liebe dich, Süße, und ich liebe deine Mutter, das weißt du doch, oder? Es wird nicht wieder passieren.«

Ich fragte mich, wie oft er das meiner Mum schon

erzählt hatte. »Ja, Daddy«, sagte ich und bemühte mich, meine Stimme weiter ängstlich klingen zu lassen. *Gute kleine Lebkuchentochter.* »Bis morgen.«

Ich wartete eine Stunde, dann schlich ich mich leise aus dem Haus und ging zu dem Feld, auf dem ich Cam das erste Mal getroffen hatte. Der Mond war nicht zu sehen, und als ich den Weg verließ, war es stockdunkel, die Bäume vor mir unsichtbar. Die vergangene Stunde brodelte wie ein kochender Lavasee in meinen Gedanken, sodass ich Cam kaum bemerkte, als er vor mich trat.

»Tori«, sagte er, sein Gesicht in der Dunkelheit nur ein heller Fleck. »Ich habe gesehen, wie du aus dem Haus gekommen bist.«

Er griff in seine Tasche, zog sein Handy heraus und schaltete die Taschenlampe daran an, sodass unsere Gesichter in hellem Neonblau leuchteten.

Ich schaute Cam an und sah, dass er kein T-Shirt trug, nur ein paar Shorts. Der Wind hatte zugenommen und wirbelte sein dunkles Haar durcheinander. Mein Blick wanderte über die leichte Vertiefung zwischen seinem Schlüsselbein und der Schulter, die weichen Haare auf seinen Unterarmen, die glatte Kurve seiner Brust.

»Was ist los? Hast du geweint?«, fragte er.

»Mein Dad«, flüsterte ich. Das Bild seiner Hand, wie sie durch die Luft auf das Gesicht meiner Mum zuhielt, tauchte vor meinem inneren Auge auf, und weitere Tränen rannen mir über die Wangen. Cam zog mich an sich, ich vergrub mein Gesicht an seinem Hals und atmete seinen Moschusgeruch tief ein.

Wenn ich mich einfach in ihm verkriechen könnte, wäre alles in Ordnung.

Cam legte die Finger unter mein Kinn und hob mein Gesicht an. »Hat er dir wehgetan?«

»Nein, aber meiner Mum …«

Er spähte über meine Schulter zu unserem Haus. »Ist sie okay? Soll ich nach ihr sehen?«

»Nein, ist schon in Ordnung.«

»Ist es das erste Mal, dass er sie geschlagen hat?« Ich schüttelte den Kopf. »Tori, mir war nicht klar …«

Ich wandte mich ab. »Ich will nicht darüber reden.«

Der Wind wurde stärker. Er hob eines der Metallbleche vom Dach des alten Wohnwagens, und es segelte in unsere Richtung. Cam packte meinen Arm und zog mich zur Seite.

»Du gehst besser zurück«, sagte er. »Es ist zu stürmisch hier draußen.«

»Auf keinen Fall gehe ich nach Hause. Noch nicht. Ich brauche ein wenig Zeit.«

Er schaute zu den Bäumen. »Im Wald gibt es eine kleine Hütte, da kannst du bleiben, bis der Wind sich legt.«

»Kommst du mit?«

Er zögerte, und für einen Moment dachte ich, er würde ablehnen, nachdem er jetzt von meinem Dad wusste. Aber nach einer Weile nickte er. Wir gingen auf die Bäume zu, während der Wind noch stärker wurde. Ich dachte daran, wie Pferd-Cam in der Nacht, als ich ihn kennengelernt hatte, aus dem Wald galoppiert kam. »Wir wären schneller dort, wenn du …«

»… wenn ich mich verwandelte?«

Ich lächelte scheu. »Genau.«

»Dann dreh dich um.«

»Ich habe doch schon gesehen, wie du dich verwandelst. Mir macht es nichts aus.«

Er deutete auf seine Shorts. »Tori, das sind meine Lieblingsshorts. Ich will wirklich nicht, dass sie zerreißen, okay?«

»Tut mir leid!«, sagte ich schnell und wandte mich ab.

Nach ein paar Sekunden drehte ich mich wieder um. Vor mir stand ein vertrautes Pferd. Cam ging vorne in die Knie, dann wieherte er. Ich packte mir das Handy und die Shorts und kletterte hinauf. Seine Muskeln waren heiß unter meinen Oberschenkeln, als ich mich an seine Mähne klammerte.

Bevor ich wusste, was geschah, sausten wir schon durch die Bäume und ließen das Feld, meinen Dad, Altus und alles andere hinter uns zurück. Seine Hufe donnerten über den Boden, während Bäume an uns vorbeischossen. Sein warmer Körper bebte unter meinen Beinen.

Schließlich erreichten wir eine winzige Lichtung mit einer kleinen Hütte in der Mitte. Pferd-Cam wurde langsamer und lehnte sich vor, sodass ich von seinem Rücken rutschen konnte. Ich legte seine Shorts neben ihm auf den Boden, drehte mich um, und er verwandelte sich. Als ich wieder zu ihm sah, stand er mit leicht gerötetem Gesicht und angezogen vor mir. Er ging auf die Hütte zu, und ich folgte ihm, während der Wind die Äste über uns durchrüttelte und die Baumstämme stöhnen ließ.

Als wir drinnen waren, legte Cam sein Handy auf den Boden, um den Raum zu erleuchten. Er war leer bis auf ein paar Scheite Holz und einen winzigen Plastiktisch, auf dem eine Kanne und eine Tasse standen, und erfüllt vom Geruch nach feuchtem Holz und Beeren.

Wir standen betreten in der Mitte des Raums. »Hast du inzwischen schon mit deiner Mum über Altus' Durchbruch im Bereich erneuerbare Energien geredet?«, fragte ich.

»Ja. Sie hat gesagt, dass Abeo-Staub theoretisch keine Mutationen auslösen sollte, wenn er nur in Spuren in die Luft gelangt. Immerhin wurde er ihr direkt ins Blut gespritzt, um unsere Mutationen auszulösen. Sie meinte auch, dass Altus nicht so dumm wäre und dieses Risiko sicher als Erstes kontrolliert hätte.«

»Wahrscheinlich«, meinte ich. »Aber warum haben sie vor den Fruchtbarkeitsbehandlungen nicht ähnliche Untersuchungen gemacht?«

»Unsere Fähigkeiten haben sich erst gezeigt, als wir in die Pubertät kamen, sie konnten es also bis dahin einfach nicht wissen. Ich weiß nicht, das Ganze macht mir trotzdem Sorgen ... und auch meiner Mum. Sie wird weiter nachforschen.«

»Hast du den unterirdischen Bunker letztendlich noch gefunden?«, fragte ich.

Er zögerte und musterte ein paar Sekunden lang eingehend mein Gesicht. »Nein«, antwortete er schließlich. »Ich habe mich verlaufen. Dieses Gebäude ist ein richtiger Irrgarten. Ich werde ihn ohne Karte niemals finden.«

»Vielleicht kann ich helfen?«

»Mir wäre es lieber, wenn du nicht mit reingezogen wirst.«

»Weil ich es vielleicht meinem Dad erzähle?«

Er wandte den Blick ab. »Vielleicht.«

»Gott, Cam, du kannst mir vertrauen.«

»Kann ich?«

»Ja, das kannst du. Dass mein Dad für Altus arbeitet, bedeutet nicht, dass ich es auch tue! Ich hasse sie. Nach dem, was du mir erzählt hast, hasse ich alles, wofür die Firma steht!«

Seine grünen Augen bohrten sich in meine. »Wie soll ich mir da sicher sein?«

Ich schüttelte den Kopf. »Vielen Dank auch, Cam! Du hältst offensichtlich nicht viel von mir, wenn du glaubst, dass ich Kinder wie dich verraten würde.« Ich drehte ihm den Rücken zu. »Ich habe keine Lust, Zeit mit jemandem zu verbringen, der mir nicht vertraut. Ich gehe.«

Ich bewegte mich Richtung Tür, aber er sprang vor mich, um mir den Weg zu versperren. »Geh nicht«, sagte er.

Wut kochte in mir hoch. »Warum? Offensichtlich vertraust du mir nicht und denkst, ich wäre nicht besser als mein Dad!«

Ich versuchte mich an ihm vorbeizuschieben, aber er schnitt mir wieder den Weg ab. Seine nackte Brust war ganz nah, sein Geruch sorgte dafür, dass mir ein bisschen schwindlig wurde, und dieses ziehende Gefühl, das ich in seiner Nähe immer empfand, irritierte mich zusätzlich. Ich schaute in sein Gesicht, bereit, ihn zur Seite zu stoßen, aber der Ausdruck in seinen Augen hielt mich davon ab.

»Verdammt, Tori!« Plötzlich lehnte er sich vor und presste seine Lippen auf meine. Meine Lippen reagierten sofort und drückten sich entschlossen gegen seine, während mein Kopf anfing, sich zu drehen. Alles in mir strebte zu ihm. Unsere Küsse wurden drängender, und ich ließ meine Hand über seine Brust gleiten, spürte die harten Muskeln unter meinen Fingern.

Aber dann änderte sich etwas, Cam fing an zu zittern, und unsere Küsse fühlten sich anders an. Seine Lippen waren nicht mehr so weich, seine Haut nicht mehr so heiß.

Ich zog mich ein Stück zurück und keuchte auf, als mir klar wurde, dass ich in das Gesicht meines Dads starrte! Ich stolperte nach hinten, während Cam sich als nächstes in Alex verwandelte, dann in Ashton.

»Was?«, rief er.

»Du ... Du hast dich in meinen Dad verwandelt und dann in Alex und Ashton. Du verwandelst dich immer noch!«

Er sprang mit einem panischen Ausdruck auf dem Gesicht nach hinten und starrte an seinem Körper hinunter. Er atmete schwer, während er sich wieder verwandelte, diesmal in Liam. Meine Instinkte brachten mich dazu aufzuschreien, und er sah mich mit hilflosem Gesicht an. Ich trat vorsichtig einen Schritt vor und konzentrierte mich auf seine grünen Augen.

»Cam, beruhige dich. Werde einfach ... ruhig. Atme tief durch.«

Er hielt meinen Blick, während sich seine Atmung mühsam beruhigte. Dann war er schließlich wieder er selbst. Mein Herz zog sich zusammen, als ich ihn da stehen sah, so wunderbar und gleichzeitig so verletzlich. Ich streckte die Hand nach ihm aus, aber er schob sie zur Seite.

»Nicht, Tori«, flüsterte er.

»Cam ...«

»Du musst angewidert von mir sein.«

»Nein, natürlich nicht!«

Er drehte sich weg. »Lüg mich nicht an.«

»Sein nicht albern, ich könnte dich nie widerlich finden.« Ich legte eine Hand auf seine Schulter. »Ist dir das schon mal passiert? Ich meine, während du ein Mädchen geküsst hast?«

»Niemals.« Er lachte bitter. »Nichts versaut den Moment so sehr, wie sich in deinen Dad zu verwandeln, richtig?« Ich wusste nicht, was ich sagen sollte, also stand ich bewegungslos in der Dunkelheit der Hütte, meine Hand immer noch auf seiner Schulter. »Ich bringe dich nach Hause«, sagte er schließlich.

Der Rückweg verlief schweigend. Als wir meine Straße erreichten, streckte ich die Hand nach seinem Gesicht aus, aber er wandte sich ab, sodass meine Finger an seiner Wange abglitten.

Am nächsten Morgen blieb ich solang wie möglich liegen. Der Wahnsinn der gestrigen Nacht hatte mich vollkommen aus der Bahn geworfen. Schließlich kroch ich aus dem Bett. Während ich die Zähne putzte, betrachtete ich mein Spiegelbild. Mein erhitztes Gesicht. Die leuchtenden Augen. Das dämliche

Lächeln. In diesem Moment gestand ich es mir ein. Ich mochte Cam. Mochte ihn *sehr*. War Hals über Kopf verliebt.

Ich legte die Zahnbürste zur Seite und setzte mich auf den Badewannenrand. Die Wahrheit war, ich hatte ihn gemocht, seitdem ich ihn das erste Mal gesehen hatte. Jedes Mal, wenn ich seine Lippen ansah, wollte ich sie küssen. Wann immer er lächelte, wollte ich seine Grübchen berühren. Und dann war da noch dieses Gefühl, wenn ich in seiner Nähe war, dieses magnetische Ziehen. Ich hatte mich noch nie zuvor so gefühlt. Es war, als lägen all meine Nerven blank und kribbelten ständig, als warteten sie nur darauf, dass er mich berührte, mich ansah, mit mir sprach. Ich war total auf Cam ausgerichtet.

Dann dachte ich über den verzweifelten Ausdruck auf seinem Gesicht nach, nachdem er sich verwandelt hatte, und seufzte. *Werden wir uns jemals wieder küssen?*

Ein wenig später schlich ich ins Erdgeschoss und hoffte inständig, dass ich meinem Vater nicht begegnen würde, bevor er in die Arbeit ging. Aber als ich an seinem Büro vorbeiging, bemerkte er mich.

»Können wir uns unterhalten, Tori?«

Als ich den Raum betrat, bemerkte ich, dass meine Mum auch da war. »Tori«, sagte sie. »Ich wünschte mir, du hättest nicht gesehen, was letzte Nacht geschehen ist. Wie du sehen kannst, geht es mir jetzt aber gut.« Ihre Lippen zitterten, als sie sich an einem Lächeln versuchte. »Dein Vater hat in der Arbeit sehr viel Stress, das hat seinen Tribut gefordert.«

Dad lehnte sich nach vorne. »Aber das ist keine Entschuldigung, das weiß ich, Tori. Es war sehr falsch, und es wird nicht wieder passieren. Du weißt, dass ich deine Mutter liebe, und auch dich liebe ich wirklich sehr.«

Ich schaute zwischen ihnen hin und her und suchte verzweifelt nach Worten. Glaubten sie, ich war taub und blind? Meine Mum fing meinen Blick ein und flehte stumm.

»Okay«, sagte ich schließlich.

Das Gesicht meines Dads zeigte pure Erleichterung. »Gut«, sagte er, als wäre es ihm gelungen, ein Rohr abzudichten.

In dieser Nacht lauschte ich konzentriert, um das Picken eines Schnabels an meinem Fenster nicht zu verpassen, aber ich wartete umsonst.

Am nächsten Tag traf ich mich vor meiner Ballettstunde in einem Café mit Lottie und Caitlin. Während sie über eine neue Band plapperten, starrte ich aus dem Fenster hinaus und dachte an Cam. Wann würde ich wieder von ihm hören? Wir hatten nicht einmal Telefonnummern ausgetauscht. Und die Tatsache, dass er mich in der vergangenen Nacht nicht besucht hatte, war kein gutes Zeichen. Oder litt ich an Verfolgungswahn?

»Sag nicht, dass du wieder Alex eingeladen hast, Lots«, beschwerte sich Caitlin, als sie an mir vorbei aus dem Fenster blickte. »Können wir Mädels denn gar nichts unternehmen, ohne dass dein Freund auftaucht?«

Ich drehte mich um und sah Alex auf der Straße – mit Cam. Ich verschluckte mich an meinem Kakao, und Caitlin schlug mir auf den Rücken.

»Hör auf, Cait«, sagte Lottie und drückte mir eine Serviette in die Hand. »Ich bin doch nicht eine von diesen dummen Tussen, die ihre Freundinnen vernachlässigen, sobald sie einen Freund haben. Nur leben wir nicht gerade in London, falls du es noch nicht bemerkt hast. Hier läuft man sich einfach über den Weg – das passiert ständig!«

Alex entdeckte uns, und sein Gesicht leuchtete auf.

»Super, jetzt kommt er rein«, grummelte Caitlin.

»Entspann dich!«, erwiderte Lottie. »Ich sage ihm, dass er wieder gehen soll.«

»Nein, tu das nicht!« Die Worte hatten meinen Mund schon verlassen, bevor ich darüber nachdenken konnte. Beide starrten mich an, dann blickten sie zu Cam, der hinter Alex hereinkam und dessen gut aussehendes Gesicht ziemlich angespannt wirkte.

Lottie zog eine Augenbraue hoch. »Oh, ich verstehe. Na ja, in diesem Fall können sie sich gerne zu uns gesellen.«

Caitlin kicherte, und ich starrte sie böse an.

»Hey, Baby«, sagte Alex, gab Lottie einen Kuss und setzte sich neben sie.

Cam stand vor dem Tisch. Ich lächelte ihn an, aber er schaute weg. Seine Hände hatte er in den Hosentaschen vergraben.

»Setzt du dich dazu, Cam?«, fragte Lottie und zwinkerte mir zu.

»Ich weiß nicht«, sagte er. »Ich muss noch … äh …«

»Oh, komm schon, Cam, nur ein paar Minuten«, meinte Caitlin, während sie versuchte, nicht an ihrem Kichern zu ersticken.

»Okay«, meinte er schließlich, setzte sich neben mich und wich meinem Blick aus. Während sich die anderen unterhielten, war er dagegen damit beschäftigt, seine Serviette in winzige Stücke zu zerreißen. Scheinbar erforderte das seine ganze Aufmerksamkeit.

Es war dumm, aber ich fühlte, wie mir Tränen in die Augen stiegen. Cam dachte offensichtlich, der Kuss sei ein Fehler gewesen, und war immer noch wütend wegen meines Dads. *Wie dämlich, Tori.* Wie hatte ich denken können, dass sich daraus etwas entwickeln konnte?

Ich sprang auf. »Ich gehe besser«, sagte ich in die Runde.

Lottie schaute auf ihre Uhr. »Aber dein Kurs fängt erst in gut zwanzig Minuten an, Süße.«

»Ich muss vorher noch ein bisschen trainieren«, meinte ich. Cam schaute zu mir auf und sah mich fragend an. Als ich spürte, wie Tränen in meine Augen traten, drehte ich mich schnell weg. »Ich schicke euch nachher eine SMS«, rief ich den Mädchen über die Schulter zu.

Meine gesamte Ballettstunde über war mir jämmerlich zumute, und ich übte ohne Begeisterung die endlosen Seitensprünge, die ich bereits perfekt beherrschte, die wir aber wieder und wieder wiederholten, weil eines der Mädchen sie nicht hinbekam. Ich war auch nicht gerade in Topform, nachdem ich ständig darüber nachgrübeln musste, was zwischen mir und Cam geschehen war. Wir hatten uns geküsst. Der Kuss war phantastisch gewesen. Dann hatte er sich verwandelt, und alles war schiefgelaufen …

Als mein Kurs schließlich zu Ende war, hielt meine Tanzlehrerin mich auf, um mir zu sagen, dass sie sehr wohl bemerkt hatte, dass ich in letzter Zeit nicht besonders sorgfältig getanzt hatte.

»Gute Technik erfordert exakte Bewegungen, Tori!«, sagte sie. Ihre Haare waren so streng in einen Pferdeschwanz zurückgebunden, dass es wirkte, als wäre sie geliftet worden. »Du musst immer daran denken, deinen Tanzbereich nicht zu verlassen. Sauber, sauber, sauber!«

Ich liebte es zu tanzen, aber Ballett war so reglementiert. Ich wollte mich einfach gehen lassen, die Ausrichtung und den Rahmen einfach vergessen. *Sauber* hinter mir lassen. Deswegen tanzte ich so gerne auf dem Feld. Damit entkam ich den strengen Regeln, dem Streiten meiner Eltern und den Beschränkungen, die mein Dad mir auferlegte.

Als meine Lehrerin mich schließlich gehen ließ, trat ich auf die Straße, bereit für den Fußweg nach Hause. Dann erstarrte ich. Cam stand unter einem Baum auf der anderen Seite, mit einem leichten Lächeln auf dem Gesicht. Ich zögerte verwirrt. Warum war er hier? *Ich nehme an, das erfahre ich nicht, ohne mit ihm zu reden.* Ich überquerte die Straße.

»Was ist los?«, fragte ich und bemühte mich, meine Stimme ruhig zu halten und dafür zu sorgen, dass er meiner Miene nichts anmerken konnte.

»Ich will dich wohin mitnehmen.«

Ich schaute auf meine Uhr. »Ich kann nicht, ich soll nach der Ballettstunde direkt nach Hause kommen.«

Cam seufzte. »Tori, es tut mir leid, okay?«

»Was tut dir leid?«

»Dass ich mich wie ein Trottel benommen habe!«, rief er, dann drehte er sich zur Seite und fuhr sich mit der Hand durch die Haare. »Würdest du einfach mitkommen? Ruf zu Hause an, erzähl ihnen, dass du noch ein wenig trainieren willst oder irgendwas.«

»Wo willst du mich hinbringen?«

Er lächelte. »Das ist ein Geheimnis!«

Neugier breitete sich in mir aus. »Ich weiß nicht ...«, murmelte ich, während ich ihn gleichzeitig anlächelte, um klar zu machen, dass ich ihn nur aufzog.

»Komm schon«, sagte er, packte meine Hand und zog mich um die Ecke zu einem fast leeren Parkplatz, auf dem ein schwarzer VW Golf stand. Er öffnete die Beifahrertür.

»Ist das deiner?«, fragte ich.

»Nein, der von meiner Mum.«

»Ich wusste nicht, dass du einen Führerschein hast«, sagte ich, als ich einstieg. »Du bist doch noch nicht siebzehn, oder?«

»Nö«, antwortete er, ging um den Wagen herum und stieg ein.

»Also hast du keinen englischen Führerschein?« Er schüttelte den Kopf. »Cam! Was ist, wenn die Polizei dich anhält?«

»Erstens, sie werden mich nicht anhalten, ich bin

ein toller Fahrer. Zweitens, wenn sie es doch tun, verwandle ich mich in meinen Dad.« Er öffnete seinen Geldbeutel und zeigte mir einen englischen Führerschein mit dem Foto eines Mannes mit schroffem Gesicht und breitem Lächeln.

»Aber dein Dad ist aus Kanada!«

»Er hat noch einen englischen Führerschein aus der Zeit, als er hier studiert hat, und er erneuert ihn regelmäßig, weil er in der Gegend immer wieder Vorlesungen hält.«

»Und du benutzt ihn? Das ist aber sehr unartig«, sagte ich und bemühte mich, nicht zu lächeln.

»Nein, das ist clever.« Er wurde ernst. »Tori, was du da gesagt hast, darüber, dass ich dir nicht vertrauen würde ... Ich vertraue dir.«

»Wirklich?«

»Sicher. Es war nur der Schock. Zu hören, wer dein Dad ist. Aber ich weiß, dass du nicht bist wie er. Nicht wie *die*.« Er lehnte sich zu mir und ließ seine Finger über mein Schlüsselbein gleiten. Die Spur, die er zog, brannte wie Feuer auf meiner Haut. Ich lehnte mich zu ihm, atmete seinen Duft ein, schloss die Augen ... »Verdammt!« Er schlug mit der Hand aufs Lenkrad. Sein Körper schimmerte wie tausend Sterne. Dann riss er die Autotür auf und rannte zu einem Baum, gegen den er seine Faust schlagen konnte. Ich sprang hinterher und packte seine blutige Hand, aber er entzog sie mir.

»Cam, mir ist es egal, ob du dich verwandelst.«

Er drehte sich mit blitzenden Augen zu mir. »Sei nicht dämlich, Tori! Es ist total krank, wenn ich mich jedes Mal, wenn wir uns küssen, in deinen Dad oder deinen Exfreund verwandle! Wie soll das zwischen uns funktionieren, wenn wir uns nicht mal normal küssen können? Du wärst besser dran, wenn du dich von mir fernhältst.«

»Jetzt sei du nicht dämlich, denn ich ... ich mag dich.« Ich schaute auf meine Hände und wurde rot.

»Dann bist du dumm. Du wirst nur verletzt, wenn du dich mit einem Freak wie mir einlässt.«

»Ich bin bereit, das Risiko einzugehen«, sagte ich und griff wieder nach seiner Hand. Diesmal widersetzte er sich nicht, als ich mit dem Ärmel meiner Strickjacke das Blut von seinen Knöcheln auftupfte.

»Du ruinierst die Jacke«, flüsterte er schließlich.

»Ich hab mich schon daran gewöhnt, dass du meine Kleidung benutzt.« Ich schob meine Finger zwischen seine. »Komm zurück ins Auto.« Hand in Hand gingen wir zum Wagen. »Sind die unkontrollierten Verwandlungen schlimmer geworden, seitdem Seth entführt wurde?«, fragte ich, als wir wieder saßen.

»Ich weiß es nicht.«

»Vielleicht hat es etwas damit zu tun?«

Er zuckte mit den Achseln. »Wer weiß. Sicher, ich habe manchmal die Kontrolle verloren, aber niemals über meine Verwandlungen – bis vor ein paar Monaten.«

»Kontrolle verloren?«

»Ich bin ein wenig jähzornig.« Ich riss die Augen auf und dachte an meinen Dad. »Ich würde dir aber nie wehtun, Tori! Das passiert mir nur mit Kerlen wie zum Beispiel Liam. Tyrannen. Ich kann nicht einfach rumstehen und zuschauen. Angel war genauso, aber Seth hat uns im Zaum gehalten.« Er schaute auf seine Hände, als er Seths Namen aussprach, und der Schmerz stand ihm deutlich ins Gesicht geschrieben. Ich wollte ihn berühren, aber ich hatte Angst, dass er sich wieder verwandeln und sich dann aufregen würde.

»Glaubst du, mein Dad weiß von Seth? Von den Fruchtbarkeitsbehandlungen?«, fragte ich.

»Ich hoffe nicht. Vielleicht ist er nur für die Sicherheitssysteme an den Gebäuden verantwortlich.« Ich nickte, aber tief in unserem Inneren wussten wir beide, dass es wahrscheinlich nicht stimmte. Er war schließlich der Leiter der Security.

»Du wirst Seth finden, Cam. Schon bald. Ich weiß es einfach.«

»Da bin ich mir nicht sicher. Ich habe das Gefühl, als würde uns die Zeit davonlaufen. Jeder Tag, der vergeht, führt mich weiter von ihm weg. Ich fühle mich ohne ihn nicht vollständig. Es ist, als würde eines meiner Organe fehlen.« Sein Gesicht fing an zu schimmern, und er wandte sich von mir ab. »Wir fahren besser los«, meinte er dann. Nachdem er den Motor gestartet hatte, zeigte er auf das Handschuhfach. »Ich glaube, da drin ist irgendwo eine *Linkin Park*-CD.«

»Deine Mum hat einen guten Musikgeschmack«, sagte ich, zog die CD aus dem Handschuhfach und legte sie ein.

»Machst du Witze? Meine Mum hasst diese Musik. Angel hat sie mir letztes Jahr zum Geburtstag geschenkt.«

Ich schaute mir die Hülle an und fand innen eine Widmung. *Hey, Baby, fröhlichen 16ten, jetzt bist du erwachsen! Yeah! Liebe dich, A. XXX*

Ich fühlte einen Stich von Eifersucht. Was war da zwischen den beiden? Als die Musik aus den Lautsprechern tönte, drückte Cam aufs Gas. Bäume schossen an den Fenstern vorbei. Aber so plötzlich, wie er Gas gegeben hatte, wurde er auf einmal auch wieder langsam.

»Die Polizei«, sagte Cam mit einem Blick in den Rückspiegel. Ich schaute nach hinten zu den blitzenden blauen Lichtern, und als ich mich wieder umdrehte, verwandelte sich Cam gerade. Sein dunkles Haar wurde heller, seine Schultern breiter. In der Gestalt seines Vaters fuhr er in einer Parkbucht an den Rand und kurbelte das Fenster nach unten.

Ein Polizist stieg aus dem Streifenwagen und kam zu uns. »Wissen Sie, warum wir Sie angehalten haben, Mister?«

Cam schüttelte den Kopf. »Ich fürchte nicht, Officer.«

»Haben Sie eine Vorstellung davon, wie schnell Sie gefahren sind?«

Cam schaute auf den Tacho. »Sechzig?«

»Eher fünfundsiebzig. Auf diesen Straßen gilt fünfzig.«

»Wirklich? Es tut mir leid, das war mir nicht klar.«

»Kann ich Ihren Führerschein sehen?«

Der Polizist musterte den Führerschein von Cams Vater, dann wanderte er davon und lehnte sich durch das Fenster seines Streifenwagens, um etwas ins Funkgerät zu sprechen.

Ich schluckte schwer. Was, wenn Cam verhaftet wurde? So einfach würde er da nicht herauskommen. »Cam, was tut er da?«

»Ruhig, Tori, das ist Standard. Er muss rausfinden, ob ich versichert bin und so was.«

»Warum zur Hölle wirkst du so ruhig? Ich bin völlig durch den Wind. Was, wenn er mich verhaftet? Mein Dad tickt aus!«

Er lachte noch, als der Polizist zurückkam. »Gibt es etwas zu lachen?«, fragte er.

»Es tut mir leid, Officer, aber meine Tochter scheint zu befürchten, dass Sie sie verhaften werden.«

Tochter? *Tochter?* Der Officer schaute mich durch das Fenster an und lächelte. »Mach dir keine Sorgen, Kleine, wir nehmen weder dich noch deinen Dad fest.« Er gab Cam den Führerschein zurück. »Achten Sie aber in Zukunft auf die Geschwindigkeit, okay, Sir?«

»Natürlich, Officer. Es tut mir wirklich leid.«

Der Polizist lächelte mich noch mal an, bevor er zu seinem Streifenwagen zurückging. Ich warf meinen Kopf nach hinten gegen die Kopfstütze und legte eine Hand auf mein Herz, das wie wild raste. »Danke, lieber Gott!«

Cam schüttelte den Kopf. »Du bist so süß, Tori. Bist du noch nie von der Polizei angehalten worden?«

Ich warf ihm einen kurzen Blick zu. »Nein! Aber es klingt, als wärst du daran gewöhnt.«

Er zuckte mit den Achseln. »Seth und ich haben zu

Hause öfter mal über die Stränge geschlagen. Und Angel war noch schlimmer als wir beide.« Er drehte sich zu mir, und seine Augen funkelten, als er sich in sich selbst zurückverwandelte und den Motor startete. »Das hat Spaß gemacht.«

»Hat es nicht!« Aber ich konnte nichts gegen das Lächeln auf meinem Gesicht tun.

Nach ein paar Minuten verließen wir Middleton, und die leuchtend weißen Windräder der Middleton-Windfarm ragten stolz vor uns in den Himmel.

»Ich verstehe nicht, warum die Leute gegen sie demonstrieren, eigentlich finde ich sie sogar ganz hübsch«, sagte ich.

»Das freut mich, denn dort fahren wir hin.«

»Aber das ist Sperrgebiet.« Ich musterte meine Kleidung. »Und ich sehe aus wie eine Figur aus dem *Nussknacker.*«

Er lachte. »Du siehst süß aus. Und für einen örtlichen Stadtrat ist die Anlage sicher nicht gesperrt.« Er fing an zu schimmern, und nach ein paar Sekunden saß Alex' Vater Keith neben mir – dasselbe kurz geschnittene graue Haar, derselbe schlaksige Körper. »Ich habe gestern angerufen, um mich und meine Nichte anzukündigen.«

Ein paar Minuten später erreichten wir ein kleines Steinhaus, hinter dem sich gelbgrüne Felder erstreckten. In der Ferne summten die Windturbinen. Cam griff in den Kofferraum und zog einen Korb hervor.

»Ein Picknick?«, fragte ich.

»Genau!«

Ich klatschte in die Hände. »Ich liebe Picknicks!«

»Ich auch!« Wir beide drehten uns um, als ein kleiner, untersetzter Mann aus dem Gebäude kam. Er streckte Keith-Cam die Hand entgegen. »Herr Stadtrat, was für ein Vergnügen!«

Keith-Cam schüttelte ihm die Hand. »Danke, dass Sie das möglich machen, David. Das ist meine Nichte Lisa.«

»Freut mich sehr, Lisa. Sie kennen sich hier ja schon aus, Herr Stadtrat, also werde ich Sie beide nicht langweilen. Sie sollten sich nur in die Besucherliste eintragen, weil wir in der letzten Zeit einfach auf Sicherheit achten müssen. Aber danach kann ich Sie allein auf die Windfarm schicken, während ich einer Telefonkonferenz beiwohne.« Seine Miene wurde ernst. »Haben Sie sich ein wenig über das Thema schlaugemacht, über das wir letzte Woche gesprochen haben, Herr Stadtrat?«

Mein Herz setzte für einen Moment aus, und Keith-Cams Miene versteinerte. »Ich bin noch dran«, sagte er schließlich.

»Aber ich dachte, der Stichtag war schon letzte Woche?«

»Die Frist wurde verlängert«, antwortete er.

»Ah, in Ordnung. Dann kommen Sie mal mit.«

»Das war knapp!«, flüsterte ich, als wir David durch einen kleinen Raum folgten, an dessen einem Ende ein unaufgeräumter Schreibtisch stand und am anderen Ende eine Vitrine mit Steinen. Nachdem wir beide unterschrieben hatten, ging ich zu der Vitrine und spähte hinein. Einer der Steine war groß, pur-

purschwarz und hatte glitzernde, knollenartige Einschlüsse.

Keith-Cam lehnte sich ebenfalls darüber, sein Gesicht direkt neben meinem. »Er ist schön«, sagte er. Dann schaute er mir mit seinen leuchtend grünen Augen ins Gesicht, und für einen Moment vergaß ich, dass er Alex' Dad war.

Davids Gesicht erschien neben unserem Spiegelbild. »Schön ist er schon. Eine wunderschöne Katastrophe.«

Ich schaute zu ihm auf. »Katastrophe?«

»Für die Umwelt. Das da ist eine Probe unterirdischen Gesteins – das Zeug, durch das sich Ölfirmen bohren, um die Kohlenwasserstoffe zu finden, die unsere Häuser beheizen, unsere Autos antreiben, unser Essen kochen. Das Zeug, das sie verbrennen, um unser Klima durcheinanderzubringen. Bei Windfarmen ist das natürlich nicht der Fall.«

Ich betrachtete ein altes Gemälde an der Wand, auf dem zwei Paare in prächtiger Kleidung abgebildet waren. »Wer ist das?«, fragte ich.

»Der Mann ganz rechts ist der Graf. Der, dem das Herrenhaus auf dem Hügel einst gehört hat«, sagte David.

Ich lehnte mich vor und musterte die hübsche Frau neben ihm. »Ist das seine Frau?«

David nickte. »Ja. Sie war schön, nicht wahr? Kam aus den Niederlanden.«

»Sie wurde ertränkt, richtig?«, fragte Keith-Cam.

»Ich fürchte, ja. Ihr Vater baute Windmühlen in Amsterdam. Auf diese Weise hat der Graf sie auch kennengelernt. Er war fasziniert von Windmühlen, von allen Arten von Energie, bevor es Strom gab. Deswegen ließen sie am Herrenhaus auch eine Windmühle bauen.«

»Was meinen Sie damit? Am Herrenhaus ist doch keine Windmühle«, sagte ich.

David lächelte. »Aber ja! Du kennst sicher den alten, halb zerfallenen Turm, oder? Das sind eigentlich die Überreste der Windmühle.«

Ich lächelte. »Wow, das wusste ich nicht.«

David wandte sich an Keith-Cam. »Aber Sie wussten es doch?«

»Natürlich!« Als David sich wieder an mich wandte, zwinkerte mir Keith-Cam über seine Schulter zu, und ich hatte Mühe, nicht zu lachen.

David zeigte auf den Mann, der am linken Rand des Bildes stand – ein stolzer Mann, den ich jetzt als den Mann aus Georges Vortrag erkannte. »Das ist Harold Chambers mit seiner Frau. Er war Alchemist und hat schon vor dreihundert Jahren eine Firma gegründet. Er nannte sie Altus.«

Keith-Cam kniff die Augen zusammen. »Der Gründungsvater von Altus, wie George ihn in seinem Vortrag genannt hat?«

»Genau. Das Problem war, dass die Alchemie im achtzehnten Jahrhundert unpopulär wurde, nachdem die moderne Chemie sie ersetzte, also fing er an, eine neue Welle zu reiten – die Suche nach elektrischen Phänomenen. Seine Freundschaft mit dem Grafen beruhte auf einem gemeinsamen Interesse an der Suche nach Energiequellen.«

»Und Harold hat diesen Erdstaub entdeckt, über den George Chambers ständig geredet hat, Abeo-Staub?«, fragte Keith-Cam.

David nickte traurig. »Das stimmt. Aber er konnte nicht herausfinden, wozu er gut war. Er wusste nur, dass der Staub etwas Besonderes war. Schließlich verlief Altus im Sand, wurde aber in den Sechzigerjahren neu gegründet, als der Aufstieg der Pharmaindustrie begann. Und jetzt ist Altus wirklich auf Expansionskurs – ich habe Gerüchte gehört, nach denen sie bald einen Vertrag mit der US-Regierung unterschreiben, um die USA mit diesem speziellen Staub zu beliefern.« Er seufzte. »Das erklärt eine Menge.«

»Was meinen Sie damit?«

David schaute zu Keith-Cam. »Ich hoffe, dass es Ihnen nichts ausmacht, wenn ich offen spreche, aber ich verdächtige George Chambers, die treibende Kraft hinter den Protesten gegen die Windfarm in den letzten Monaten zu sein.«

Keith-Cam legte den Kopf schräg. »Warum glauben Sie das?«

»Selbst wenn Abeo-Staub die Kosten und die Energie reduziert, um CO_2-Emissionen einzufangen und zu recyceln, handelt es sich dabei doch um einen kostenintensiven Prozess. Also braucht Altus mehr Investoren, auch vor allem Leute, die sonst eher in erneuerbare Energien wie Wind- und Sonnenenergie investieren würden. Wir haben die Gelder vom Staat, um die Anzahl der Windräder hier zu erhöhen, aber noch keine Baugenehmigung der Gemeinde. Wenn wir diese Erlaubnis bekommen, würden wir zu einer der größten Land-Windfarmen in Großbritannien werden. Das würde uns großes Medieninteresse sichern, was wiederum dafür sorgen könnte, dass mehr Leute in uns investieren als in Altus.«

»Aber wie sollte ein Vertrag mit der US-Regierung das beeinflussen?«, fragte ich.

David seufzte. »Wird es wahrscheinlich nicht, aber George Chambers ist wie besessen. Er weiß, dass die US-Regierung von Umweltaktivisten sehr unter Druck gesetzt wird, endlich in Windfarmen zu investieren. Es ist wahrscheinlich nicht genug, um sie davon abzuhalten, den Vertrag mit Altus zu unterschreiben, das weiß George, aber er will, dass jede Konkurrenz ausgeschaltet wird ... nur für alle Fälle. Er hat Gutachten in Auftrag gegeben, die sich auf die negativen Effekte der Windfarmen konzentrieren sollen.« Er sah erst mich an, dann Keith-Cam. »So wie ich ihn kenne, wird dieser Mann alles tun, damit sein Vertrag über mehrere Milliarden Dollar unterschrieben wird. *Alles.*« Plötzlich warf er einen Blick auf die Uhr. »Verdammt. Ich muss wirklich zu dieser Telefonkonferenz. Ich wünsche Ihnen ein schönes Picknick und viel Spaß!«

David blieb im Raum, während wir nach draußen gingen.

»Was ist los?«, fragte ich, weil ich sah, dass Keith-Cams Miene sich verdüsterte.

»Ich habe nur über das nachgedacht, was David gesagt hat. Er hat recht, George Chambers wird alles tun, damit dieser Vertrag unterschrieben wird.«

»Auch Kinder wie dich und Seth entführen?«, sagte ich leise.

»Das ist, was ich einfach nicht verstehe! Sie müssen uns nicht gefangen nehmen, um dafür zu sorgen, dass wir unser Geheimnis bewahren. Wir wollen gar nicht, dass die Leute wissen, dass wir Freaks sind. Und sie haben nur Seth entführt, soweit ich weiß, keine anderen Gestaltwandler. Sie würden uns doch alle einfangen wollen, wenn es darum ginge, uns zum Schweigen zu bringen?« Er zögerte. »Außer, es sind noch andere verschwunden, von denen wir nichts wissen. Es gibt Hunderte von Freaks wie uns auf der ganzen Welt.«

»Du bist kein Freak, Cam.«

Weil der Wind einer nahe gelegenen Turbine meine Haare aufwühlte, lehnte er sich vor und schob mir eine Strähne hinter das Ohr. »Tut mir leid, eigentlich sollten wir Spaß haben«, meinte er.

»Das ist okay, Herr Stadtrat. Ich brauche dazu nur den *echten* Cam zurück.«

Er lächelte. »Lass uns noch ein Stück weitergehen, zu der Turbine da drüben, damit uns niemand mehr sehen kann.« Nach ein paar Minuten schimmerte er und kehrte in seinen eigenen, phantastischen Körper zurück. »Jetzt gehöre ich ganz dir.« Er küsste mich kurz auf den Mund, bevor er eine Picknickdecke auf dem Boden neben dem Windrad ausbreitete. Dann packte er das Essen aus, das er mitgebracht hatte: Erdnussbuttersandwiches und selbst gebackene Brötchen mit Würstchen darin, plus eine Riesentüte Erdnussflips, zwei Stücke Schokoladenkuchen und eine kleine Flasche Traubensaft mit zwei Champagnergläsern aus Plastik.

Ich kicherte, als er mir eins der Gläser in die Hand drückte und »Madame!« sagte, bevor er den Saft eingoss.

»Du weißt wirklich, wie man eine Dame bewirtet, Cam. Erdnussflips und Traubensaft.«

»Ein Toast«, meinte er, »auf die wunderschöne, witzige und magnetische Tori Hamilton.« Wir stießen an und lachten. Als wir mit dem Essen fertig waren, stieß er die Plastikverpackungen zur Seite und zog mich an sich. Ich ließ es zu und lehnte meine Wange an seine Brust. Seine Finger glitten über meine nackten Schultern, folgten der Linie meines Schlüsselbeins und streichelten dann wieder meinen Arm.

Normalerweise würde ich einen Kerl, den ich erst ein paar Wochen kannte, nicht so nah an mich ranlassen, aber mit Cam fühlte sich alles so natürlich an. So *richtig*.

»Hey, was ist das?«, fragte er, als er drei dunkle Blutergüsse auf meinem Unterarm entdeckte. Ich schaute nach unten – wahrscheinlich waren das die Spuren vom Griff meines Dads, als er mich so hart gepackt hatte. Cam fuhr sie mit den Fingern nach, und für einen Moment hatte ich das Gefühl, dass er wieder schimmerte.

Ich schob seine Hand beiseite. »Nichts. Ich war nur ungeschickt.«

»Tori, du kannst mit mir über deine Eltern reden, das weißt du, oder?«

Ich schaute zu dem Windrad auf und wollte einfach nur das Thema wechseln. »Seltsam, dass sie schon früher auf solches Zeug scharf waren.«

Er schwieg für einen Moment und musterte mein Gesicht, als wollte er sich darüber klar werden, ob er nachhaken sollte. Schließlich lächelte er. »Tori, früher *war* das die einzige Energie, bevor der Strom erfunden wurde. Erinnerst du dich?«

»Schon klar. Ich wette aber, dass du nicht wusstest, dass sie Magnete verwenden, um Windräder zu bauen. Magnete sind wirklich überall.« Ich streichelte seinen Arm und zitterte, als ich erneut seine magnetische Anziehung fühlte.

»Das stimmt. Wir haben einmal in Kanada ein Gezeitenkraftwerk besucht, und sogar dort haben sie Magnete benutzt. Das war echt phantastisch. Mir gefiel die Idee, dass der Mond uns Energie verschafft.«

»Ich mag den Mond. Mein Sternzeichen wird von ihm regiert.«

»Du bist eher wie die Sonne, hell und warm und wunderbar.«

»Dann bist du der Mond, grüblerisch und magnetisch und umwerfend. Und du bist ein Werwolf!«

Cam lachte. »Was für ein Klischee! Ich habe mich bis jetzt nur einmal in einen Wolf verwandelt. Und vielleicht habe ich ein- oder zweimal den Mond angeheult, aber damit enden die Parallelen auch schon.« Er blinzelte in die Sonne. »Als wir Kinder waren, hat unser Dad uns immer Legenden der Eingeborenen erzählt, die er auf seinen Reisen gesammelt hat. Viele Stämme glauben, dass der Mond und die Sonne einst Menschen waren, die auf der Erde wandelten.« Er schaute wieder zu mir und zog eine Augenbraue hoch.

»In manchen dieser Geschichten kriegt die Sonne den Mond rum – nur dass dort der Mond eine Frau ist und die Sonne ein Mann.«

»Rumkriegen? Das dürfte bei uns nicht der Fall sein.«

»Nicht, wenn ich der Mond bin und du die Sonne.« Er schaute auf mich herunter, und seine grünen Augen leuchteten. Ich lehnte mich zu ihm. Für einen Moment glaubte ich, er würde mich aufhalten, aber stattdessen zog er mich an sich, und unsere Lippen trafen sich. Warme Wellen glitten durch mich, und ich rutschte nach vorne, bis ich auf seinem Schoß saß. Ich schlang meine Beine um seine Hüfte, während seine Liebkosungen drängender wurden, mein Schlüsselbein verließen und weichere Gebiete eroberten.

Aber dann hörte er auf und schob mich vorsichtig von seinem Schoß, bevor er sein schimmerndes Gesicht abwandte. »Tut mir leid«, flüsterte er.

»Aber diesmal hat es länger gedauert, oder?«

Er nickte, doch ich konnte sehen, dass er niedergeschlagen war. Er ließ seine Schultern hängen. »Hast du was von Ashton gehört?«, fragte er schließlich.

Wieso redete er *jetzt* über ihn? »Nein, warum?«

»Auf dem Ball ist er kaum von deiner Seite gewichen.«

»Er ist ein Idiot. Außerdem versucht er nur, mich zurückzugewinnen, weil sein Dad will, dass wir zusammen sind.«

Cam lächelte. »Hast du je darüber nachgedacht, dass er dich vielleicht wirklich mag?«

»Ich glaube nicht, dass Ashton überhaupt zu Gefühlen fähig ist.«

»Ich habe ihn vor Kurzem gegoogelt und dabei ein Bild seiner Mum gesehen. Sie sieht aus wie du.«

»Sein Dad hat dasselbe behauptet. Stimmt, sie war auch blond, aber das war's dann auch. Ich glaube, er hat eine Schwäche für Blondinen. Das Flittchen, mit dem ich ihn erwischt habe, war auch blond.«

»Ich würde dir das nie antun.«

Bei dem Unterton in seiner Stimme musste ich lächeln. Vielleicht sah Cam in unserer Beziehung doch mehr als nur ein paar Küsse. »Jetzt habe ich alles über meinen Ex erzählt, jetzt bist du dran.« Er lachte, wich aber meinem Blick aus. »Also, mit wem warst du zusammen?«, drängte ich.

»Mit ein paar Mädchen«, meinte er.

»*Ein paar*?« Ich war selbst überrascht von der Lautstärke, mit der ich diese Worte sagte.

»Ruhig, Miss Eifersüchtig! Wenn ich wirklich darüber nachdenke, haben sie mir nichts bedeutet. Sie waren nicht wichtig, sondern einfach nur Zeitvertreib, okay?«

»Was ist mit deiner Freundin Angel?«

»Sie ist eine gute Freundin, nicht mehr.«

»Ist sie hübsch?«

»Schätze schon. Sie modelt ein wenig, aber ...«

»Sie ist *Model*?!«

»Sie ist für mich eher wie eine Schwester und hundertprozentig nicht mein Typ.« Er atmete tief durch. »Nicht wie du.« Er lehnte sich vor, um mich wieder zu küssen, aber dann klingelte sein Handy. Er grub es aus seiner Hosentasche und schaute auf das Display. »Meine Mum, da gehe ich besser ran.«

Er klappte das Telefon auf und hielt es ans Ohr. »Hi, Mum … Unterwegs … Ich bin mir nicht sicher, ob das geht. Tori ist bei mir.« Er seufzte. »Ja, ein Mädchen.« Er schaute zu mir herüber und lächelte schwach. »Ich bin mir nicht sicher, sie … okay, ich werde sie fragen. Aber Mum, nimm sie nicht ins Kreuzverhör, okay? Ja, ja, werde ich. Bis gleich.«

Er klappte das Handy zu und schaute mich an. »Meine Mum hat den Grill angeworfen. Sie hat dich eingeladen, aber ehrlich, du musst nicht …«

»Nein, das wäre toll«, sagte ich, weil ich neugierig darauf war, seine Mum kennenzulernen. »Ich muss nur kurz meinen Dad anrufen und mir noch eine lahme Ausrede einfallen lassen.« Cam lächelte verlegen, dann machten wir uns auf den Rückweg.

Kapitel 7

Cam lebte in einem Haus im edwardianischen Stil, das in einer langen Reihe ähnlicher Häuser lag. Die großen Fenster gaben den Blick auf hohe Räume mit Kaminen frei.

»Lass dir nicht anmerken, dass du über meine Fähigkeiten Bescheid weißt«, sagte Cam, als wir aus dem Auto stiegen. »Mum fände das nicht gut. Meine Eltern haben mich gezwungen zu schwören, dass ich es niemals jemandem erzähle, und bis jetzt habe ich das auch nicht getan. Bis ich dich getroffen habe. Oh, und was auch immer sie fragt, erzähl ihr auf keinen Fall von deinem Dad.«

»Keine Sorge!«

Wir traten in den Flur, der in sonnigem Gelb gestrichen war. Die Farbe passte gut zu dem Zitronenduft, der in der Luft hing. Cam führte mich in eine große Küche, in deren Mitte ein riesiger alter Eichentisch stand, auf dem sich Bücher und Notizzettel stapelten. Als wir uns der großen Fenstertür in der hinteren Wand der Küche näherten, wurde der Zitronenduft von leckeren Grillgerüchen verdrängt.

Cam führte mich hinaus in einen schmalen, aber sehr langen Garten. Überall blühten wilde Blumen und Gräser. Ein Stück entfernt wiegte sich ein Apfelbaum im Wind, und an einem seiner Äste hing eine Schaukel.

Auf der Veranda thronte ein großer Grill, hinter dem eine kleine, kurvige Frau mit dunkelbraunem Haar stand, das dem von Cam sehr ähnelte, aber lang und lockig war. Ihre olivfarbene Haut glänzte im nachlassenden Sonnenlicht, und auf ihrem Gesicht entfaltete sich ein Lächeln. Aber mir fiel auf, dass sie dunkle Ringe unter den Augen hatte und mich trotz ihres Lächelns kritisch musterte.

»Hallo, Tori. Ich bin Laura.«

»Hi, Laura«, erwiderte ich.

Cam übernahm den Grill. »Ich mache das schon, Mum. Setz dich hin.«

Sie küsste ihn auf die Wange, woraufhin er rot wurde. »Oh, stell dich doch nicht so an, Cam. Wenn keiner deiner Freunde zusieht, macht es dir überhaupt nichts aus, dich von mir küssen zu lassen. Ich kümmere mich schon um alles, hol du die Burger von drinnen. Und bring Tori etwas zu trinken!«

Cam schaute zu mir, zuckte mit den Achseln und schlenderte zurück in die Küche.

»Du kommst auch aus Middleton, richtig?«

»Ja, ich wohne in dem Haus in der Nähe des Waldes.«

»Oh ja, ich weiß, welches du meinst. Hübsch.«

Cam kam wieder auf die Terrasse und schirmte mit der Hand seine grünen Augen gegen das Licht der untergehenden Sonne ab. Er reichte seiner Mum die Burger, dann stellte er zwei Gläser Limonade vor uns ab und setzte sich neben mich.

»Also, Tori, wie hast du Cam kennengelernt?«, fragte Laura.

»Mum! Nimm sie nicht ins Kreuzverhör!«, jaulte Cam.

»Mir macht das nicht aus«, erklärte ich. »Ich bin mit Lottie befreundet, Alex' Freundin. Alex wohnt nebenan.«

»Cam hat Lottie erwähnt und erzählt, dass ihre Mum für die Lokalzeitung arbeitet. Anscheinend hat sie einen ziemlich feurigen Charakter?«

Ich lachte. »Und ihre Tochter auch!«

»Und was machen deine Eltern?«, fragte Laura weiter. Cam starrte sie böse an, und sie lachte. »Okay, Cam, verschon mich mit diesem Blick, bitte. Ich versuche auch, mich normal zu benehmen.« Sie lächelte mich an. »Cam ist es ein wenig peinlich, dass ich die Tendenz habe, die Leute zu verhören. Aber ich bin einfach nur ehrlich interessiert.«

Trotz ihres beiläufigen Tonfalls konnte ich die Schärfe in ihren Fragen spüren. Ich nippte an meiner Limo und schenkte ihr mein bestes Schwiegertochterlächeln.

»Cam hat erzählt, dass Sie Wissenschaftlerin sind. Das ist wirklich cool. Warum haben Sie sich für diesen Beruf entschieden?«, fragte ich und wich damit ihrer Frage über meine Eltern aus.

»Mein Dad war Chemielehrer«, sagte sie und wendete einen Burger. »Ich hatte mich auf chemische Verfahrenstechnik mit dem Schwerpunkt erneuerbare Energien spezialisiert, um vom Menschen geschaffene Energiequellen zu erforschen. Aber in letzter Zeit hat mich die Wissenschaft ein wenig desillusioniert.« Wahrscheinlich seit sie herausgefunden hatte, was die Wissenschaft ihren Söhnen angetan hatte … »Traurigerweise spezialisieren sich die meisten Firmen nur wegen des Geldes auf erneuerbare Energien. Es geht nur um Gier. Länder wie die USA sind bereit, riesige Summen für alternative Energiekonzepte zu zahlen.«

Ich hätte sie gern gefragt, was sie von Altus' Durchbruch hielt, aber gleichzeitig wollte ich das Thema nicht in eine Richtung lenken, die vielleicht meinen Dad ins Spiel brachte. »Sind Sie selbst auch mal zu irgendwelchen Urwaldstämmen gereist?«, fragte ich stattdessen.

Cams Gesicht leuchtete auf, und die nächste Stunde verbrachten die beiden damit, mich mit Geschichten über seinen Dad zu unterhalten. Ab und zu erwischte ich Cam dabei, wie er mich mit diesen unglaublich grünen Augen beobachtete. Schließlich wurde es dunkel, und ich schaute auf die Uhr. »Ich gehe besser nach Hause«, meinte ich widerwillig.

»Dann räume ich kurz ab«, sagte Laura, während ihr Blick abwägend zwischen Cam und mir hin- und herglitt. Hatte sie bemerkt, wie Cam mich ansah? Ich ging davon aus, dass sie nicht begeistert wäre, wenn er mit jemandem von hier etwas anfing. *Und schon gar nicht mit der Tochter des Security-Leiters von Altus.*

»Entschuldige, dass ich dich hierhergeschleppt habe«, sagte Cam, nachdem seine Mutter im Haus verschwunden war. »Sie möchte die Leute einfach kennenlernen, mit denen ich zu tun habe ... Hast du Lust zu schaukeln?«

Ich lachte und folgte ihm in den dunklen Garten. Der Geruch von Wildblumen umgab uns. Als wir am Apfelbaum ankamen, setzte ich mich auf die Schaukel, während Cam hinter mir stand und mich sanft anschubste. Ich drehte mich zu ihm um. Die Haare hingen ihm ins Gesicht, während hinter seinem Kopf schon schwach die ersten Sterne schimmerten.

»Der Kleine Wagen«, sagte ich und schaute zu einer Gruppe von Sternen auf, die ein wenig aussah wie eine Pfanne.

»Kleiner *was?*«

»Das ist ein Sternbild«, sagte ich und zeigte darauf.

»Es sieht überhaupt nicht aus wie ein Wagen.«

»Lateinisch heißt er Ursa Minor, Kleiner Bär. Es gibt auch einen Großen Bären und einen Großen Hund und sogar eine Taube!«

Er fing plötzlich an zu schimmern, und die Umrisse seines Gesichts verschwammen mit den Sternen hinter ihm. »Vielleicht wurden sie nach Kindern wie mir benannt.«

»Vielleicht! Vielleicht seid ihr alle Sternenwandler.«

Er lächelte. »*Sternenwandler*. Das gefällt mir.«

»Du wärst dann der Kleine Bär.«

»Der Kleine Bär? Eher der Große Bär!«

Cam lehnte sich vor und küsste meinen Nacken,

während er wie ein Bär brummte. Ich kicherte. Dann sah er mir tief in die Augen. Für ein paar Momente wagten wir es nicht, uns zu bewegen, während die Sternbilder uns von oben zusahen.

»Es ist seltsam, dass deine Mum auch an erneuerbaren Energien gearbeitet hat – genau wie Altus«, meinte ich dann.

»Das ist kein Zufall. Die Firma, bei der Mum in Kanada angestellt war, hat mit Altus zusammengearbeitet. So wurde sie in die Fruchtbarkeitsbehandlung aufgenommen ... Stell dich doch mal auf die Schaukel.«

»Warum?«

»Ich will dir was zeigen.«

Ich kletterte auf die Schaukel, und meine Muskeln verkrampften sich, als ich mich bemühte, still zu stehen. Cam stieg hinter mir hinauf, seine Brust an meinem Rücken, sein Atem an meinem Arm. Mein Herz fing an, schneller zu schlagen, als ich die Wärme seines Körpers fühlte. »Siehst du das große Haus?«

Ich kniff die Augen zusammen und konnte in der Ferne ein hohes Gebäude erkennen. »Altus«, flüsterte ich.

»Seth ist vielleicht dort, in diesem Moment.« Ich konnte seinen Herzschlag an meinem Rücken fühlen. »Heute Nacht werde ich wieder hingehen.«

Ich drehte meinen Kopf, um ihm ins Gesicht zu schauen. »Cam, vielleicht solltest du das nicht tun. Es könnte gefährlich werden.«

»Ich kann die Suche nicht aufgeben, Tori. Er ist mein Bruder.«

»Bitte, schick mir wenigstens eine SMS hinterher. Oder komm mich besuchen, wie neulich.«

Er lächelte, und seine Augen glitten zu meinen Lippen. »Ich werde es versuchen.«

An diesem Abend brauchte ich lange, um einzuschlafen, weil ich mir Sorgen um Cam machte. Als ich schließlich doch einschlief, träumte ich, dass er und ich über Häuserdächer flogen. Feuer raste durch meinen Körper, als ich meine Lippen auf seine drückte. Aber dann löste er sich von mir, und seine Augen waren voller Angst, als er zu Boden fiel …

Ich wachte mit einem unterdrückten Schrei auf, völlig orientierungslos. Kratzende Geräusche drangen in mein Zimmer. Träumte ich noch? Dann ging mir auf, dass das Kratzen von meinem Fenster kam – und Sonnenlicht in den Raum fiel. Ich schaute auf die Uhr und konnte kaum glauben, dass es bereits sieben Uhr morgens war. Cam hatte mir keine SMS geschickt! Ich rannte zum Fenster, und dort saß eine wunderschöne Perserkatze auf dem Fensterbrett, das flache Gesicht gegen die Scheibe gepresst. Ich starrte in ihre Augen – sie hatten ein unverwechselbares Smaragdgrün.

Schnell öffnete ich das Fenster, und das Tier sprang herein. Als die Katze über den Boden glitt, fiel mir auf, dass sie eine Vorderpfote schonte. Dann fing ihr Körper an zu schimmern, und ich drehte mich um.

»Hast du etwas, was ich anziehen kann?«

Ich zog ein schlabbriges T-Shirt und ein paar weite Jogginghosen aus dem Schrank und warf sie ihm zu.

Nach ein paar Minuten drehte ich mich um. Cam saß auf meinem Bett. Ihm waren das T-Shirt und die Hose viel zu eng, sodass er aussah wie ein Fitnesstrainer aus den Siebzigerjahren. Ich fing an zu lachen, dann sah ich, dass er seinen Arm komisch hielt.

»Du bist verletzt?«, fragte ich, setzte mich neben ihn und berührte seinen Arm.

»Mir geht's gut, ist nur eine Schramme.« Er zögerte. »Ich habe diesen unterirdischen Bereich gefunden.«

»Und Seth?«

Seine Schultern sanken nach unten. »Nein, Seth nicht.«

»Tut mir leid, Cam. Ich dachte wirklich …«

»Ich auch.«

»Und was hast du stattdessen gefunden?«

»Akten über Kinder wie uns.«

»Gab es da unten keine Security?«

»Nur Kameras. Ich habe mich in ein Zwergseidenäffchen verwandelt.«

»Ein was?«

»Das sind die kleinsten Affen der Welt. Ich habe sie einmal im Zoo gesehen. Sie sind so winzig, dass es ihnen leichtfällt, außer Sicht zu bleiben, haben aber fast menschliche Hände, mit denen man durch Akten blättern kann.«

»Hast du darin irgendetwas über Seth gefunden?«

Er schüttelte mit zusammengebissenen Zähnen den Kopf. »Nein. Ich habe die Alarmanlage ausgelöst, bevor ich die Chance dazu hatte. Und bei der Flucht habe ich mir den Arm verletzt.« Er griff in einen winzigen Stoffsack, den ich bis jetzt noch nicht bemerkt hatte, zog einen USB-Stick heraus und streckte ihn mir entgegen. »Aber ich habe es geschafft, den hier aus einer Akte zu entwenden, auf der *McClusky* stand.«

Ich schaute zu meinem MacBook. »Wenn du willst, können wir uns den Inhalt gleich mal anschauen.«
Cam spähte zu meiner Tür. »Mach dir keine Sorgen, mein Dad ist im Erdgeschoss. Er geht bald zur Arbeit ... Außer, du willst zuerst bei deiner Mum vorbeischauen.«

»Machst du Witze? Sie würde total ausrasten, weil ich so viel riskiert habe.«

Ich stellte das MacBook auf meinen Schoß und schloss den USB-Stick an. Zusammen starrten wir auf den Bildschirm, als ein Video sich öffnete. Zuerst sah man nur einen langen, leeren Flur.

»Hier spricht Ed«, flüsterte eine Stimme. »Ich bin im Hauptquartier von Altus. Sie haben meine Schwestern entführt. Ich glaube, sie ...«

Er hörte auf zu reden, als von irgendwoher Stimmen erklangen. Er näherte sich einer Biegung im Flur und schob sein Handy um die Ecke. Im Hintergrund konnte man sein angestrengtes Atmen hören. Die Kamera zoomte auf eine Gruppe von Leuten am Ende des langen Korridors. Ein paar von ihnen trugen Anzüge, der Rest weiße Laborkittel.

Plötzlich explodierten Farben auf dem Bildschirm, und zwei Mädchen, die ungefähr zwölf Jahre alt waren, liefen den Flur entlang. Ihre roten Zöpfe wippten auf ihren Schultern, und in ihren Gesichtern stand kalte Angst.

»Das sind die Mädchen von dem Foto!«, rief ich.
»Welches Foto?«
»Mir war seine Bedeutung damals nicht bewusst, aber ich schwöre, mein Dad hatte ein Bild von diesen zwei Mädchen.«
Cams Gesicht verfinsterte sich, dann wandte er seine Aufmerksamkeit wieder dem Bildschirm zu, als eines der Mädchen anfing zu schimmern, bevor es sich in ein Kätzchen verwandelte. Es miaute jämmerlich und versuchte panisch, sich mit den Vorderpfoten aus seinem roten Kleid zu befreien. Ich schaltete den Ton ein wenig leiser, weil ich Angst hatte, dass meine Eltern etwas hören könnten. Das verwandelte Mädchen streifte das Kleid endlich von ihrem winzigen Körper und rannte weiter, während ihre Schwester ein Stück hinter ihr folgte. In der Ferne löste sich jemand von der Gruppe, sein Gesicht angewidert verzogen. George Chambers!
Das Kätzchen und das Mädchen erreichten das Ende des Korridors. Die Kamera wurde fallen gelassen, die Linse nach oben gerichtet. Jetzt konnte ich Ed sehen, einen untersetzten Jungen von vielleicht vierzehn Jahren, mit hellen Haaren und Sommersprossen. Er griff nach dem Kätzchen und drückte es an seine Brust, während er gleichzeitig die Hand des Mädchens ergriff. Er wollte gerade loslaufen, als plötzlich George im Blickfeld der Kamera erschien. In seiner Hand hielt er eine Phiole, die mit einer Art goldenem Staub gefüllt war.
»Bitte nicht!«, schrie Ed und wich zurück, während das Kätzchen wimmerte und miaute. George

lachte. »Das sind keine Kinder, du Idiot! Sie sind anormal, nicht mehr als ein Fehler in unserer Ahnenreihe. Aber nicht mehr lange.« Ed und die Mädchen waren im Sichtfeld der Kamera nicht mehr zu sehen, und von George Chambers hörte ich nur noch das Klappern seiner teuren Schuhe, als er auf sie zuging.

»Nein, bitte!«, rief Ed. Weitere Schritte näherten sich. »Lassen Sie mich los. Wo bringen Sie mich hin?«

Ich hörte, wie ein Kätzchen voll Panik miaute, und mir wurde schlecht.

»Was tun Sie da?«, fragte das Mädchen mit verängstigter Stimme. »Was ist das?«

»Das ist ein Heilmittel, Süße«, sagte George. »Die verbesserte Version einer Substanz, die man Abeo-Staub nennt. Es wird deiner Schwester helfen – und sicherstellen, dass sie sich nicht mehr verwandelt. Und hoffentlich auch dafür sorgen, dass du es nicht kannst, wenn die Zeit dazu kommt. Du brauchst keine Angst zu haben.«

Das Mädchen fing an, leise zu weinen. Ich schaute zu Cam und sah, dass sein Gesicht schimmerte, während sein Blick bestürzt wirkte.

Nach ein paar Momenten grunzte George zufrieden und trat wieder ins Bild der Handykamera. Neben ihn trat die Wissenschaftlerin vom Sommerball. »Was für eine Ironie, dass genau das, was ihre Fähigkeiten erzeugt hat, sie auch zerstört«, sagte sie.

George hielt die Phiole hoch, und der restliche Staub glitzerte im Licht. »Allerdings. Dank ein paar Veränderungen dieser Nanomagneten sind all unsere Probleme gelöst.«

»Denken Sie bitte daran, nicht zu viel zu benutzen. Erinnern Sie sich, was mit …«

»Ich weiß, ich weiß. Also, wann kommen die Collins-Zwillinge? Wir müssen wirklich … warten Sie einen Moment, was ist das denn?« Seine Hand senkte sich auf das Handy herab, und das Video brach ab.

Ich drehte mich zu Cam um. »Sie haben Abeo-Staub so verändert, dass er eure Fähigkeiten zerstört?«

»So sieht es aus.« Er vergrub das Gesicht in den Händen. »Verdammt, das ist nicht gut. Und was zur Hölle hat diese Frau damit gemeint, dass man nicht *zu viel* verwenden soll?«

»Vielleicht richtet zu viel Schlimmeres an, als euch nur eure Fähigkeiten zu nehmen?« *Nämlich auch euer Leben.* »Wie seltsam, dass die beiden Mädchen auch Zwillinge waren«, sagte ich in dem Versuch, diesen letzten Gedanken zu verdrängen. »Das ist doch sicher kein Zufall!«

»Natürlich! *Seth!* Vielleicht haben sie diesen veränderten Abeo-Staub auch auf Seth angewendet?«

Ich erinnerte mich an den Energie-Deal von Altus. »Und vielleicht haben sie genau den auch dazu benutzt, um Wasserstoff und Kohlenstoff zu verbinden.«

Cam riss die Augen auf. »Nein, das würde ja bedeuten …«

Wir beide drehten uns ruckartig um, als meine Türklinke runtergedrückt wurde und die Stimme meiner Mum erklang. »Tori, Süße, bist du wach? Ich habe uns Frühstück gemacht.«

»Cam! Du …« Ich drehte mich um, und Caitlin stand neben mir. Ich starrte sie verwirrt an, bis ich verstand. Es war *Cam*.

Meine Tür ging auf, und meine Mum trat ein. »Caitlin, was tust du denn hier?«

Caitlin-Cam schaute an sich herunter, zu den Jogginghosen und dem T-Shirt, die für Caitlins schmalen Körper viel zu groß waren. »Ich war … joggen«, sagte er, ein gekünsteltes Lächeln auf seinen – ihren – Lippen. »Ich habe mich ausgeschlossen, und meine Eltern sind in der Arbeit, also …«

Meine Mum lächelte. »Dann musst du natürlich zum Frühstück bleiben.«

Ich schluckte. »Mum, ich glaube nicht …«

»Kein Problem! Ich habe uns Pfannkuchen gemacht!«

Cams Augen leuchteten für einen Moment auf, bis ich ihm gegen das Schienbein trat. »Nein, ehrlich, Mrs Hamilton, ich muss wirklich los«, sagte er schnell.

Sie lächelte und ging, als sie die Tür hinter sich schloss.

»Mann, Cam!«, zischte ich.

Er lachte. »Ich gehe wirklich besser, es ist fast acht. Meine Mum rastet aus, wenn sie mich wecken kommt und ich nicht da bin. Ich muss ihr unbedingt von dem Video erzählen.«

»Wenn du kurz wartest, bis ich mich umgezogen habe, kann ich dich vielleicht ein Stück begleiten«, bot ich an, weil ich ihn nicht gehen lassen wollte.

»Sicher«, sagte er, verschränkte seine dünnen Mädchenarme hinter dem Kopf und legte sich auf mein Bett. »Ziehst du dich hier um? Immerhin sind wir nun beide Frauen.«

Ich warf ihm ein Kissen ins Gesicht und verschwand in meinem Bad. Ein paar Minuten später gingen wir die Straße entlang, Cam immer noch als Caitlin, für den Fall, dass uns jemand sehen sollte.

»Du siehst genauso aus wie deine Mum«, sagte er und blickte mich von der Seite an.

»Ja, das sagen alle.«

Als ein Auto um die Ecke schoss, drehten wir uns um. Ein schwarzer Golf. *Lauras* schwarzer Golf. Sie sprang aus dem Auto und rannte auf uns zu, ein panischer Ausdruck lag auf ihrem Gesicht. »Tori, ist Cam hier?« Dann drehte sie sich langsam zu Caitlin-Cam um und starrte ihm in die Augen. »Vielleicht weiß deine *Freundin,* wo er ist?«

Cam seufzte. »Du musst ihr nichts vorspielen, Mum. Sie weiß es.«

»Was zur Hölle …« Sie schaute zwischen uns hin und her, und Wut blitzte in ihren Augen auf. »Hast du den Verstand verloren?«

»Mum, es ist keine große Sache!«

»*Keine große Sache!* Ich dachte, sie hätten auch dich entführt! Oder willst du mir etwa sagen, dass ihr die ganze Nacht zusammen wart?«

»Gott, Mum, nein. Ich bin gerade erst hier angekommen.«

»Und wo warst du dann die ganze Nacht?«

»Bei Altus.«

»*Altus*?«, schrie sie.

Cam schaute zu unserem Haus zurück und packte sie am Arm. »Sei still, Mum, sonst hört er uns noch.«

Sie schüttelte seine Hand ab. »Wer soll uns hören?«

Cam und ich wechselten einen Blick. Laura drehte sich langsam zu mir um. »Tori, was genau machen deine Eltern noch mal?«

Cam schüttelte seinen Kopf und formte mit den Lippen »Nein«.

»Keine Geheimnisse, Cam«, sagte Laura. »Das haben wir uns versprochen. *Keine Geheimnisse*. Das ist die einzige Art, wie ich für deine Sicherheit sorgen kann.«

Cams Schultern sackten nach unten. »Toris Dad arbeitet für Altus«, murmelte er leise.

Laura erstarrte, und ihre Augen schossen zu unserem Haus. »Was macht er dort?«

»Es ist egal, Mum, ich ...«

Laura wandte sich an mich. »Tori, was genau ist der Job deines Dads?«

»Security. Er ist der Leiter der Security-Abteilung«, flüsterte ich.

Wut explodierte in ihrem Gesicht, und sie starrte Cam grimmig an. »Mein Gott, Cameron, in was für eine Situation hast du dich gebracht?« Sie packte seinen verwundeten Arm so fest, dass er aufschrie, und fing an, ihn Richtung Auto zu zerren.

»Mum, ich war vorsichtig ...«

»Vorsichtig? Ist es vorsichtig, in seinem Haus und mit seiner *Tochter* rumzuhängen? Warum wundere ich mich überhaupt? Es ist so typisch, dass du dir von einem hübschen Gesicht den Kopf verdrehen lässt.«

Typisch? »Laura«, sagte ich und sah sie flehend an. »Ich schwöre, Sie können mir vertrauen, ich ...«

Sie ignorierte mich, riss die Autotür auf und starrte Cam böse an. »Du siehst sie niemals wieder.«

Cam-Caitlin starrte böse zurück, und in seinen Augen blitzte der Trotz. »Du kannst mich nicht aufhalten.«

»Oh, das kann ich. Ich lasse dich nicht mehr raus, du hast Hausarrest!«

»Mum, Hausarrest hast du noch nie bei uns durchsetzen können. Weder bei mir noch bei Seth!«

Sie starrten sich einige Augenblicke lang an, dann drehte sich Laura zu mir um, und in ihren Augen standen Tränen. »Wenn du ihn wirklich magst, Tori, dann triff dich bitte *nie* wieder mit meinem Sohn. Zu seiner eigenen Sicherheit. Ich werde nicht auch noch einen dritten Sohn verlieren!«

»Einen *dritten*?«

»Wir waren Drillinge«, erklärte Cam. »Einer von uns wurde tot geboren.«

»Verstehst du nicht, dass du ihn großer Gefahr aussetzt?«, fragte mich Laura.

Ich starrte sie an, und auch in meine Augen traten Tränen. *Sie hat recht.*

Dann packte sie Cam in den Wagen, und er schaute zu mir, während er schimmernd seine normale Gestalt annahm. »Mach dir keine Sorgen, Tori, ich werde ...«

»Du wirst gar nichts!«, sagte Laura und setzte sich auf den Fahrersitz.

Sie fuhr davon, während Cam mir durch die Heckscheibe hinterherblickte. Sein hübsches Gesicht war voller Schmerz.

»Tori, Süße, warum um Himmels willen stehst du da allein auf der Straße?« Ich drehte mich um und sah meine Mum in der Haustür. Ich schaute zum Himmel auf und stellte fest, dass es angefangen hatte zu regnen.

»Ich habe mich nur verabschiedet«, sagte ich. Aber für wie lang? Vielleicht hatte Laura recht. Vielleicht sollte ich mich nicht mehr mit Cam treffen, zu seiner eigenen Sicherheit.

Kapitel 8

Den restlichen Tag über ignorierte ich Cams Anrufe und SMS, weil die Worte seiner Mum noch in meinem Kopf nachhallten. Eigentlich wollte ich ihn unbedingt sehen, aber gleichzeitig durfte ich ihn nicht in Gefahr bringen. Dieser Konflikt war unglaublich schwer, und der Kampf zwischen meinem Kopf und meinem Herzen erschöpfte mich. Also entschied ich, das zu tun, was ich immer tat, wenn ich eine Auszeit brauchte – ich ging zum Feld. Meinem Feld. Aber als ich dort ankam, wurde mir klar, dass es nicht mehr *mein* Feld war. Liams Kumpanen hingen dort rum und bewarfen mit schlecht gelaunten Gesichtern den alten Wohnwagen mit Steinen.

Toll.

Unbemerkt schlich ich mich in Richtung Wald. Der Regen hatte aufgehört, die Erde war immer noch feucht, die Luft unglaublich frisch. Ich suchte durch die Äste über mir nach der Sonne, konnte sie aber zwischen den grauen Wolken nicht finden.

Während ich zum Himmel starrte, schoss ein dunkler Schatten zwischen den Baumwipfeln hindurch, und ich erstarrte. *Was war das?* Schnell blickte ich zu Boden und nahm den Schatten dort wahr – diesmal direkt vor meinen Füßen. Er ähnelte einem Paar schlagender Flügel.

Krähen-Cam.

Ich schluckte schwer. *Das ist nicht gut.* Wenn ich ihm begegnete, würde meine Entschlossenheit in sich zusammenfallen. Ich beschleunigte meine Schritte und versuchte das Geräusch seiner Flügel über mir zu ignorieren. Nach wenigen Minuten erreichte ich den See, an dem wir noch vor ein paar Tagen gewesen waren. Ich ging zum Ufer, blieb stehen und starrte auf das schlammige Wasser, weil ich mir nicht sicher war, in welche Richtung ich mich wenden sollte.

Hinter mir raschelten Blätter. Mit klopfendem Herzen wirbelte ich herum und entdeckte ein paar Meter entfernt Cam, mit gerunzelter Stirn stand er zwischen den Schatten. Er trat einen Schritt vor, und ich wich automatisch einen Schritt zurück.

»Warum gehst du mir aus dem Weg, Tori?«, fragte er, und ich sah den Schmerz in seinen grünen Augen.

Ich nahm mich zusammen. »Tue ich das? Ich nehme an, ich war einfach beschäftigt.«

»Und mit was?«

»Gott, du klingst genau wie Ashton.« Mein Lachen klang bitter und falsch.

»Was meinst du damit?«

Ich wandte mich in dem Versuch ab, mein Gesicht vor ihm zu verbergen. »Du weißt schon, wie ein Stalker.« Ich trat gegen einen Haufen trockener Blätter, sodass sie aufwirbelten. »Du verfolgst mich.«

»Ich verfolge dich?« Er klang verwirrt.

Ich biss mir auf die Lippe, um sie davon abzuhalten zu zittern. »Wie jetzt zum Beispiel, als du mich als Krähe verfolgt hast.«

»Tori, warum siehst du mich nicht an?«

Ich fühlte, wie mir Tränen in die Augen stiegen, und schluckte schwer. Als ich mir sicher war, dass ich mich wieder im Griff hatte, drehte ich mich zu ihm um. »Okay, ich sehe dich an. Ich brauche einfach ein wenig Zeit für mich, das ist alles!«

Er kam auf mich zu und musterte mein Gesicht. »Du darfst nicht auf meine Mum hören! Ihr Beschützerinstinkt ist einfach zu stark. Das war schon immer so. *Du* bringst mich nicht in Gefahr. Das bin ich seit dem Tag, an dem sie Seth entführt haben. Dich zu kennen …«

»Sei nicht dämlich, Cam! Natürlich bringe ich dich in Gefahr. Mein idiotischer Dad ist Leiter der Security von Altus und bestäubt wahrscheinlich gerade in diesem Moment Seth mit Abeo-Staub.«

Cam erstarrte, riss die Augen auf, und mir wurde klar, dass ich zu weit gegangen war. Plötzlich wollte ich ihn berühren, mich entschuldigen, aber Lauras Worte hallten in meinem Kopf wider. *Verstehst du nicht, dass du ihn großer Gefahr aussetzt?*

»Aber eigentlich geht es gar nicht darum, okay?«, meinte ich und biss mir in die Wange, um mich ruhig zu halten. »Ich brauche einfach ein bisschen Abstand. Du bist ständig in meiner Nähe … starrst durch mein Fenster oder fliegst über mir, beobachtest mich.«

»Das meinst du nicht ernst.« In Cams Augen blitzte

Schmerz auf. Er trat noch einen Schritt vor und ergriff meine Hand. Bei seiner Berührung fing mein Körper an zu kribbeln, und meine Atmung beschleunigte sich. Ich schaute ihm in die smaragdgrünen Augen.

Was tue ich hier? Er wirkt so verletzlich.

Dann fing mein Handy an zu klingeln, und unser Blickkontakt brach ab. Ich schaute auf das Display und sah, dass es mein Dad war. Die Person, die vielleicht für das Verschwinden von Seth verantwortlich war. *Die Person, die vielleicht auch Cam schlimme Dinge antun würde, wenn wir uns weiter treffen.*

Ich entzog Cam meine Hand. »Ich gehe besser nach Hause.«

»Ich verstehe nicht, warum du dich so benimmst.«

»Ach, Cam, bitte. Du hast es doch selbst gesagt: Wie soll das mit uns funktionieren, wenn wir uns nicht mal richtig *küssen* können?«

Er atmete scharf ein und trat einen Schritt zurück. Als Tränen über meine Wangen liefen, wandte ich mich ab. Dann hörte ich wieder das Rascheln von Blättern, gefolgt von heftigem Flügelschlagen. Ich sah auf und verfolgte, wie Krähen-Cam so schnell wie möglich zum grauen Himmel strebte.

Ich ließ mich auf den Boden sinken und starrte mein Spiegelbild auf dem See an. Ich hasste die Person, die zu mir aufsah.

Die nächsten Tage über verfolgte mich der Ausdruck auf Cams Gesicht. Schließlich überzeugten mich Lottie und Caitlin davon, ins Kino zu gehen. Während ich darauf wartete, dass mein Dad mich hinfuhr, hörte ich Schritte vor der Haustür. Ich spähte aus dem Fenster, und mein Magen verkrampfte sich, als ich sah, dass Ashton die Einfahrt entlangkam. *Gott sei Dank gehe ich aus.*

Es klingelte, aber ich ignorierte es und kontrollierte stattdessen schlecht gelaunt meine Nägel. Als es wieder klingelte, rannte Dad die Treppe nach unten. »Tori, warum machst du nicht auf?«

Ein paar Sekunden später schlenderte Ashton in den Flur. »Ich wollte mich mit Tori unterhalten. Ich hoffe, das ist in Ordnung, Mr Hamilton«, hörte ich ihn sagen.

Mein Dad strahlte. »Natürlich, du bist jederzeit willkommen.«

Ich starrte Ashton böse an. Hatte er bei unserem letzten Gespräch die Message nicht verstanden? »Ich habe keine Zeit, Ashton, ich gehe ins Kino.«

Mein Dad warf mir einen finsteren Blick zu. »Ich bin mir sicher, dass es den Mädchen nichts ausmacht, wenn du das Kino verschiebst.«

»Aber ich will es nicht verschieben, Dad!«

»Dann sollte Ashton dich hinbringen, sodass ihr auf dem Weg die Chance habt, euch zu unterhalten. Klingt das gut, Ashton?«

»Sicher, wenn Tori einverstanden ist?«

»Eigentlich nicht«, murmelte ich.

Mein Dad stiefelte mit wutentbranntem Gesicht zu mir und packte mein Handgelenk. »Ashton bringt dich hin, ist das klar?«, zischte er.

Angst durchfuhr mich. »Sonnenklar.«

Dann entspannte er sich wieder und streichelte mir

die Wange. »Gutes Mädchen.« *Gute Lebkuchen-Tochter.*

Ashton hielt mir die Haustür auf und starrte mit nachdenklichem Gesicht zu meinem Dad zurück. »Das war ein wenig harsch«, sagte er, als wir die Straße entlanggingen.

»So ist er manchmal.«

»Früher musste er dich nicht zwingen, dich mit mir zu treffen.«

»Früher wusste ich auch noch nicht, dass du mich betrügen würdest, erinnerst du dich?«

Er starrte mich von der Seite an. »Ich wünschte mir, du würdest das nicht immer ins Spiel bringen.«

»Ich habe es dir schon erklärt, Ashton: Diese Sache wird nicht einfach wieder verschwinden.«

Er drehte sich weg und konzentrierte sich auf die Straße. Wir schwiegen den Rest des Weges, bis wir das Kino erreichten.

»Ich komme mit rein«, beschloss Ashton.

»Nein!«

Er warf mir einen verwundeten Blick zu. »Ich will doch nur eine Cola light. Was ist los mit dir, Tori?«

Als wir ins Foyer traten, schaute ich mich nach Caitlin und Lottie um und schüttelte Ashtons Hand ab, die sich an meinem Rücken festgesaugt zu haben schien. Aber stattdessen fand ich Alex.

»Du kannst gehen, ich warte ab jetzt mit Alex«, sagte ich.

Ashton schaute finster drein. »Seid ihr zwei –?«

Alex wurde rot. »Nein!«, riefen wir beide gleichzeitig.

»Dann macht es euch doch sicher nichts aus, wenn ich mich zu euch geselle?«, fragte Ashton.

Ich starrte ihn ungläubig an. Er entwickelte sich zu einem echten Stalker. »Ashton, hör damit auf!«

Er lehnte sich zu mir und legte einen Arm um meine Taille, während seine Lippen zu meinem Ohr glitten. »Hör auf, mich vor deinen Freunden vorzuführen, Tori«, flüsterte er, und in seinen Augen blitzte die Wut. Dann sammelte er sich und ging zum Verkaufstresen.

»Er ist wirklich ein Irrer«, sagte Alex. Dann schaute er erschrocken über meine Schulter zur Tür. Ich drehte mich verwundert um. Cam stand wie erstarrt vor dem Kino. Er trug ein schwarzes Hemd und Jeans, und sein dunkles Haar war unordentlicher als sonst. Seine Miene war in dem Moment versteinert, als er mich sah.

Ich konnte diese Situation einfach nicht ertragen. Ich wollte ihn sehen. Wollte mit ihm zusammen sein. Ich konnte ihm nicht weiter wehtun! Ich ging auf ihn zu, aber Cam starrte nur an mir vorbei auf Ashton, der am Verkaufstresen stand und das junge Mädchen dahinter mit seinem Lächeln zu beeindrucken versuchte.

»Nun ist mir alles klar«, sagte er abgehakt. »Du bist wieder mit ihm zusammen.«

»Nein, Cam! Ashton ist vorhin bei mir zu Hause aufgetaucht, und Dad …« Meine Stimme versagte, als ich seine wütende Miene sah.

»Warum hat er dich dann betatscht?«

»Beruhig dich. Wenn du dich in der Öffentlichkeit verwandelst …«

»Hör auf, mich daran zu erinnern! Warum ist er hier? Habt ihr ein Date?«

»Mach dich nicht lächerlich!«

Mein Herz machte einen Sprung, als er mich ansah, seine Augen voller Schmerz.

»Hallo, Robert!« Ich drehte mich um und sah, dass Ashton auf uns zukam. Er hielt neben Cam an. Es war seltsam, sie so nebeneinander zu sehen. Sie hatten ungefähr denselben Körperbau und waren gleich groß, aber da endeten die Ähnlichkeiten auch schon. Cam war das Ying zu Ashtons Yang. »Willst du dir den Film mit uns anschauen?«

Cam zuckte mit den Schultern. »Missverstandener Superheld rettet die Welt? Ein bisschen vorhersehbar.«

Ashton reichte mir eine Tüte Schokobohnen. »Einmal, als wir zusammen im Kino waren, hat Tori zwei Tüten davon gegessen. Ihrer Figur sieht man das nicht an, oder?«

Cam verzog zornig das Gesicht, und seine grünen Augen funkelten. Ashton lächelte streitlustig zurück, als endlich Lottie und Caitlin am Eingang erschienen.

»Was macht er denn hier?«, fragte Lottie und musterte Ashton abfällig von oben bis unten.

»Es ist auch schön, dich zu sehen, Charlotte«, antwortete er.

Cam stampfte an uns vorbei in den Kinosaal, ich folgte ihm, und die anderen eilten hinter uns her. In einer der mittleren Reihen entdeckte ich ihn, und es gelang mir, mich neben ihn zu setzen. Aber Cam wandte den Kopf ab. Als Ashton erschien und den Platz auf meiner anderen Seite einnahm, biss ich die

Zähne zusammen. Lottie, Caitlin und Alex gesellten sich zu uns und musterten uns drei mit hochgezogenen Augenbrauen.

Ich drehte mich zu Ashton um. »Was soll das? Du benimmst dich wie ein Stalker.«

Er zuckte mit den Achseln und lehnte sich in seinem Sitz zurück, ein leises Lächeln auf den Lippen. Jetzt war ich zwischen ihnen gefangen. Ashton starrte mich ständig von der Seite an und saß viel näher, als es vorgesehen war, während Cam geradeaus starrte und sich ein wenig von mir weglehnte. Ich versuchte näher zu ihm zu rutschen, aber er lehnte sich einfach noch weiter weg, sodass sich der Abstand zwischen uns nicht verkleinerte.

Ich konnte dem Film überhaupt nicht folgen, weil ich ständig Cams flacher Atmung neben mir lauschte, mit der er versuchte sich zu kontrollieren. Seine Hände umklammerten die Armlehnen seines Sessels, während mir die Tränen in die Augen stiegen. Was hatte ich mir dabei gedacht, Cam so zu verletzen?

»Geht es dir gut, Baby?«, flüsterte Ashton und wischte mir eine Träne von der Wange. Ich hörte ein Knurren, dann sprang Cam auf und stürmte aus dem Kino. »Da hat sich offenbar jemand in dich verguckt«, bemerkte Ashton.

»Halt den Mund«, zischte ich, bevor ich aufsprang und nach draußen rannte, wo ich Cam die Straße entlangeilen sah. »Cam!«

Er hielt an, und mein Herz zerschmolz beim Anblick seines dunklen Haares, das den Kragen seines Hemdes berührte.

»Cam, es tut mir leid wegen neulich am See. Du weißt, wie sehr ich dich mag, ich habe das alles nur wegen deiner Mum gesagt …«

Er drehte sich mit einem bitteren Lachen zu mir um. »Wenn du mich so sehr mögen würdest wie ich dich, hättest du nicht zugelassen, dass Chambers da drin diese Show abzieht, als wäre er dein Freund. Du hast offensichtlich immer noch Gefühle für ihn.«

»Oh Cam, bitte! Im Vergleich zu dir ist er nichts. Lass nicht zu, dass dieser Idiot das alles ruiniert.« Ich streichelte sein angespanntes Gesicht, versuchte seinen Schmerz zu vertreiben.

Aber er riss den Kopf zur Seite. »Vielleicht ist es besser, wenn du mit ihm zusammen bist. Ich meine, ihr seht zusammen echt gut aus, mit eurem perfekten blonden Haar. Ohne genetische Anomalien, ohne Risiko, dass er sich aus Versehen verwandelt und den Moment versaut.«

Ich bekam Panik, als ich sah, dass die Umrisse seines Gesichts anfingen zu schimmern. »Cam, bist du verrückt?« Ich packte seinen Arm und drehte ihn so, dass wir beide mit dem Gesicht zu einem Schaufenster standen. Dann keuchte ich auf, als die Spiegelung ein Bild von mir … und Ashton zurückwarf.

»Siehst du?«, flüsterte Ashton-Cam mir ins Ohr. »Ihr seht toll zusammen aus.«

Ich schubste ihn weg, während mir wieder Tränen über das Gesicht liefen. »Cam, warum tust du mir das an? Warum kannst du nicht sehen, dass ich verrückt nach dir bin? Ashton bedeutet mir gar nichts!«

Ich nahm seine Hand. »Bitte, lass uns einfach von hier verschwinden.«

Cam verwandelte sich zurück in seine richtige Form. Sein Gesicht wurde sanfter, und er hob seine freie Hand, als wollte er mir die Tränen aus dem Gesicht wischen. Aber dann ließ er sie wieder sinken. »Ich muss hier abhauen, bevor ich da reingehe und ihm seine selbstgefällige Fresse poliere.«

»Cam, bitte, geh nicht.«

»Wenn ich bleibe, bringe ich ihn um. Und du willst ja nicht, dass ich Schwierigkeiten bekomme. Außerdem stimmt das, was du am See gesagt hast: Du und ich? Das kann einfach nicht funktionieren.«

Und damit ging er.

Bis zum nächsten Morgen versuchte ich durchgehend, Cam anzurufen, aber er ging nicht dran. Die nächsten Tage verbrachte ich in tiefer Verzweiflung, eingerollt in meine Bettdecke. Ich gab vor, dass ich krank sei, damit ich mich mit niemandem unterhalten musste, inklusive Ashton, der ständig anrief.

Warum nur hatte ich auf Cams Mum gehört? Ich hätte wissen müssen, dass ich mich einfach nicht von ihm fernhalten konnte! Und jetzt hatte ich die Sache mit uns wirklich in den Sand gesetzt.

Ein paar Tage nach dem Kinovorfall schaffte ich es schließlich, mich in unsere Küche zu schleppen, um ein spätes Abendessen zu mir zu nehmen. Mein Dad war noch im Altus-Hauptquartier. Er musste länger arbeiten, weil es irgendeine Störung gegeben hatte. Ich machte mir Sorgen, dass sie vielleicht etwas mit

Cam zu tun hatte. War er dort eingedrungen und gefangen genommen worden?«

»Fühlst du dich besser, Süße?«, fragte meine Mum und musterte mein Gesicht.

Ich zuckte mit den Achseln. »Ein bisschen.«

Wir hörten, wie die Haustür sich öffnete, dann kam mein Dad herein, sein Gesicht wirkte angespannt.

»Bist du hungrig, Schatz? Ich habe dir dein Abendessen warm gehalten«, begrüßte ihn meine Mum und eilte durch die Küche.

»Ja, das war ein harter Tag.« Dad setzte sich mir gegenüber an den Tisch, stützte den Kopf in die Hände und sah mich durch zusammengekniffene Augen an. »Ich muss mit dir reden, Tori.« Ich erstarrte und dachte an Cam. Vielleicht hatten sie von uns erfahren? »Ich war sehr enttäuscht darüber, wie du neulich abends Ashton behandelt hast.«

»Dad, er hat mich mit dem Stadtflittchen betrogen!«

»Die Details interessieren mich nicht. Die Hauptsache ist, dass das, was vorgefallen ist, ihm offensichtlich leidtut und du ihm wirklich viel bedeutest.«

»Du weißt, dass er mich betrogen hat, und willst *trotzdem*, dass ich mit ihm ausgehe? Ashton ist ein schmieriger Schwachkopf, der deiner kleinen Tochter das Herz gebrochen hat!«

»Ashton ist kein schmieriger Schwachkopf«, antwortete mein Dad. »Und seit wann verwendest du überhaupt solche Wörter, Tori? Du machst mir wirklich Sorgen. In letzter Zeit hast du dich so verändert.«

»Dad, ich werde erwachsen, ich …«

»Das sehe ich anders. Ja, Ashton hat einen Fehler gemacht, aber Gott allein weiß, wie viele Fehler ich in seinem Alter gemacht habe. Du darfst nicht vergessen, dass seine Mum erst vor einem Jahr gestorben ist. Aber trotzdem hat er sich zu einem tollen jungen Mann mit phantastischen Perspektiven entwickelt.«

Ich seufzte. »Egal, wie sehr du dich anstrengst – und egal, wie sehr *er* sich anstrengt –, ich kann Ashton einfach nicht mehr leiden. Da draußen gibt es schließlich auch noch andere Jungs.« Mein Herz zog sich zusammen, als ich wieder an Cam denken musste.

Mein Dad wedelte mit der Hand durch die Luft, als wollte er eine Fliege vertreiben. »Ja, ja, Ashton hat mir von diesem verwahrlosten Jungen erzählt, der auf dich steht.«

»Du hast mit Ashton gesprochen?«

»Wir haben uns letzte Nacht gut unterhalten, als du dich wieder einmal geweigert hast, seinen Anruf anzunehmen. Er macht sich Sorgen, dass dieser Kerl, dieser Robert, einen schlechten Einfluss auf dich ausübt! Es ist offensichtlich, dass er nicht dein Typ ist.« Das Handy meines Dads fing an zu vibrieren, und er klappte es auf. »George … Es tut mir leid, Matthew hat einen Fehler gemacht, er hat mir gesagt, dass er … würdest du einen Moment dranbleiben?« Er legte die Hand über das Mikrofon und sah mich an. »Sei einfach netter zu Ashton, okay?«

Damit stand er auf und ging in sein Büro. Plötzlich fühlte ich mich, als kämen die Wände des Esszimmers immer näher. Ich rannte aus der Küche, blieb im Flur stehen und lehnte meine Stirn gegen die Wand neben dem Büro meines Dads. Ich konnte damit einfach nicht umgehen, das alles war zu viel für mich. Ich wollte nur Cam.

Ich wollte gerade zurück in mein Zimmer stürmen, als ein Gesprächsfetzen aus dem Büro mich festhielt. Um genau zu sein, die Erwähnung des Namens *McClusky*. War das nicht der Nachname der Zwillingsmädchen aus dem Video gewesen? Ich drückte mein Ohr an die Tür.

»... ich lasse die beiden morgen wegschaffen, wir können nicht riskieren, dass so was noch mal passiert«, hörte ich Dad sagen. »Nein, die andere hat noch nicht angefangen, sich zu verwandeln, aber das wird bald kommen. Ich habe entschieden, dass es das Beste ist, wenn wir ihre Mutter in dem Glauben lassen, sie wurden entführt. Sie dürfen nicht nach Hause ... Ja, die Polizei hat den Vater befragt, aber ich glaube nicht, dass sie ihn verdächtigen werden, also müssen wir sicherstellen, dass auch wir aus dem Schneider sind. Unser kontinentaleuropäisches Labor ist ideal dafür.« Er schwieg kurz. »Ja, ich weiß, George. Ich werde meinen Leuten sagen, dass sie in Zukunft weniger grob sein sollen, der McClusky-Junge war schließlich nur ein Kind. Eine Schande, dass er sterben musste.«

Kalte Schauder glitten über meinen Rücken. *Sterben?*

»Aber auf lange Sicht gesehen war es vielleicht das Beste«, fuhr Dad fort. Pause. »Du meinst den Vorfall heute Morgen? Ja, ich weiß, das war nicht gut. Ich habe Matthew gesagt, dass er diese verdammte Pistole nicht immer mit sich rumschleppen soll. Zwei Jungs in einem Monat ist nicht ideal, aber ich dachte, nachdem sie im obersten Stockwerk sind … Okay, George, aber ich will, dass du weißt, dass ich mein Bestes für dich gebe – natürlich, tut mir leid. Schönen Abend.«

Ich wich langsam von der Tür zurück, während mein Herz raste. Zwei Jungs? Pistole? *Sterben?* Ich rannte nach oben, packte mein Handy und wählte Cams Nummer. Er hob nicht ab, also hinterließ ich eine ziemlich wirre Nachricht. »Cam, ich weiß, du willst nichts mehr mit mir zu tun haben, aber ich habe gerade meinen Dad belauscht und etwas Schreckliches erfahren. Bitte ruf mich zurück!«

Wenige Augenblicke später klingelte mein Telefon.

»Tori?«

Mein Magen verkrampfte sich, als ich seine Stimme hörte. »Cam«, flüsterte ich.

»Was hast du gehört, als du deinen Dad belauscht hast?« Seine Stimme klang steif, ausdruckslos. Ich seufzte und erzählte ihm aufgebracht, was ich gehört hatte. Er schwieg eine Weile. »Er kann nicht Seth meinen«, sagte er schließlich.

»Mein Dad hat gesagt, dass sie im obersten Stockwerk sind.«

»Dann mache ich mich besser auf den Weg.«

»Aber Cam …«

»Danke.« Damit legte er auf.

Ich ging zum Fenster und starrte auf die Eiche, auf deren Blätter der Regen fiel. Als ich mein Handy aufs

Fensterbrett legte, bemerkte ich, dass meine Hand zitterte. Cam hasste mich. Was, wenn sie Seth umgebracht hatten? *Und was, wenn sie Cam gefangen nahmen?*

Mein Handy brummte wieder, und schnell griff ich danach, weil ich dachte, es könnte Cam sein. Aber stattdessen war es Ashton. Ich klappte es auf, weil ich es leid war, zehnmal am Tag seinen Namen auf meinem Display zu sehen. Ich wollte meinen Frust über das letzte Telefonat ohnehin an jemandem auslassen – und wenn Ashton es war, umso besser.

»Ich gehe nur dran, um dir zu sagen, dass ich meine Nummer ändern lasse«, sagte ich, noch bevor er zu Wort kommen konnte. »Ich will nie wieder etwas von dir hören, Ashton.«

»Aber ich muss mit dir reden«, sagte er, und seine Stimme klang irgendwie seltsam.

»Wann gibst du endlich auf? Du klingst wie eine hängen gebliebene Platte. Zwischen uns ist es vorbei.«

Er lachte. »Diese Message ist angekommen, laut und deutlich. Es geht aber nicht um uns, Tori. Nein, es geht um Robert. Oder sollte ich *Cam* sagen?«

Ich erstarrte. »Was meinst du?«

»Ich habe gehört, wie du seinen Namen gerufen hast, Tori, und ich weiß alles über seine Fähigkeiten.« Meine Hand fing an zu zittern, und fast wäre mir das Handy aus der Hand gefallen. »Du siehst aus, als wärst du schockiert«, sagte er.

Ich sah aus? Ich spähte aus meinem Fenster und entdeckte ihn im Halbdunkel, das Telefon am Ohr.

Sein gut aussehendes Gesicht verzog sich zu einem höhnischen Grinsen, und mir lief es kalt den Rücken hinunter.

»Ich weiß, dass Cam ein Gestaltwandler ist.«

»Wovon redest du?«, fragte ich und stellte mich dumm.

»Du weißt genau, wovon ich rede. Ich habe gesehen, wie er sich außerhalb des Kinos verwandelt hat, nachdem *du* ihm nachgelaufen bist.« Er setzte sich in Richtung unserer Haustür in Bewegung. »Das muss ich deinem Dad erzählen.«

Panik kochte in mir hoch. »Er wird dir nicht glauben.«

»Oh, ich denke schon, Tori – nachdem mein Dad ihn dafür bezahlt, Zwillinge wie Cam und Seth Chase einzufangen.«

Ich jagte nach unten, riss die Haustür auf und dann ragte auch schon Ashton über mir auf. Er klappte sein Handy zu und stiefelte an mir vorbei. »Warum willst du es ihm erst jetzt erzählen?«, fragte ich, während ich hinter ihm herrannte. »Dazu hattest du einige Tage Zeit!«

»Weil du zu denken scheinst, dass Cam dein Freund ist. Er hat dich aber getäuscht, Süße, hat dich lediglich benutzt, um an Informationen über Altus zu kommen. Als dein *echter* Freund wollte ich dich nur vorwarnen, damit du verstehst, wenn er plötzlich verschwindet.«

»Verschwindet? Was meinst du damit?«

»Darüber musst du dir keine Sorgen machen, Tori. Es ist besser so, Cam Chase ist gefährlich.«

Mein Dad trat in den Flur. »Hallo, Ashton, wie schön, dich …« Er hielt inne und schaute mir ins Gesicht. »Tori, du wirkst, als hättest du ein Gespenst gesehen!«

Ashton seufzte. »Ich fürchte, ich habe schlechte Neuigkeiten, Max.«

»Nein, Ashton!« Ich packte seinen Arm.

»Es ist besser so, Tori.« Dann wandte er sich wieder an meinen Dad. »Dieser Junge, Robert, von dem ich dir erzählt habe. Sein Name lautet in Wirklichkeit Cam Chase.«

Mein Dad starrte mich schockiert an. »Was zum …?«

Während meine Hand von Ashtons Arm glitt, stiegen mir Tränen in die Augen.

»Er hat Tori benutzt, um an Informationen über seinen Bruder zu kommen.«

Ich fühlte mich, als wäre ich vor Schreck zu einer Salzsäule erstarrt. Mein Dad schwieg einen kurzen Moment und starrte mich ausdruckslos an. »Wo ist er?«, fragte er schließlich Ashton.

»Ich habe mich erkundigt«, antwortete Ashton. »Er wohnt neben Alex Jacques und seiner Familie.«

Mein Dad nahm sein Handy, wählte eine Nummer und hob es ans Ohr. Ich sprang zu ihm und entriss es ihm. »Tori, was zur Hölle soll das?«, rief er.

»Ich werde nicht zulassen, dass ihr Cam wehtut! Ich weiß, was bei Altus passiert. Ich weiß von der Fruchtbarkeitsbehandlung. Ich weiß alles!«

Mein Dad schaute mit aufgerissenen Augen Ashton an. Dann packte er meinen Arm und zerrte mich in den hinteren Teil des Hauses, riss die Tür zum Garten auf und schleppte mich in den Regen. »Was zur Hölle soll das?«, zischte er wütend, sein Gesicht war völlig nass. »Verstehst du nicht, was George tun wird, wenn er herausfindet, dass du Bescheid weißt? Dieser Chase-Junge ist unglaublich gefährlich, du darfst nicht …«

»Was ist hier los?« Wir drehten uns um. Meine Mum stand im Türrahmen.

»Geh wieder rein, Valerie«, brüllte mein Dad. »Ich kümmere mich um sie.«

Meine Mum sah uns an, und für einen Moment hatte ich das Gefühl, dass sie mir zu Hilfe eilen würde. Aber stattdessen trat sie zurück und schloss die Tür.

Ich drehte mich wieder zu meinem Dad um. »Cam ist nicht gefährlich, er ist der mutigste, freundlichste …«

»Du kennst ihn nicht!«

»Und wie ich ihn kenne! Ich liebe ihn!« Das war das erste Mal, dass ich diese Tatsache laut ausgesprochen hatte. Es stimmte – selbst wenn Ashton recht und Cam mich nur benutzt hatte.

Die Augen meines Dads glühten vor Zorn. »Du hast keine Ahnung, was du da sagst. Er ist eine Laune der Natur. Zwillinge wie er richten gerade auf der gesamten Welt Chaos an.« Ashton tauchte mit verschränkten Armen am Fenster auf und beobachtete uns mit neugierigem Gesicht. Dad spähte über seine Schulter zu ihm. »Ashtons Mutter ist nicht an einem Herzinfarkt gestorben, Tori. Sie wurde von Zwillingen wie den Chase-Brüdern umgebracht! Die beiden haben bei einem Besuch im Hauptquartier die Kontrolle verloren. Sie haben sich in Bären verwandelt und seine Mutter in Stücke gerissen.«

Ich schaute zu Ashton. »Aber … Cam würde niemals so etwas tun.«

»Du willst mich einfach nicht verstehen, oder? Gestaltwandler-Zwillinge sind gefährlich! Irgendwann fangen sie alle an, die Kontrolle zu verlieren und sich sogar in der Öffentlichkeit zu verwandeln.«

»Ist es schon öfter vorgekommen, dass Gestaltwandler Leute getötet haben?«

»Noch nicht, aber …«

»Also verurteilst du alle Zwillinge für das, was ein Paar getan hat? Ich wette, dass ihr diese dämliche Hexenjagd nur veranstaltet, damit euer Energiedeal nicht gefährdet wird. Weil ihr Angst habt, dass die US-Regierung erfährt, was Abeo-Staub auslösen kann! Und wenn sie wüssten, dass ihr einen Jungen getötet habt …«

Der Ausdruck in seinen Augen wurde kalt. »Wie zur Hölle …? Woher weißt du das alles? Ich werde dich mit in die Firma nehmen müssen, damit wir uns darum kümmern können.« Dad zog mich zum Gartentor und öffnete es, während er sich das Handy ans Ohr hielt. »Matthew, ich bringe meine Tochter ins Hauptquartier – sie hatte Kontakt mit einem Gestaltwandler. Ihn müssen wir auch erwischen. Schick deine Leute nach 16 Greenfield …«

Ich packte sein Telefon, riss es ihm vom Ohr und knallte es gegen die Hauswand, wo es in Stücke zersprang.

Mein Dad schüttelte mich so heftig, dass meine Zähne klapperten. »Dir mangelt es an Respekt!«

»Versuch doch mal, ihn dir zu verdienen!«

Er brüllte auf vor Wut und holte aus. Als seine Hand meine Wange traf, hörte ich den entfernten Schrei meiner Mum durch das Prasseln des fallenden Regens. Ich stolperte auf den Rasen. Das Gras unter meinen Füßen war rutschig, und ich fiel. Meine Ellbogen gruben sich in die durchnässte Wiese, und der Himmel über mir bewegte sich. Die Regentropfen trafen meine Haut wie Dolche.

Dann erschien ein dunkler Schatten über mir. Ein Wiehern ertönte um mich herum, und mein Dad stolperte rückwärts, weil ein Pferd vor ihm gestiegen war.

»Cam!«, schrie ich.

Mein Dad beobachtete schockiert, wie Pferd-Cam sich zu mir wendete. Sein wunderschönes kastanienbraunes Fell schimmerte im Regen. Er ging in die Knie, und ich packte seine nasse Mähne. Meine Wange pulsierte noch immer vom Schlag meines Dads. Dann rannte Ashton aus dem Haus und versuchte mich am Bein zu packen, aber ich trat ihn weg.

»Lass meine Tochter in Ruhe, Chase!«, brüllte mein Dad. Meine Mum war inzwischen auch draußen, barfuß auf der Wiese. Ihr nasses Gesicht war entsetzt, als sie zu Pferd-Cam aufsah.

Er stieg, und ich fiel fast herunter, bevor es mir gelang, seine Mähne mit beiden Händen zu packen. Ich sah auf meinen Dad und Ashton herunter, die beide unendlich wütend waren.

Dann donnerte Pferd-Cam durch das Gartentor und die Straße entlang, während ein paar Nachbarn neugierig hinter ihren Vorhängen herausspähten. Ich wette, sie waren überrascht, die brave Lebkuchentochter dabei zu beobachten, wie sie ohne Sattel auf einem riesigen Pferd davonritt.

Kapitel 9

Ich schaute zur Mondsichel auf und ließ die Kühle der Nacht den heißen Bluterguss auf meiner Wange beruhigen. Pferd-Cam galoppierte in den Wald, und der Himmel wurde von Ästen verdeckt. Auch dort suchte ich den Mond, als wäre er der Anker, der mich auf den Beinen hielt. Als die Sicht auf ihn abgeschnitten wurde, verließ mich auch meine Selbstbeherrschung.

Schluchzen erschütterte meinen Körper, und Tränen liefen über meine Wangen. Als Pferd-Cam langsamer wurde, rutschte ich von seinem Rücken und wandte mich ab, während er sich verwandelte.

Nach ein paar Sekunden umschlangen mich seine starken Arme, und ich ließ mich an seine nackte, nasse Brust drücken. Unter meiner Wange konnte ich seinen schnellen Herzschlag spüren. »Er hat mich geschlagen, Cam. Er hat mich wirklich geschlagen.«

Er hob mein Kinn und musterte im Dunkeln mein Gesicht. »Das hat er dir früher noch nie angetan, richtig?«

Ich schüttelte den Kopf. »Nie. Nur ... nur meiner Mum.«

Wir starrten uns für einen Moment in die Augen, dann drehte Cam plötzlich den Kopf weg und trat einen Schritt zurück. Sein Körper begann leicht zu schimmern, er ballte die Hände zu Fäusten und wanderte unruhig auf und ab. Natürlich hatte ich den verletzten Ausdruck auf seinem Gesicht bemerkt. Und ohne Zweifel erinnerte er sich an unser letztes Treffen am See ... und den Kinobesuch. Ich dachte daran, was mein Dad darüber gesagt hatte, dass Zwillinge die Kontrolle verloren. *Cam wird mir nicht wehtun. Ich weiß es einfach.*

»Ich bringe ihn um, wenn ich ihm begegne«, sagte er schließlich. »Gott sei Dank bin ich aufgetaucht. Ich war gerade dabei, zu Altus zu fliegen, als ich dich draußen gesehen habe. Ich konnte es nicht fassen, als er ...« Ich zuckte bei der Erinnerung zusammen, und Wut blitzte in seinen Augen auf. »Ich bringe dich zu meiner Mum.«

»Nein! Mein Dad weiß, wo du wohnst, seine Leute sind wahrscheinlich gerade auf dem Weg zu deiner Mum!«

Er riss die Augen auf. »Er weiß es? Woher?«

»Ashton. Er hat vor dem Kino gesehen, wie du dich verwandelt hast.«

Cam schüttelte den Kopf, drehte sich um und trat hinter einen Baum. Dort griff er nach einer verborgenen Tasche. Ich wurde rot, als ich bemerkte, wie offensichtlich ich seine Muskeln beobachtet hatte, und wandte mich weg.

»Wo hast du die denn her?«, fragte ich und meinte die Tasche.

Er zog T-Shirt und Jeans heraus und streifte sie sich über. »Ich habe die Sachen hier versteckt, bevor ich mich auf den Weg zu Altus gemacht habe. Damit ich mich später anziehen kann.« Er grub auch sein Handy aus. »Ich muss meine Mum anrufen.«

Laura ging sofort dran, und er erklärte ihr alles. »Du musst verschwinden«, hörte ich ihn sagen. »Altus weiß, dass wir hier sind. Ich habe keine Zeit zu erklären … nein, Tori hat es ihnen nicht erzählt, Mum! Ich treffe dich an der vereinbarten Stelle. Lass das Telefon verschwinden, sie können den Anruf wahrscheinlich zurückverfolgen … Nein, ich brauche nur einen Tag, ich werde … Mum, ich muss dich einfach bitten, das für mich zu tun! *Bitte!*« Er schwieg kurze Zeit, dann drehte er mir den Rücken zu und sprach leiser. »Ich liebe dich auch.« Dann klappte er das Gerät zu und sah mich an. »Es wäre besser gewesen, wenn du bei ihr hättest bleiben können, aber sie …«

»Aber sie hasst mich?«

»Nein, Tori, sie *hasst* dich nicht … Aber jetzt muss ich zu Altus, das ist vielleicht meine letzte Chance, Seth zu finden. Vielleicht bringen sie ihn mit den Mädchen weg?«

Ich trat auf ihn zu. »Du musst mich mitnehmen.«

»Auf keinen Fall!«, rief er. Dann wurde sein Gesicht sanft. »Bleib hier, ich komme zu dir zurück.«

»Nein, Cam. Jetzt, wo sie wissen, wer du bist, werden sie die Augen nach Tieren und verdächtigen Leute offen halten. Das Risiko ist einfach zu groß, schließlich haben sie diesen verbesserten Abeo-Staub. Ich jedoch kann dir helfen.«

»Tori, ich kann dich nicht in Gefahr bringen, das geht einfach nicht …«

»Mein Dad hat erst vor ein paar Minuten seinen Assistenten informiert, dass er mich zu Altus bringen wird. Du könntest dich in meinen Dad verwandeln, und ich begleite dich. Man wird uns dort erwarten.«

»Das wird nicht funktionieren, es ist …«

»… genial. Und du weißt, dass es funktionieren wird. Denk an *Seth*.«

»Aber dein Dad hat den Leute bei Altus doch sicher erzählt, dass du mit mir geflohen bist?«

»Ich habe sein Handy kaputt gemacht! Heute ist Sonntag, Matthew wird auf dem Weg zu Altus sein, alle anderen sind zu Hause, und ihre Privatnummern hat Dad nur in diesem Handy gespeichert. Er wird eine Weile brauchen, um sie zu erreichen. Wenn wir uns beeilen, schaffen wir es vorher.«

Cam zögerte ein paar lange Momente, dann nickte er. »Es könnte funktionieren. Der letzte Ort, an dem sie uns erwarten werden, ist das Altus-Hauptquartier. Aber wir müssen uns beeilen.« Als wir durch den Wald jagten, warf er sein Handy ins Unterholz. »Sie könnten uns darüber orten. Leider war das Handy auch der einzige Weg, auf dem Seth mich kontaktieren kann, aber ich habe keine Wahl.«

»Über eine Sache wollte ich noch mit dir reden, Cam«, rief ich ihm zu, während wir weiterliefen. »Du hattest recht, sie sind hinter dir und Seth her, weil ihr Zwillinge seid. Mein Dad hat gesagt …« Ich zögerte, weil ich darüber nachdenken musste, wie ich es ihm beibringen sollte.

»Was hat er gesagt, Tori?«

»Er hat gesagt, Zwillinge wären anders, mächtiger als andere Gestaltwandler. Und er meinte, Zwillinge verlieren schnell die Kontrolle.«

Er blieb stehen und starrte mich an. »Die Kontrolle?«

»Er hat ein anderes Zwillingspaar erwähnt, hat behauptet, sie hätten die Kontrolle verloren und dabei Ashtons Mum umgebracht.«

Er fuhr sich mit den Fingern durchs Haar. »Oh Gott.«

Ich griff nach seinem Arm. »Ich weiß, dass du nie jemanden verletzen würdest, Cam.«

»Bist du dir da sicher? Ich habe dich gewarnt, dass ich ein Freak bin.« Er schüttelte meine Hand ab, dann liefen wir weiter, während sich unangenehmes Schweigen zwischen uns ausbreitete. »Und, wie geht es Ashton?«, fragte er schließlich.

»Cam, ehrlich, du musst damit aufhören. Er ist nicht mein Freund.«

Er lachte bitter. »Ist schon gut, Tori, mach dir nicht die Mühe, dich zu erklären.«

»Cam, ich habe keine Ahnung, wovon du …«

»Wir sind da.« Wir hatten den Waldrand erreicht, und Altus' Hauptquartier hob sich vor uns in den Himmel. Die erleuchteten Fenster glühten unheilvoll in der Dunkelheit.

»Cam, was meinst du damit, dass du alles weißt? Ich verstehe das nicht.«

Cam verwandelte sich in meinen Dad – der in zerrissenen Jeans und einem schwarzen T-Shirt, das ein wenig zu eng an seinem Körper lag, etwas seltsam aussah. »Lass uns gehen«, murmelte er, ignorierte meine Frage und führte mich auf das riesige schmiedeeiserne Tor zu, das den Eingang zum Altus-Gelände bildete.

»Hier ist Max, ich habe meine Karte vergessen«, sagte Dad-Cam ruhig, während er in die Kamera der Gegensprechanlage starrte.

Zusammen hielten wir den Atem an, bis die Tore sich schließlich öffneten. Wir liefen die Auffahrt hinauf, betraten das riesige Gebäude und gingen zum Empfang, an dem der Wachmann saß. Von dem Bildschirm im Atrium strahlten uns glückliche Gesichter und lachende Kinder an.

»So spät noch im Einsatz, Max?«, fragte der Wachmann. Ich atmete auf. Er wusste nichts. *Noch nichts zumindest.*

Dad-Cam lachte. »Wie so oft.«

Der Wachmann musterte meine unordentliche Kleidung. »Matthew hat euch beide schon angekündigt.«

Dad-Cam schaute auf mich herab. »Sie ist nicht ganz freiwillig mitgekommen, weshalb ich vielleicht ein zweites Paar Hände brauche. Könntest du Matthew anrufen und ihm sagen, dass er uns hier abholen soll?«

»Sicher, ich rufe ihn kurz an.« Er hob den Hörer

ab. »Ich habe auch eine Tochter. In diesem Alter sind sie wirklich anstrengend.«

Wir blieben betreten im Empfangsbereich stehen. Ich versuchte Cams Blick einzufangen, aber er wich mir aus. Eigentlich war ich nicht überrascht, nach dem, wie ich ihn in letzter Zeit behandelt hatte.

Schließlich eilte uns Matthew entgegen. »Ein ziemlich aufregender Tag, oder?« Er schaute mich an. »Lass sie uns nach oben schaffen.«

»Also, Matthew«, sagte Dad-Cam, während wir auf den Lift warteten. »Wie geht es dem Chase-Jungen?«

Ich riss die Augen auf und schüttelte meinen Kopf kaum merklich.

Matthew runzelte die Stirn, während er den Knopf für den achten Stock drückte. »Wirklich witzig, Max.«

»Witzig?«, fragte Dad-Cam. Er klang beiläufig, aber ich konnte sehen, dass er die Hände zu Fäusten geballt hatte und sein Gesicht leicht schimmerte.

Matthews Augen schossen zu mir, dann lehnte er sich zu Dad-Cams Ohr. »Okay, ich habe es versaut, ich habe auf ihn geschossen. Er ist erledigt«, flüsterte er. »Wie oft musst du noch davon anfangen?«

Sein Gesicht wurde weiß. Als der Aufzug ankam, konnte sich Dad-Cam kaum noch halten und fiel gegen die Wand, als der Lift sich in Bewegung setzte. Ich packte seinen Arm, während Matthew ihn seltsam ansah.

Der Aufzug hielt schließlich an, und Matthew trat hinaus. Er ging mit einem Schlüsselbund in der Hand auf einen Sitzungsraum zu. »Lass uns durch Raum Neun gehen, da gibt es einen Getränkeautomat.«

Dad-Cam folgte ihm. Sein Gesicht schimmerte, als er wütend die Hand ausstreckte und Matthews Schulter packen wollte.

Ich zog ihn zurück. »Nein«, flüsterte ich. »Versau es nicht!«

Aber es war zu spät. Er schimmerte inzwischen heftig, sein Haar leuchtete golden, und seine breiten Schultern wurden noch breiter. Gerade als Matthew sich umdrehte, duckte sich Cam und verwandelte sich in einen Löwen. Seine Kleidung riss und hing in Fetzen von seinem goldenen Körper. Er sprang Matthew an, der in den Sitzungsraum stolperte, und kauerte sich über ihn.

Matthew spähte zu ihm auf, seine Miene war völlig verängstigt. »Du ... du bist einer von ihnen!«, stammelte er.

Löwen-Cam brüllte und riss sein riesiges Maul auf.

»Cam, nein!«, schrie ich.

Er drehte sich um, und seine grünen Augen bohrten sich in meine. Dann fing er an zu schimmern, und sein Körper nahm eine menschlichere Form an – er wurde zu einem Jungen mit hellbraunen Haaren und Augen, der die gleichen Lippen und hohen Wangenknochen hatte wie Cam.

Er drehte sich wieder zu Matthew um. »Erkennst du mich? Erkennst du die Person, die du *erschossen* hast?«

Ich starrte ihn erstaunt an, seine nackte Haut war unter der zerrissenen Kleidung zu sehen. Er hatte sich in Seth verwandelt.

»Das war nicht mein Fehler, ich …«

»Ich will keine Ausreden hören«, schrie Seth-Cam. »Wo habt ihr seine Leiche hingebracht?« Er zog Matthew am Kragen hoch und war kurz davor, ihn zu schlagen.

Ich legte eine Hand auf seine zitternde Schulter. »Nein, Cam. Hör auf!«

Er zögerte und ließ Matthews Hemd los, sodass dieser auf den Boden fiel, sich den Kopf an einem nahe stehenden Stuhl anschlug und bewusstlos wurde. Cam schimmerte zurück in seine eigentliche Form, das Gesicht voll Schmerz. »Seth ist fort.«

»Es tut mir leid, Cam.« Ich zog ihn in meine Arme, und für einen Moment legte er seinen Kopf an meine Schulter, während er schwer atmete. Aber nach einer Weile löste er sich von mir, seine Augen funkelten vor Wut.

»Wir müssen die Zwillinge finden«, sagte er. »Ich kann nicht zulassen, dass diese Bastarde noch mehr von uns zerstören.«

»Ist das eine gute Idee? Altus hat Waffen, sie …«

Er ignorierte mich und fing an, seine zerrissene Kleidung loszuwerden. Ich drehte ihm den Rücken zu, während er sich auszog. Als ich mich wieder umdrehte, trug er Matthews Anzug – und Matthew lag nackt auf dem Boden. Cam packte sich den Schlüsselbund samt Magnetkarte und schloss ihn in dem Zimmer ein. Dann verwandelte er sich wieder in meinen Dad und ging den Gang entlang, im Anzug und mit den passenden Schuhen. Unverwandt starrte er in die Überwachungskamera. Wahrscheinlich hatte sie gefilmt, was gerade passiert war, aber Dad-Cam war das anscheinend egal.

Er trat wieder in den Lift, und sein Finger schwebte über der Taste für das oberste Stockwerk. »Vielleicht solltest du nicht mitkommen«, sagte er. »Es könnte gefährlich werden.«

»Wo soll ich sonst hin? Außerdem werden sie mir nichts tun, ich bin Max Hamiltons Tochter!« Entschlossen folgte ich ihm in die Kabine.

»Ja, das stimmt«, erwiderte er, und seine grünen Augen bohrten sich in meine, als er den Knopf drückte. Aber statt sich in Bewegung zu setzen, blieb der Lift einfach, wo er war.

»Die Kameras! Sie haben uns beobachtet und nun den Lift angehalten!«, rief ich, als Panik in mir hochstieg.

»Keine Sorge, Tori.« Er drückte Matthews Magnetkarte gegen das Feld neben der Tastenleiste und sorgte so dafür, dass der Lift anfuhr. Es war, als würde seine Wut die Luft im engen Raum des Lifts elektrisch aufladen. Ich wollte die Hand ausstrecken und ihn berühren, aber irgendetwas hielt mich davon ab. Vielleicht war es der zornige Sturm in seinen Augen oder seine seltsame Körperhaltung. Als wir oben ankamen, schritt er aus dem Lift hinaus, und sein gesamter Körper schimmerte.

»Dieser Flur sieht aus wie der aus dem Video«, flüsterte ich, als ich Cam in einen langen, grauen Korridor folgte, bis wir eine weiße Doppeltür mit einem Security-Feld erreichten.

Als wir dort ankamen, sah er mich mit besorgter

Miene an. »Und du bist dir wirklich sicher, dass du mitkommen willst?«

Ich nickte. Cam-Dad zog die Karte über das Feld, die Türen öffneten sich und gaben den Blick auf ein Labor frei, von dessen Decke ein großer Plasmabildschirm hing. Wir traten in den Raum, und als mir aufging, wer auf dem Bildschirm gezeigt wurde, keuchte ich auf: die rothaarigen Zwillingsmädchen. Beide schliefen im Halbdunkel. Wir gingen weiter, und unsere Augen scannten ständig den Raum. Plötzlich nahmen wir ein Geräusch wahr und hielten an – es klang, als wäre ein Metalltablett klappernd auf den Boden gefallen.

»Was war das?«, fragte ich.

Dad-Cam blickte zum Plasmabildschirm, und als ich seinem Blick folgte, sah ich, dass die Mädchen aufgewacht waren.

»Was auch immer es war: Wenn die Zwillinge es gehört haben, bedeutet das, dass sie nicht weit weg sind.«

Dann nahm ich aus den Augenwinkeln wahr, wie etwas Farbiges um eine Ecke im Labor huschte. »Hier ist jemand!«

Cam fing an zu schimmern und verwandelte sich in sein normales Ich. Dann nahmen wir die Verfolgung auf und betraten ein anders Labor, in dem noch mehr Tische standen. Hinter einem von ihnen saß Liz Morris, die Wissenschaftlerin, die wir auf dem Sommerball gesehen hatten. Sie hatte die Augen angstvoll aufgerissen und hielt eine blaue Aktenmappe in der Hand. »Cam Chase«, sagte sie und wich langsam zurück. Die Akte verbarg sie hinter dem Rücken. Dann sah sie mich an.

»Du bist Max Hamiltons Tochter, ich habe dich neulich auf dem Sommerball gesehen! Was tust du hier – mit *ihm*?«

Ich ging auf sie zu und entriss ihr die Akte. Sie versuchte, sie zurückzuholen, aber Cam schlug ihre Hand zur Seite.

»Das ist nichts!«, schrie sie.

Ich blätterte durch die Akte und blieb an einem Blatt hängen, mit dem Titel *Abeo-Staub Sorte II: Die Risiken.* »Das sieht aber nicht aus wie nichts«, sagte ich. Seltsame Abbildungen von langen silbernen Röhren waren am Rand abgedruckt. Sie waren voll mit etwas, das aussah wie Schneeflocken, und darunter stand *Nanomagnete.*

»Was steht da?«, fragte mich Cam.

Ich drehte das Blatt um und ließ meine Augen über den Text auf der Rückseite gleiten. »›Die Nanomagnete Sorte II sind so geformt, dass sie sich mit der DNS des Subjekts verbinden. Damit entsteht ein geschlossener magnetischer Kreis, womit der Magnetismus neutralisiert wird‹«, las ich vor. »Weil nur Spuren des Staubs verwendet werden, sind lediglich die Probanden der Fruchtbarkeitsbehandlungen heftig betroffen. Wir können bestätigen, dass Abeo-Staub Sorte II keine Bedrohung für normale Mitglieder der Öffentlichkeit darstellt, wenn …« Ich hielt inne und sah zu Cam auf. »… er in die Luft gelangt.«

Cam schlug mit der Faust auf den Tisch. »Also haben Sie tatsächlich diesen neuen Abeo-Staub für

Ihren angeblichen Energiedurchbruch verwendet? Und er soll zusammen mit den recycelten Kohlenwasserstoffen in die Luft gepumpt werden?«

»Du solltest darüber glücklich sein!«, meinte die Wissenschaftlerin. »Ihr werde alle geheilt, ihr ...«

»Halten Sie den Mund!« Cam drehte sich zu mir, sein Gesicht schimmerte noch immer. »Wir müssen die Mädchen befreien, sie müssen hier irgendwo sein.«

Die Augen der Frau schossen zu einer Doppeltür zu ihrer Rechten.

»Dort!«, rief ich und lief zu dem Raum. Cam warf mir Matthews Magnetkarte zu, und ich zog sie über das Feld. Die Türen öffneten sich und gaben den Blick auf die Mädchen frei, die sich die Hände vor die Augen hielten, als Licht in den Raum fiel.

»Wer bist du?«, fragte eines der Mädchen.

Ich ging im Halbdunkel vor ihr in die Hocke. »Ich bin hier, um euch zu eurer Mum zu bringen«, flüsterte ich.

»Ist Seth bei euch?«, fragte die andere und spähte hinter ihrer Schwester hervor. »Er hat Ember und mir gesagt, dass er uns helfen wird!«

»Ihr kennt Seth?«, fragte ich.

Die Mädchen nickten, ihre Augen ängstlich aufgerissen. Ich hörte, dass sich schwere Schritte dem Labor näherten, und warf einen hektischen Blick über die Schulter zurück.

»Wisst ihr, was mit Seth passiert ist?«, fragte ich schnell.

»Wir haben heute Morgen gehört, dass er entkommen ist, stimmt's, Olivia?«

»Entkommen?«, fragte ich.

Ember nickte »Das hat einer der Sicherheitsleute dem seltsamen blonden Jungen gesagt.« Dann schaute sie an mir vorbei und rümpfte die Nase. »Da ist er ja!«

Ich entdeckte Ashton in der Tür zum Labor, die sich gerade hinter ihm schloss. Cam trat vor, wieder in der Gestalt meines Dads. *Wo ist die Wissenschaftlerin?*

»Witzig, ich bin mir sicher, dass ich dich gerade noch unten gesehen habe, Max.« Ashton verschränkte die Arme. »Oder sollte ich sagen, *Cam*?«

Cams Gesicht fing an zu schimmern, dann rannte er auf Ashton zu, doch der hob die Hand, in der etwas golden funkelte.

»Der Staub!«, schrie ich. »Er hat Abeo-Staub!«

Cam wich vor Ashton zurück, der spöttisch eine Phiole schüttelte. »Jetzt bist du nicht mehr so mutig – was, Chase? Machst du dir Sorgen, dass Tori dich nicht mehr so scharf findet, wenn du nicht mehr ständig meine Gestalt annehmen kannst?«

Cam ballte die Hände zu Fäusten und trat wieder einen Schritt auf Ashton zu, gerade als der mit dem Daumen den Deckel der Phiole anhob. Ich rannte auf ihn zu und packte die Phiole. Liz' Worte auf dem Video, das wir vor ein paar Tagen gesehen hatten, hallten in meinen Gedanken wider. Was, wenn er zu viel auf Cam anwandte? Dann ergriff Cam die Chance, um seine Faust in Ashtons Gesicht zu schlagen, sodass der in sich zusammenfiel. Ich stolperte und ließ die Phiole fallen, doch Olivia fing sie gerade rechtzeitig auf.

»Nein, das Zeug ist gefährlich für euch!«, rief ich panisch.

Sie sammelte den Deckel vom Boden auf, der unter einen Tisch gerollt war, und befestigte ihn wieder auf der Phiole. »Das ist okay«, sagte sie. »Sie haben mich schon damit behandelt.« Dann drehte sie sich zu Cam um. »Du siehst aus wie Seth.«

Cam wirkte überrascht. »Du kanntest meinen Bruder?« Sein Gesicht verzog sich zu einer Maske der Trauer. »Hast du gesehen ... wie sie ihn erschossen haben?«

»Seth ist nicht tot, Cam!«, sagte ich. »Er wurde angeschossen, aber er ist entkommen!«

»Er lebt?«

Olivia nickte. »Sie haben gesagt, dass er sich in einen riesigen Falken verwandelt hat und davongeflogen ist.«

»Also haben sie den Staub nicht auf ihn verwendet?«, fragte Cam, und das Lächeln auf seinem Gesicht wurde breiter. Die Mädchen nickten, als in der Ferne wieder Schritte zu hören waren.

»Cam, wir müssen hier weg«, sagte ich.

Er drehte sich mit leuchtenden grünen Augen zu mir um. »Wenn er verletzt war, hat er es nicht weit geschafft. Wir müssen hier raus und versuchen ihn zu finden.«

Wir starrten uns für einen Moment in die Augen, dann schaute ich auf Ashton hinunter, der bewusstlos auf dem Boden lag. »Was ist mit ihm?«

»Ich werde ihn in den Schrank zu der Wissenschaftlerin sperren und mich dann in ihn verwandeln, falls dein Dad auftaucht. Du kannst dich in einem anderen Schrank verstecken, während die Mädchen so tun, als würden sie schlafen.« Er fing an, Ashton das Hemd auszuziehen. Als er bemerkte, wie ich ihn irritiert ansah, fügte er hinzu: »Dein Dad hat ihn schließlich vorhin gesehen, richtig? Es wäre ein wenig seltsam, wenn Ashton sich inzwischen umgezogen hätte.«

Ich zuckte mit den Achseln, dann quetschte ich mich in einen Unterschrank, während die Mädchen zurück in ihren Raum rannten. Ich hielt den Atem an, als die Schritte immer lauter wurden.

»Ashton«, hörte ich ein paar Sekunden später meinen Dad vorsichtig fragen.

»Sie sind entkommen, Max«, sagte Cam mit Ashtons Stimme. »Dieser Bastard, Chase, hat mich geschlagen. Ich habe für einen Moment sogar das Bewusstsein verloren.«

Mein Dad schwieg, und mein Herz fing an zu rasen. Was, wenn er Cam nicht glaubte?

»Du verstehst sicher, warum ich dich das fragen muss«, sagte er schließlich. »Wie war der zweite Vorname deiner Mutter?«

Cam sagte ein paar Sekunden lang nichts. Meine Hoffnung zerbrach. Es war vorbei. Wir waren erledigt. »Alice«, erklärte er dann.

Das Herrenhaus! Er hatte sich daran erinnert, dass ich dort ihren zweiten Vornamen erwähnt hatte! »Gut, du bist es wirklich«, meinte mein Dad. »Also, wo sind sie hin?«

»Den Flur entlang und dann nach rechts. Ich bleibe besser hier, falls sie zurückkommen.«

Ich lauschte den Laufschritten meines Dads, die sich den Flur entlang entfernten. Als das Geräusch verklungen war, öffnete sich die Schranktür, und Cams Hand erschien vor mir. Ich packte sie und fühlte, wir mir leichter ums Herz wurde. Wir hatten uns seit dem Treffen am See kaum berührt. Er zog mich aus der Enge, und dann standen wir uns gegenüber.

»Ich kann nicht glauben, dass du dich an ihren zweiten Vornamen erinnert hast«, sagte ich.

Er ließ meine Hand los. »Ich habe ein gutes Gedächtnis.« Dann rannte er ins Zimmer der Mädchen, und ich folgte ihm. Sie warteten in der Dunkelheit auf uns.

»Was ist eigentlich mit der Wissenschaftlerin passiert?«, fragte ich.

»Sie ist in Ohnmacht gefallen, als ich mich verwandelt habe. Offensichtlich kann sie das Monster, das sie geschaffen hat, nicht ertragen. Ich habe sie in einen Schrank gesteckt, in denselben, in dem auch Ashton ist. Wir gehen jetzt in die entgegengesetzte Richtung, in die ich deinen Dad geschickt habe, und dann verwandle ich mich wieder in Ashton, um an den Wachleuten vorbeizukommen.«

»Was, wenn Ashton aufwacht?«

»Der Schrank ist verschlossen, also kommt er nicht raus. Bis ihn jemand hört, sind wir schon längst weg. Mach dir keine Sorgen, er wird da nicht ewig gefangen sein.« Und kaum hörbar fügte er hinzu: »Leider.« Dann führte er uns auf den Flur und verwandelte sich in Ashton. Die Zwillinge eilten hinter uns her.

Als wir endlich am Empfang ankamen, saß dort immer noch derselbe Wachmann und richtete sich auf, als er uns erblickte.

»Max braucht dich im obersten Stockwerk«, sagte Ashton-Cam zu ihm. »Dort gibt es eine Sicherheitslücke, ich bringe die Mädchen in Sicherheit.«

Der Mann blickte zu mir, dann musterte er die Mädchen, und seine Augen wirkten unsicher. »Aber sie haben mir eingeschärft, dass ich vorsichtig sein soll ... dass die Leute möglicherweise nicht die sind, als die sie erscheinen ... dass ich aufpassen soll ...«

»Muss ich es dir wirklich zweimal sagen?«

Der Wachmann rückte seine Jacke gerade, dann schlurfte er hinter seinem Schreibtisch hervor. »Natürlich nicht, Ashton, tut mir leid!« Damit verschwand er im Lift, und wir flüchteten aus dem Gebäude.

»Wo wollen wir hin?«, fragte ich, als wir den Wald erreichten.

»Ich glaube, ich weiß, wo Seth sein könnte«, sagte Cam mit schimmerndem Gesicht. »Er ist verletzt, also braucht er medizinische Hilfe, und es gibt nur einen, auf den er sich neben unserer Mum und mir verlassen kann.«

»Wen?«, wollte ich wissen, während ich die Mädchen an mich zog.

»Spikehead.«

»Und wie sollen wir da hinkommen?«, fragte Ember.

Cam lächelte. »Ich werde mich in ein Pferd verwandeln.«

»Wir können nicht alle gleichzeitig auf dir reiten!«, rief Olivia.

»Ich werde mich in ein wirklich großes Pferd verwandeln.«

»Uns wurde immer gesagt, dass man ein Pferd nicht zu zweit reiten darf – das ist nicht gut für das Pferd«, meinte Ember mit einem Stirnrunzeln. »Und zu dritt zu reiten, ist besonders schlimm!«

Cam zwinkerte ihr zu. »Ich bin aber kein gewöhnliches Pferd, Mädels!« Dann verschwand er hinter einem Baum und verwandelte sich.

Kapitel 10

Pferd-Cam galoppierte mit uns auf seinem Rücken über ein Feld nach dem anderen. Es schien, als wären wir seit Stunden unterwegs, und die Mädchen schliefen irgendwann vor Erschöpfung ein. Schließlich verlangsamte Cam seinen Schritt in der Nähe eines Flusses, und wir glitten von seinem Rücken. Nachdem er sich hinter einem Baum verwandelt hatte, reichte ich ihm Jeans und T-Shirt, die ich für ihn gehalten hatte. Sein Gesicht war schweißnass, und er wirkte erschöpft.

»Ihr seid doch ganz schön schwer«, sagte er mit einem Lächeln zu den Mädchen. Dann führte er uns am Ufer entlang. »Spikeheads Unterschlupf ist nur ein paar Minuten entfernt.«

»Spikehead? Das ist ein komischer Name«, meinte Olivia.

»Wenn ihr ihn erst gesehen habt, wisst ihr, warum er so heißt!«

»Wie ist er so?«, fragte Ember.

Cam lächelte. »Er hat jede Menge Connections, vor allem über seinen Onkel.«

Ember runzelte die Stirn. »Wer ist sein Onkel? Der Premierminister oder so?

»Irgendeine große Nummer in der Verbrecherwelt.«

»Was?«, schrie Olivia.

Cam lachte. »Macht euch keine Sorgen – Spike versucht sich da rauszuhalten. Er ist wie wir. Seine Eltern sind bei einem Autounfall gestorben, und sein Onkel hat ihn aufgenommen. Aber dann wurde sein Onkel letztes Jahr erschossen, deshalb hat er nicht nur jede Menge Geld geerbt, sondern auch seinen Ruf und die Verbindungen. Aber Spikehead ist cool, wirklich!«

»Seth hat gesagt, du wärst zu waghalsig«, meinte Olivia.

Wieder musste Cam lachen. »Das ist ein ziemlich erwachsenes Wort für ein Kind wie dich.«

»Wir sind keine Kinder, wir sind zwölf«, erklärte Olivia. »Außerdem benutzt Mum ständig dieses Wort, um Dad zu beschreiben.«

Wir lachten, dann wurde Cam plötzlich ernst. »Waren noch andere Zwillinge bei Altus?«

Beide schüttelten den Kopf. »Nur wir und Seth«, sagte Ember.

»Außerdem war unser Bruder bei uns, als sie uns entführt haben. Sie haben ihn mitgenommen«, fügte Olivia hinzu, und Tränen traten in ihre Augen.

Ember seufzte. »Als sie den Staub auf uns angewendet haben, hat er versucht gegen sie zu kämpfen, aber sie … sie …«

»Sie haben ihn umgeworfen, und er hat sich den

Kopf angeschlagen«, fuhr Olivia fort. »Seitdem haben wir ihn nicht mehr gesehen. Vielleicht ist er …«

»Sprich es nicht aus!«, rief Ember.

Cam biss die Zähne zusammen. »Und um das geheim zu halten, haben sie euch eingeschlossen.« Beide nickten. »Und wie oft habt ihr meinen Bruder gesehen?«

Die Mädchen wechselten einen Blick. »Wir haben ihn nur einmal gesehen – nachdem wir versucht haben zu entkommen. Sie hatten gerade den Staub auf uns angewendet, da holten sie Seth aus seiner Zelle. Er hat uns gesehen und sich schrecklich aufgeregt. Dann versuchte er sich zu verwandeln, und hat uns zugerufen, dass er uns retten wird. Zum Schluss hat eine der Wachen ihn geschlagen.«

Wut explodierte in Cams Gesicht. »Geschlagen?«

»Immerhin haben sie nicht Abeo-Staub auf ihn angewendet, Cam!«, versuchte ich ihn zu beruhigen.

»Wisst ihr, warum nicht?«, fragte Cam die Zwillinge.

Ember schüttelte den Kopf. »Nö.«

»Aber euch beide haben sie damit behandelt?«

Olivia nickte. »Ja. Aber nur ich kann mich verwandeln, Ember hat noch nicht angefangen, weil sie ihre …«

Sie zögerte und wurde rot. Ich begriff, dass Ember ihre Periode noch nicht bekommen hatte. Cam und ich wechselten einen Blick. Natürlich! Wenn sich die Fähigkeiten der Gestaltwandler entwickelten, wenn sie in die Pubertät kamen, konnten Mädchen ihre Fähigkeiten erst mit ihrer Periode entfalten. Das war nicht gerade das, was man zu dieser Phase seines Lebens brauchen konnte!

»Sie haben uns aber beide mit dem Staub behandelt«, fuhr Olivia fort. »Dieser blonde Junge hat uns öfter besucht. Er war echt seltsam – hat uns ständig erzählt, dass es das Beste für uns ist, wenn wir geheilt werden.«

»Ashton«, meinte ich.

Cams Miene verfinsterte sich. Dann zeigte Olivia auf ein Gelände, das hinter den Bäumen auftauchte. Dort ragte ein vielstöckiges, hässliches Hochhaus in die Nacht. »Ist das der Ort, wo wir hinwollen?«, fragte sie.

»Ja, genau«, antwortete Cam.

»*Wirklich?*«, fragte Ember ängstlich.

Cam lachte. »Ich weiß, es ist nicht gerade der Buckingham Palast.«

Wir gingen über verwilderte Wiesen, an Autos vorbei, die auf Ziegelsteinen statt Rädern standen. Einkaufswagen lagen hier und dort herum, wie Kunstinstallationen einer untergegangenen Welt. Nach ein paar Minuten standen wir vor der Eingangstür. Für einen kurzen Moment stieg mir ein seltsamer Geruch in die Nase – wahrscheinlich Haschisch. Dann traten wir ins Innere des Hauses, in einen dreckigen, aus Beton gegossenen Eingangsbereich, der fast so groß war wie eine Hotellobby. Ein paar Gestalten versteckten sich in den Schatten – manche lehnten an den mit Graffiti verschönten Wänden und rauchten, andere gingen langsam umher und tauschten diskret Besitztümer miteinander aus. Auch Nadeln wurden in dämmrigen Ecken weitergereicht und glänzten silbern in der Dunkelheit.

»Igitt«, flüsterte Olivia und drängte sich näher an Cam, der uns zu einem Lift führte.

»Warst du schon mal hier?«, fragte ich ihn. »Ich dachte, du hättest gesagt, dass du Spikehead noch nie begegnet wärst.«

»Nein, noch nie. Aber Spike hat uns eine Beschreibung gegeben, falls wir mal in England sind und ihn brauchen.«

Nach der Liftfahrt traten wir in einen Flur hinaus und hielten auf eine fröhlich bunte Tür zu. Als wir näher kamen, erkannte ich, dass die Wände mit mehreren Figuren im Mangastil bemalt worden waren – hinter jeder einzelnen war ein Sternbild zu sehen. Die erste Gestalt war ein Junge. Neben ihm, ein wenig größer, befand sich ein schwarzer Hund, der auf den Hinterbeinen stand. Neben dem Hund war eine wunderschöne Frau zu sehen, die ihr langes schwarzes Haar zu einem Zopf geflochten hatte. Meine Augen glitten über die restlichen vier Figuren: ein alter Mann mit grauen Haaren, ein Polizist, ein Bär und schließlich ein muskulöser schwarzer Junge mit unglaublich stacheligem, schwarzem Haar, dessen Spitzen weiß gefärbt waren. Neben ihm stand ein Vogel, der aussah wie ein Rabe, die Flügel ausgebreitet, als wollte er jeden Moment abheben.

»Sternenwandler«, sagte Cam, der direkt hinter mir stand.

Ich drehte mich zu ihm um und fühlte seinen Atem auf meiner Wange. Er fuhr mit dem Finger die Sternbilder nach, denn zeigte er auf den Jungen mit den stachligen Haaren. »Das ist Spikehead«, sagte er. Dann deutete er auf die anderen Gestalten. »Und ich nehme an, das auch. Und das. Und das.«

»Ich habe Hunger!«, schrie Olivia.

Wir schauten zu ihr und stellten fest, dass beide Mädchen uns anstarrten.

»Dann besorgen wir euch besser was zu essen«, meinte Cam.

Er führte uns zu der Tür, die mit geometrischen Mustern in wunderbaren Farben verziert war. Er klopfte dreimal und zeigte der Überwachungskamera darüber den gehobenen Daumen. Das Schloss öffnete sich mit einem Klicken, und wir traten in einen weiteren Flur. Die Luft roch nach Räucherstäbchen. Wir folgten Cam in ein riesiges, weißes Wohnzimmer. Vor uns auf einem ledernen Bürostuhl lümmelte ein Junge mit stacheligen Haaren, der genauso aussah wie die Mangafigur draußen. Spikehead. Er stand auf, eilte auf Cam zu, und die beiden umarmten sich.

»Mann, ich kann nicht glauben, dass ich dich nach all der Zeit wirklich treffe«, sagte er. Dann schaute er auf die Zwillinge runter. »Ihr müsst die McClusky-Zwillinge sein?«

»Woher weißt du das?«, fragte Olivia mit misstrauischer Miene.

»Das ist doch offensichtlich bei zwei so attraktiven Rotschöpfen!«

Die Mädchen kicherten, dann musterte Spikehead mich. »Und wer bist du?«, fragte er.

»Ich bin Tori Hamilton, ich ...«

»Warum bringst du die Mädchen nicht in den nächsten Raum, Tori, da können sie sich meine tropischen Fische ansehen.«

»Wir können offen mit ihr reden, Spike«, sagte Cam.

»Denkst du? Ich weiß, wer ihr alter Herr ist.«

Die Mädchen musterten mich, und ich schenkte ihnen ein schwaches Lächeln. »Wenn Tori nicht mitgehen will, können wir uns die Fische dann auch allein ansehen?«, fragte Ember.

Spikehead seufzte. »Sicher. Es gibt dort auch eine PlayStation, ihr könnt sofort loslegen.«

Die Mädchen strahlten sich an, dann rannten sie aus dem Zimmer.

Ich sah zu Spikehead. »Ich schwöre, dass du mir vertrauen kannst.«

»Ich will dich echt nicht dissen, aber ich denke, dass wir vorsichtig sein müssen.« Seine Augen glitten über mein Gesicht. »Woher hast du eigentlich diesen Bluterguss?«

Ich berührte mit der Hand mein Gesicht. Ich hatte ihn noch nicht selbst gesehen. »Mein Dad.«

Er schüttelte den Kopf und deutete auf das Sofa. »Na gut, mach es dir gemütlich.«

Wir sanken auf das Sofa. Cams Oberschenkel berührte meinen. Plötzlich wollte ich seine Hand packen und meinen Kopf auf seine Schulter legen, aber ich war mir bewusst, dass Spikehead uns beobachtete.

»Das Wichtigste zuerst: Seth geht es gut«, sagte Spikehead mit einem Lächeln. Cam seufzte erleichtert. »Ich kenne da einen Arzt. Habe ihn zusammenflicken lassen und ihm erzählt, dass du und deine Mum nach England gekommen seid, um ihn zu finden. Darüber war er überhaupt nicht glücklich.«

Cam lachte. »Das überrascht mich nicht. Wo ist er jetzt?«

»Er hat gesagt, er macht sich auf den Weg zu dem Ort, über den ihr immer geredet habt.«

Ich schaute Cam an. »Ist das der Ort, wohin auch deine Mum gegangen ist?«

»Ich denke schon.« Cam stand auf. »Dann müssen wir dorthin.« Er schaute Spikehead an. »Du kannst auf die Mädchen aufpassen, bis ihre Mum kommt, oder?«

»Hey, entspann dich, Bruder! Seth wollte da nicht sofort hin.«

Cam runzelte die Stirn. »Was meinst du damit?«

»Er hat gesagt, er müsste vorher noch etwas checken. Ich habe versucht es aus ihm rauszukriegen, aber er hat einfach nicht lockergelassen.«

Ich schaute Cam an. »Vielleicht hat er auch herausgefunden, dass Altus für seinen Energiedurchbruch Abeo-Staub verwendet?«

Spikehead riss die Augen auf. »Was?«

»Erinnerst du dich an das Video, von dem ich dir erzählt habe? Bei dem sie veränderten Abeo-Staub verwendet haben, um Olivias Fähigkeiten zu zerstören?«, fragte Cam.

Spikehead nickte.

»Wir haben im Hauptquartier von Altus cin Dokument gesehen«, erklärte ich. »Sie benutzen diese Version des Abeo-Staubs auch, um Kohlenstoff und Wasserstoff zu binden.«

»Du weißt, was das bedeutet, oder, Kumpel?«, fügte Cam hinzu. »Wenn dieses Geschäft läuft, wird irgendwann von Kraftwerken und Autos dieser veränderte Abeo-Staub überall in die Luft gepumpt werden.«

Spikehead schüttelte schockiert den Kopf. »Ich wusste doch, dass etwas daran faul ist. Und die bei Altus schlagen zwei Fliegen mit einer Klappe – scheffeln Geld und zerstören gleichzeitig unsere Fähigkeiten. Zumindest können wir jetzt, wo wir Bescheid wissen, versuchen sie aufzuhalten.« Er schaute mich an. »Ich nehme an, es hat seine Vorteile, mit Max Hamiltons Tochter auszugehen.« Mein Magen zog sich zusammen, als ich mich daran erinnerte, was Ashton gesagt hatte – dass Cam mich nur benutzte. Spikehead lehnte sich zu ihm vor. »Bruder, sie dürfen das Zeug nicht in die Luft pumpen. Ich liebe meine Fähigkeiten!«

»Ich weiß, aber was können wir schon ausrichten, ohne unsere Fähigkeiten publik zu machen?«, fragte Cam.

Spikehead zuckte mit den Achseln. »Das würde mir nichts ausmachen.«

»Ich bin mir da nicht so sicher. Und Seth hätte wahrscheinlich auch etwas dagegen«, meinte Cam. »Hat Seth irgendetwas darüber gesagt, wann er an diesem bestimmten Ort sein will?«

»Erst morgen oder übermorgen, also könnt ihr genauso gut heute Nacht hierbleiben.« Spikehead schwieg für einen Moment. »Er hat mir noch etwas erzählt, was er während seiner Gefangenschaft bei Altus herausgefunden hat: dass Zwillinge unter Gestaltwandlern angeblich mächtiger sind.«

»Ich weiß«, meinte Cam mit angespannter Miene.

»Und weißt du auch, warum?« Cam schüttelte den Kopf. »Es kommt von einem nanomagnetischen Puls, der im Mutterleib zwischen den Zwillingen hin- und herspringt. Das hat eure Fähigkeiten um ein Zehnfaches verstärkt. Deswegen haben sie keinen Abeo-Staub gegen ihn eingesetzt und stattdessen mit Seth experimentiert, um mehr über seine Fähigkeiten herauszufinden und vielleicht seine Kraft einzuschränken.«

»Was für Experimente?«, fragte Cam und lehnte sich vor – ich konnte sehen, wie die Adern an seinem Hals hervortraten.

Spikehead sah ihn ernst an. »Seth hat gesagt, sie hätten ihm nicht wehgetan, aber ich weiß nicht, er schien …«

»Er schien *was*?«

»Irgendwie verändert. Gehetzt.«

Cam ballte die Hand zur Faust und schlug sie auf sein Knie, während sein Gesicht schimmerte.

Spikehead runzelte überrascht die Stirn. »Kumpel, du …«

Cam berührte sein Gesicht mit einer Hand. »In letzter Zeit passiert das öfter, ich kann nichts dagegen tun.«

»Mach dir keine Sorgen, du und Seth seid ganz anders als die Esposito-Zwillinge. Die gehören echt nicht zu den Guten.«

»Esposito-Zwillinge?«, fragte ich.

»Die Zwillinge, die die Frau von George Chambers umgebracht haben. Anscheinend haben sie …«

»Das wissen wir auch schon«, erklärte Cam mit zusammengebissenen Zähnen.

»Du und Seth seid die ersten Zwillinge, die durch die Fruchtbarkeitsbehandlung entstanden sind«, sagte Spikehead. »Die Esposito-Zwillinge wurden ein paar Tage nach euch geboren. Das dritte Paar waren die McCluskys. Siehst du das Muster dahinter? Die bei Altus haben die Krise gekriegt, als sie vor ein paar Jahren erfahren haben, dass wir uns verwandeln können. Aber jetzt ticken sie völlig aus, weil sie rausgefunden haben, dass Zwillinge im Vergleich zu einzelnen Kindern aus der Behandlung Megagestaltwandler sind. Ich glaube, es gibt noch eine Handvoll andere Zwillingspaare, die alle innerhalb der nächsten Jahre in die Pubertät kommen. Ich garantiere euch, dass sie alle plötzlich auf mysteriöse Art verschwinden werden, ein Paar nach dem anderen.«

»Aber damit kann Altus einfach nicht durchkommen!«, sagte ich.

Spikehead lächelte traurig. »Für Altus sind wir Gestaltwandler nur eine Nummer, Tori.«

»Er hat recht«, sagte Cam. »Wann immer meine Mum irgendwelche Briefe von ihnen bekam, haben sie Seth und mich nicht mal beim Namen genannt. Stattdessen waren wir NM 1 und NM 2.«

»NM?«, wiederholte ich.

»Nanomagnet«, sagten Spikehead und Cam gleichzeitig.

Ich schüttelte ungläubig den Kopf. Dann stand Spikehead auf und klatschte in die Hände. »Lasst uns heute Abend nicht mehr über so ernste Sachen reden, sondern stattdessen ein wenig spielen und was essen. Ich muss doch meinen Kumpel in England willkommen heißen! Wenn die Kinder im Bett sind, können wir uns ja was hinter die Binde kippen, okay? Meine Freundin Maz kommt vorbei, ich will, dass sie euch beide kennenlernt.«

Ich fuhr mir mit einer Hand durch die Haare. *Ich muss furchtbar aussehen.* »Darf ich dein Bad benutzen?«, fragte ich Spikehead.

»Klar, am Ende des Flurs.«

Als ich das Bad erreichte, ging ich sofort zum Spiegel und keuchte, als ich den purpurfarbenen Bluterguss sah, der sich unter meinem Auge gebildet hatte. *Was hast du mir angetan, Dad?* Tränen ließen meine Sicht verschwimmen. Eine entkam und glitt über den Bluterguss. Ich wandte mich ab. Ich konnte es nicht mehr ertragen, mich selbst anzuschauen. Mein Spiegelbild erinnerte mich zu sehr daran, wie grausam er war.

Spikeheads Freundin Maz war ein kleines, zierliches Mädchen mit wilder schwarzer Mähne und großen Zähnen. Sobald sie ankam, hüpfte sie auf mich und Cam zu und umarmte uns. Sie roch herrlich nach Pfirsichen.

»Spikehead hat mir alles über euch erzählt. Lieber Gott, du musst vielleicht stinkig auf deinen Dad sein!«, rief Maz, als sie mich losließ. Dann berührte sie vorsichtig meine Wange. »Übel.«

Ich trat einen Schritt zurück und schaute zu Cam. »Ja, schon.«

»Tut mir leid«, meinte Spikehead und legte einen Arm um Maz. »Sie redet nicht gern um den heißen Brei herum – stimmt's, Schatz?«

Sie zuckte mit ihren dürren Schultern. »Mädchen müssen zusammenhalten. Wenn du über irgendetwas reden willst, Tori, ich bin da.«

»Danke«, meinte ich zögernd. Aber ich wusste genau, dass ich nicht mit ihr reden würde. Über so große Themen sprach ich nicht mal mit Lottie oder Caitlin. Als ich an meine Freundinnen dachte, fühlte ich einen kurzen Stich in meiner Brust. Wann würde ich sie wiedersehen?

»Sollen wir aufs Dach raufgehen?«, schlug Spikehead vor. Ein paar Minuten später standen wir auf dem Flachdach des Hochhauses. Es war riesig, fast so groß wie ein Fußballfeld. Durchsichtige Plastikplanen waren als Regenschutz darübergespannt, Lichterketten waren an den Folien befestigt und tauchten den Ort in ein seltsames, rosafarbenes Licht. Mittendrin stand ein Sofa, umgeben von dicken Kissen und einem Kühlschrank, auf dem eine Stereoanlage stand.

»Ich will dir was zeigen«, meinte Spikehead zu Cam.

Cam sah zu mir herüber. »Ist es okay für dich hierzubleiben?«

»Ich passe auf sie auf!«, sagte Maz und zog mich zum Sofa. Wir beobachteten, wie die beiden in der Ferne verschwanden, dann hielt mir Maz eine Schachtel Zigaretten unter die Nase. »Willst du eine?«

»Ich rauche nicht«, antwortete ich mit einem Lächeln.

»Das hatte ich mir schon fast gedacht.« Sie zündete sich eine an, lehnte sich vor und schaltete die Anlage an. Lady Gaga dröhnte aus den Lautsprechern. »Cam ist süß. Ist das seine echte Gestalt?«

»Wie meinst du das?«, fragte ich irritiert. Doch plötzlich dämmerte es mir. »Ja, so sieht er wirklich aus. Und Spikehead?«

»Natürlich! Aber manchmal …« Sie aschte auf den Boden. »Manchmal bringe ich ihn dazu, sich zu verwandeln, verstehst du?«

»Nicht wirklich.«

Sie blies einen Rauchring. »Wir waren mal auf 'nem *30-Seconds-To-Mars*-Konzert, und danach meinte ich zu Spikehead, dass ich gern mal mit Jared Leto … und zack, plötzlich sitzt er direkt neben mir und sieht mich an, als wäre ich das heißeste Girl auf dem Planeten.«

»Jared Leto also?« Ich blickte auf und sah, dass Cam und Spikehead wieder zurückkamen – er schüttelte gerade den Kopf.

»Ich habe Tori in der Zwischenzeit ein paar Tipps gegeben, was man alles mit einem Gestaltwandler-Freund anstellen kann«, sagte Maz und zwinkerte Spikehead zu.

»Wir haben unsere Vorteile.« Spikehead griff in den Kühlschrank und zog vier Flaschen Bier heraus. Als ich genauer hinsah, stellte ich verwundert fest, dass er sieben Finger an jeder Hand hatte.

Spikehead bemerkte meinen Blick. »Ich habe einmal einen Kerl mit sieben Fingern gesehen. Erwies sich als ziemlich praktisch.«

»Und es ist ziemlich cool«, sagte ich und lächelte Cam an.

»Also, wenn es dir so viel Spaß macht ...« Ich beobachtete fasziniert, wie Spikeheads Umrisse anfingen zu schimmern. Er verwandelte sich viel langsamer als Cam und brauchte Minuten statt Sekunden, um sich in den kleinen Jungen aus den Manga-Graffitis zu verwandeln.

Cam fing auch an zu schimmern und verwandelte sich kurz hintereinander von einer Figur in die nächste. Zuerst in eine winzige, gut aussehende Frau mit pinken Haaren und Piercings, dann in einen großen indischen Mann mit langem Vollbart. Als Nächstes folgte ein breiter, gebräunter Mann mit Glatze, dann weitere Personen, die ich nicht mehr deutlich erkennen konnte, bevor er in seine eigentliche Form zurückkehrte.

Spikehead starrte ihn ehrfürchtig an. »Mann, das war schnell! Ihr Zwillinge seid wirklich mächtiger als der Rest von uns. Warum konnte ich kein Zwilling sein?«

Cam lächelte und verwandelte sich in Spikehead. »Jetzt bist du's, Kumpel.«

»Mach dir keine Sorgen, Schätzchen – du bist mir immer noch am liebsten!« Maz griff nach Spikeheads Kopf, zog ihn zu sich nach unten und küsste ihn auf die Lippen.

Dann nahm Cam wieder seine ursprüngliche Form an, und wir beobachteten das sich küssende Paar unangenehm berührt. Cam fing meinen Blick auf, und ich wurde rot. Er lehnte sich zu mir. »Tor, ich will dir etwas zeigen.«

»Und was?«, fragte ich.

»Komm einfach mit.« Er führte mich in die Richtung, in der er vorhin mit Spikehead verschwunden war. Als wir hinter einer Folie hervorkamen, hatten wir einen kleinen Dachgarten betreten. Hier wuchs Gras auf dem Boden, und die Lichterketten beleuchteten hübsche Blumen, die an einer Regenrinne entlangwuchsen. Cam griff in seine Tasche und holte ein Tütchen aus lila Seidenpapier heraus. Er öffnete es vorsichtig und zog eine grazile Silberkette daraus hervor, an der ein wunderschöner Kristallanhänger hing.

»Cam, die ist wunderschön«, staunte ich.

»Der Anhänger ist vom Kronleuchter aus dem Herrenhaus.«

Er reichte mir die Kette, die das Licht reflektierte, als ich sie aus der Nähe betrachtete. »Aber dort befanden sich doch gar keine Kristalle mehr!«

»Ich bin als Vogel zurückgekehrt und konnte noch einen finden, er war ganz versteckt.« Ich stellte mir vor, wie Krähen-Cam sich in den Raum stürzte und den Kristall vom Kronleuchter pickte. »Ich wollte sie dir bereits geben, als wir uns am See getroffen haben, aber …« Seine Miene verfinsterte sich für einen Moment, bevor er wieder lächelte. »Das spielt keine Rolle mehr. Dreh dich um, ich will sie dir anlegen.«

Er legte die Kette um meinen Hals, und sein Atem streifte meinen Nacken.

»Mir tut leid, was ich damals am See gesagt habe, Cam.« Ich starrte auf meine Fußspitzen, weil ich zu viel Angst hatte, um mich umzudrehen. »Ich habe dich vermisst.«

Er trat näher, sodass seine Brust meinen Rücken berührte. »Ich habe dich auch vermisst.«

Er schlang die Arme um meine Hüfte und küsste meinen Nacken. Mich schauderte, dann drehte ich mich um und presste meine Lippen auf seine. Wir fingen an, uns zu küssen, sanfter als sonst, weil wir beide wussten, was passieren würde, wenn wir es zu schnell angingen. Aber je länger sich unsere Lippen so berührten, desto weniger konnte ich mich kontrollieren. Ich drängte mich gegen ihn, und unsere Küsse wurden intensiver.

Dann zog ich mich ein kleines Stück zurück. »Ist das okay für dich?«

»Ja.« Er lächelte, und seine Grübchen zeichneten sich ab. »Ich brauche nur noch ein wenig mehr Übung, um völlig sicher sein zu können.«

Wir küssten uns wieder, und diesmal hatte ich das Gefühl, als wäre ich diejenige, welche die Kontrolle verlor – als würde die Welt um uns in einem schwarzen Loch verschwinden. Ich hörte nur noch Cams Atem. Fühlte nur noch seine Haut und die tobenden Gefühle in mir. Plötzlich war mir schwindlig, und die Welt um mich herum drehte sich.

»Komm, wir setzen uns ins Gras«, flüsterte er und zog mich nach unten. Ich legte mich hin, und der frische, vom Tau benetze Geruch erfüllte meine Sinne. Dann lehnte Cam sich über mich, und ich schob eine

Hand unter sein T-Shirt, spürte die weichen Haare auf seiner Brust unter meinen Fingerspitzen und den Schlag seines Herzens.

Er sah mich durchdringend an, und das Grün seiner Augen schien den Himmel über mir zu füllen. Unsere Lippen trafen sich wieder, und er schob mein Oberteil nach oben. Seine sanften Berührungen jagten Hitzewellen über meinen Körper. Ich bemerkte, dass er leicht schimmerte, aber es war mir in diesem Augenblick egal.

Allerdings sorgten sich nähernde Schritte dafür, dass wir uns voneinander lösten. Ich zog mein Oberteil wieder zurecht und blinzelte Spikehead an, der mit hochgezogener Augenbraue auf uns heruntersah. Cam setzte sich auf, sein Gesicht erhitzt. »Was ist los?«, fragte er.

»Tut mir leid, dass ich euch störe, aber ich dachte, du willst das hier sehen.« Er gab Cam sein Handy. »Unser russischer Freund Gleb hat mir diesen Link gerade geschickt. Er macht regelmäßig Stichwortsuchen im Internet, und das hier tauchte bei seiner Suche in Middleton auf.«

Cam nahm das Telefon, und ich schaute über seine Schulter. Auf dem Display erschienen die Worte *Die Bestie von Middleton*, darunter wurde ein Video gezeigt. Zuerst sah man gar nichts, nur grünes Gras, das sich im Wind wiegte. Dann zoomte derjenige, der die Kamera hielt, näher ran, und ich erkannte überrascht, dass ein Tiger durch das Gras schlich.

»Das ist Seth!«, rief Cam.

»Wirklich?«, fragte ich.

Spikehead nickte. »Er verwandelt sich gern in Tiger, ist sein Markenzeichen.«

»Aber wie könnt ihr euch sicher sein, dass er es ist?«

»Ich kenne meinen Bruder, Tori. Das ist er, ich weiß es!« Cams Atmung beschleunigte sich, und sein Gesicht schimmerte. »Ich muss zu ihm, er braucht meine Hilfe. Sonst nehmen sie ihn vielleicht wieder gefangen!«

Er sprang auf und lief Richtung Treppe los. Ich wollte ihm folgen, aber Spikehead hielt mich auf.

»Nein, Tori, er muss gehen, Seth ist sein Bruder.«

»Aber sie werden ihn erwischen! Mein Dad wird ihm auflauern! Ich kann ihn nicht gehen lassen!«

Ich jagte hinter Cam her und erreichte ihn, als er gerade das Treppenhaus hinunterstürmen wollte. Als ich ihn festhielt, sah ich, dass er sich wieder und wieder und unglaublich schnell in verschiedene Tiere und Menschen verwandelte.

»Du darfst nicht gehen, Cam!«, flehte ich ihn an, drehte ihn an seinen Schultern herum und starrte ihm direkt in die Augen. »Was, wenn sie dich fangen? Was würdest du Seth dann nützen? Bitte, Cam, du weißt, dass es dumm ist.«

»Du kannst mich nicht aufhalten, Tori. Du verstehst das nicht! Ich weiß, wo Seth ist, ich kann ihm helfen. Er braucht mich jetzt.«

Ich streichelte seinen Arm, und Tränen rannen mir über das Gesicht, als er sich in sein normales Selbst zurückverwandelte. »Bitte geh nicht ... ich weiß nicht, was ich ohne dich tun soll!«

Er wischte mir die Tränen von den Wangen. »Tori, ich komme zurück, sobald ich Seth gefunden habe. Warte einfach hier, okay? Ich muss gehen.«

Er lehnte sich nach vorne, um mich zum Abschied zu küssen, dann drehte er sich zur Treppe um. Wieder erfüllte mich Panik bei dem Gedanken, dass er Seth folgte. Dass er zurück nach Middleton wollte. Dass er mich alleine ließ.

»Wenn sie dich erwischen, dann wird mein Dad kommen und mich hier finden!«, sagte ich traurig. Cam erstarrte, drehte sich aber nicht um. »Früher oder später wird er herausfinden, wo ich bin«, fuhr ich fort und bemerkte, dass meine Stimme plötzlich verzweifelt und zittrig klang. »Ich weiß, wie er ist, Cam. Wir werden uns nie wiedersehen. Dafür wird er sorgen, und er wird ... er wird mir wieder wehtun.«

Cam drehte sich langsam um. »Aber ich werde mich *nicht* fangen lassen«, sagte er. »Ich bin zurück, bevor du überhaupt merkst, dass ich weg war ... zusammen mit Seth!«

»Und wenn sie dich fangen, Cam? Dann kannst du mich nicht mehr vor meinem Dad beschützen. Du hast gesehen, was das letzte Mal geschehen ist – stell dir vor, was er diesmal tun wird.« Meine Stimme wurde brüchig. »Cam ... ich habe Angst.«

Seine Schultern sanken nach unten, und er starrte auf seine Fußspitzen. Ich ging zu ihm, hob meine Hände an sein Gesicht und brachte ihn dazu, mir in die Augen zu schauen. »Bitte, Cam, geh nicht. Für mich.«

»Okay«, meinte er schließlich nach einem langen Schweigen.

Ich hörte Schritte hinter mir, und als ich mich umdrehte, schüttelte Spikehead seinen Kopf über mich.

In Spikeheads Wohnung gab es drei Zimmer, und nachdem er hier alleine wohnte, durften Cam und ich uns eines davon teilen. Aber Cam hatte seine ritterliche Pflicht getan und auf einem zweiten Bett bestanden. Ein Teil von mir war enttäuscht.

Nervös wartete ich im Bett, während er sich im Bad fertig machte. Nach ein paar Minuten klopfte er an die Tür.

»Komm rein«, sagte ich.

Er spähte um den Türrahmen, dann kam er zu mir. Er trug Boxershorts und ein weißes T-Shirt. Seine Haare waren feucht, und er roch nach Seife und Zahnpasta.

»Alles okay?«, fragte ich. Langsam machte ich mir Sorgen, weil ich ihn davon abgehalten hatte, Seth zu retten. Würde er mich dafür hassen? Hatte ich einen Fehler gemacht?

»Ja, alles cool. Bin nur müde.« Er ließ sich auf den Futon sinken, den Spikehead für ihn aufgebaut hatte. Ich wollte mich zu ihm legen, meine Arme um ihn schlingen, aber ich konnte spüren, dass er allein sein wollte. Schließlich schläferte mich das Rauschen des Windes draußen ein. Meine neue Kette hielt ich in der Hand.

Ein paar Stunden später wurde ich davon geweckt,

dass Cam im Schlaf schrie. Ich knipste die Nachttischlampe an und sah, dass er mit weit aufgerissenen Augen in seinem Bett saß.

»Seth«, murmelte er, das Gesicht schmerzerfüllt verzogen. Ich zog ihn zu mir, und er stolperte in mein Bett und schlang die Arme um mich. Ich konnte seinen warmen Atem an meiner Wange spüren und streichelte seinen Kopf bei dem Versuch, ihn zu beruhigen, bis wir schließlich wieder einschliefen.

Kapitel 11

Am nächsten Morgen wurde ich früh wach. Cams Arme hielten mich eng umschlungen, sein Gesicht war in meinem Haar vergraben und die Decke um seinen Körper gewickelt. Er schlief noch. Ich beobachtete ihn eine Weile und genoss es, sein Gesicht zur Abwechslung mal entspannt zu sehen. Nach ein paar Minuten öffnete er langsam die Augen.

»Tori«, flüsterte er.

»Hey.« Ich schob ihm die Haare aus den Augen.

»Wie bin ich denn hier gelandet?«

»Du hattest letzte Nacht einen Albtraum und hast Seths Namen gerufen.«

»Seth ...« Das Lächeln verschwand von seinem Gesicht. Ich schlang meine Arme um ihn. Nach einer Weile entspannte er sich und vergrub sein Gesicht wieder in meinem Haar. Ich drückte meine Lippen auf seine, weil ich plötzlich das Bedürfnis verspürte, seine Sorgen wegzuküssen und ihn für einen Moment vergessen zu lassen, dass Seth ganz allein da draußen war. Unsere Küsse wurden feuriger, und er zog mich auf sich, drückte sich an mich, während er eine Hand über meinen Oberschenkel gleiten ließ. Aber dann erstarrte er. Sein Gesicht schimmerte.

»Cam, ich habe dir doch gesagt, dass es mir nichts ausmacht, wenn du dich verwandelst«, murmelte ich ihm ins Ohr.

Er löste sich von mir. »Was du am See gesagt hast, klang aber ganz anders.«

»Du weißt, dass ich das nur wegen deiner Mum gesagt habe!« Ich hob seine Hand hoch und küsste sie. »Lass uns das einfach ignorieren.«

Er entzog sich mir. »Ich verstehe dich einfach nicht, Tori! Hast du keine Angst davor, dass ich mich jede Minute in deinen Dad verwandeln könnte. Oder in Liam?«

»Letzte Nacht auf dem Dach war doch auch alles okay!«

»Ja, sicher, aber wer weiß schon, was passiert, wenn es mir mal *nicht* gut geht … so wie jetzt gerade?«

Ich schloss meine Augen und presste meine Lippen auf seinen Hals. »Ich wünschte, du würdest mir glauben, dass mir das nichts ausmacht.«

»Bist du dir sicher?« Seine Stimme klang seltsam, distanziert. Ich schaute auf und entdeckte, dass er sich in Liam verwandelt hatte. Wut stand in seinen grünen Augen.

»Cam!«

»Hast du nicht gerade gesagt, es würde dir nichts ausmachen?« Er näherte sich meinem Gesicht, und ich wich zurück.

»Cam, du benimmst dich dämlich.«

Er packte meinen Arm und drückte mich zurück

auf die Matratze, während sein Gesicht zu dem von Ashton wurde. »Ist dir das lieber?«

Ich kämpfte darum, mich von ihm zu lösen, doch er ließ mich nicht gehen und presste feurig und hart seine Lippen auf meine.

Schließlich gelang es mir, ihn wegzustoßen. »Was zur Hölle tust du, Cam?«

Sein Gesicht schimmerte zurück in sein echtes, und er wandte sich von mir ab. »Ich wollte dir nur klar machen, dass ich …«

»Cam, du hast mir Angst gemacht!«

Er drehte sich wieder zu mir um. »Genau. Das passiert nämlich, wenn ich mich verwandle. Ich mache dir *Angst.*«

»So habe ich das nicht gemeint …«

»Ich denke, wir stehen jetzt besser auf, wir haben noch eine ziemlich lange Reise vor uns.« Er sprang aus dem Bett und eilte aus der Tür. Ich blieb allein im Zimmer zurück, frustriert und verwirrt.

Eine Stunde später saßen wir in Spikeheads Küche, wo die Zwillinge aufgeregt hin und her rannten, weil sie auf die Ankunft ihrer Mum warteten.

Spikehead schaute auf seine Uhr. »Sie sollte schon vor vierzig Minuten hier sein. Ich werde mich mal nach ihr erkundigen.«

»Aber sie kommt doch, oder?«, fragte Olivia.

»Warum gehen wir nicht ein bisschen fernsehen?«, schlug ich vor und warf einen nervösen Blick zu Cam. Zögernd folgten Ember und Olivia mir ins Wohnzimmer, wo ich den Fernseher anschaltete und eine DVD aus dem Regal zog.

»Dieses Mädchen sieht genauso aus wie du, Tori!«, meinte Ember, die auf den Bildschirm starrte. Ich folgte ihrem Blick und war entsetzt, als ich mein Gesicht im Fernsehen sah.

»Oh nein!« Ich packte mir die Fernbedienung und machte lauter. »Cam!« Er kam mit Spikehead angerannt und erstarrte, als er auf den Bildschirm sah.

Wir alle schauten zu, während ein Polizeibeamter in die Kamera sprach. »Tori ist ein normales, freundliches Mädchen. Die perfekte Tochter, Freundin und Schülerin, ohne Grund, von zu Hause wegzulaufen.« Er hielt ein Foto von mir in Schuluniform hoch. Ich sah schrecklich darin aus. »Ihre Eltern haben Grund zu der Annahme, dass sie gegen ihren Willen von Cameron Chase entführt wurde, einem sechzehnjährigen Jungen, der erst vor Kurzem nach England gezogen und in seiner Heimat Kanada polizeibekannt ist.«

»Polizeibekannt? Das ist eine Lüge«, schrie Cam den Fernseher an. Dann erschien ein Bild von ihm, gefolgt von Spikeheads Porträt.

»Was zur Hölle mache ich da?«, fragte Spikehead.

Die Kamera zeigte wieder den Moderator. »Wir vermuten, dass Montague Simpson ...«, Olivia brach bei Spikeheads echtem Namen in Gelächter aus, während er sie mit einem bösen Blick bedachte, »... der Neffe des berüchtigten Bobby Simpson, Chase Unterschlupf gewährt.«

Cam schlug mit der Faust auf den Power-Schalter des Fernsehers, wobei er das Gerät fast vom Schrank geworfen hätte. Ich fing an, nervös im Wohnzimmer auf- und abzutigern. Mein Herz raste, und meine Handflächen wurden feucht. Die Mädchen sahen zwischen uns hin und her, die Augen angstvoll aufgerissen.

»Verdammtes Altus!«, sagte Spikehead. »Ihr seid über sechzehn und noch keine vierundzwanzig Stunden weg. Kein Beamter der Polizei würde sich normalerweise im Fernsehen zu diesem Fall äußern.«

»George Chambers hat sicher seine Beziehungen spielen lassen«, erklärte ich.

Cam schaute zu Spikehead. »Wir müssen hier verschwinden, sie finden sicher heraus, wo du lebst. Wenn du willst, dann komm mit zu unserem Versteck. Es ist klein, aber ...«

Spikehead schüttelte den Kopf. »Nein danke, Bruder, aber ich habe meinen eigenen Unterschlupf. Ich will nicht, dass sie diesen unheimlichen Staub auf mich anwenden, und definitiv nicht, dass die Bullen mir auf den Fersen sind.« Er sah sich im Zimmer um. »Ich nehme an, dass ich diese Wohnung eine ganze Weile nicht wiedersehen werde.«

Ich schaute betreten auf meine Füße. »Spikehead, das tut mir so leid.«

»Hey, Blondie«, erwiderte er. »Es ist nicht dein Fehler, sondern der von Altus, okay?«

Ich nickte, aber überzeugt war ich nicht. Gäbe es mich nicht, wäre kein Aufruf im Fernsehen gesendet worden – und Spikehead müsste sein Zuhause nicht verlassen.

»Ich werde euch ein Auto besorgen«, sagte Spikehead.

Cam legte eine Hand auf die Schulter seines Freundes. »Spikehead, ich weiß wirklich zu schätzen, was du für uns tust.«

Er lächelte. »Du würdest dasselbe für mich tun, Bruder.«

Cam lächelte, dann wandte er sich an die Zwillinge. »Kommt, Mädels.«

Sie zögerten. »Aber was ist mit unserer Mum?«, fragte Ember.

Cam seufzte und blickt auf den Boden. »Sie wird heute nicht kommen.«

»Chambers hat ihr garantiert irgendeine Lüge eingeimpft – zum Beispiel, dass es nur euer Kidnapper war, der angerufen hat«, sagte Spikehead. Ich warf ihm einen bösen Blick zu. »Was? Es ist besser, wenn sie die Wahrheit wissen.«

Embers Augen füllten sich mit Tränen, und Olivia griff nach der Hand ihrer Schwester, deren Versuch, tapfer zu sein, an einer zitternden Unterlippe scheiterte. »Mach dir keine Sorgen, Emmy, zumindest sind Mum und Dad in Sicherheit«, meinte sie. »Cam und Tori werden auf uns aufpassen, bis sie uns holen kommen, richtig?«

Ember sah unter ihren langen Wimpern zu uns auf. »Ich weiß nicht …«

Cam ging vor ihr in die Hocke und streckte eine Hand aus. »Du wirst den Ort, zu dem wir nun fahren, lieben. Er ist toll. Meine Mum ist auch da, und sie ist phantastisch. Und Seth …« Er zögerte und warf mir einen kurzen Blick zu. »… und Seth kommt auch bald.«

Sie lächelte schwach und nahm seine Hand. »Okay.«

Cam saß schon ein paar Stunden am Steuer, während die Mädchen niedergeschlagen aus dem Fenster starrten. Er wirkte ausgelaugt, seine Miene war angespannt, und seinen Augen fehlte der Glanz.

»Wo fahren wir hin?«, fragte ich.

»Zu einem Cottage an der Südküste. Gehört einem der Väter aus der Fruchtbarkeitsbehandlung. Er ist mit seiner Familie nach Australien ausgewandert und hat gesagt, dass wir es benutzen können. Mum und Dad haben uns damals dorthin gebracht, als wir unsere Fähigkeiten entdeckt hatten. Wir beschlossen, dass das unser geheimer Unterschlupf wird, falls die Presse jemals etwas rausfindet und wir untertauchen müssen.«

»Aber kann Altus das Cottage nicht mit euch in Verbindung bringen?«

»Eigentlich nicht. Und selbst wenn, wäre es sicher nicht der erste Ort, an dem sie uns suchen würden.« Er seufzte. »Außerdem ist es die einzige Zuflucht, die wir im Moment haben.«

Er bog auf eine schmale Straße ab.

»Da ist das Meer!«, schrie Ember.

Ich schaute aus dem Fenster und sah, dass wir an einer kreideweißen Klippe entlang fuhren, die zu einem aufgewühlten Meer abfiel. Nach einer Weile erreichten wir ein dichtes Waldstück. Cam verließ die Straße und bahnte sich mit dem Auto einen Weg durchs Unterholz, bis wir eine Wiese erreichten und ich in der Ferne ein kleines Cottage sehen konnte. Silberne Wolken bauschten sich darüber auf.

»Wir sind da«, sagte er, als er direkt davor anhielt.

»Cool!«, rief Olivia, öffnete die Autotür und rannte auf das Cottage zu.

»Warte auf mich!«, schrie Ember mit leuchtendem Gesicht.

Ich schluckte schwer, als ich das Cottage musterte. Hier würde ich zum ersten Mal Laura wieder begegnen, seitdem sie mir verboten hatte, Cam zu sehen, und ich freute mich nicht darauf. Überhaupt nicht.

Nachdem wir ausgestiegen waren, nahm Cam meine Hand und führte mich in Richtung Cottage. Lauras Gesicht erschien in einem der Fenster, dann stürmte sie durch die Tür und riss Cam in ihre Arme. »Cam, oh mein Gott, geht's dir gut, Liebling?«

»Uns geht's prima, Mum«, murmelte er in ihre Schulter.

Sie löste sich von ihm, dann starrte sich mich an. »Tori«, sagte sie ohne zu lächeln. *Sie hasst mich definitiv*. Dann saugte sich ihr Blick an dem Bluterguss in meinem Gesicht fest, und ihre Augen wurden groß. Es schien, als wollte sie etwas sagen, aber stattdessen ging sie vor den beiden Mädchen in die Hocke. »Und wer sind diese hübschen Damen?«

Olivia reckte ihr Kinn nach oben. »Ich bin Olivia, und das ist Ember.«

»Ihr habt Glück, denn ich habe gerade Cookies gebacken«, lachte Laura.

Ember lächelte. »Sie haben die gleichen Augen wie Seth.«

»Seth?« Laura schaute fragend zu Cam.

»Die beiden waren mit ihm bei Altus gefangen«, sagte Cam schnell. »Er ist wohl entkommen und wollte uns hier treffen.«

Laura sprang auf. »Entkommen? Geht es ihm gut?«

Cam warf mir einen schnellen Blick zu. »Es ... geht ihm gut, glaube ich. Ich werde dir alles in Ruhe erklären.«

Laura versuchte sich zu sammeln, aber ich konnte sehen, wie ihre Hände zitterten. Sie schaute wieder zu den Mädchen. »Also ich bin unglaublich froh, dass ihr zwei hier seid. Erstens könnt ihr alle Cookies für mich testen und zweitens ...«, sie sah mit feucht glänzenden Augen zu Cam, »... könnt ihr für mich auf den hier aufpassen, damit er nicht wieder wegläuft.«

Ember lächelte. »Sie können uns in Cookies dafür bezahlen, dass wir ein Auge auf ihn haben.«

Laura streichelte ihr über die Wange. »Ein guter Plan, Süße.«

Wir gingen ins Cottage, das innen aus unebenen weißen Wänden und schwarzen Dachbalken bestand. Laura führte uns durch den Flur in einen Raum, der wie das Wohnzimmer wirkte. »Ich mache euch schnell was zum Essen, ihr könnt in der Zwischenzeit ja fernsehen.«

Cam zog mich Richtung Sofa, aber Laura packte seinen Arm. »*Du* hilfst mir«, sagte sie, während ihre Augen erst zu mir schossen, dann zu den Mädchen.

Er zuckte mit den Achseln und folgte ihr in die Küche.

Als das Gespräch mit seiner Mum vorbei war, machten Cam und ich einen Spaziergang. Während wir auf den Rand der Klippen zuschlenderten, drehte ich mich zum Cottage um. Es war umgeben von einem schmiedeeisernen Zaun, mit weißen Wänden und einem Dach, das mit dunklem Schiefer gedeckt war. Sonst gab es innerhalb des Zauns nur noch einen winzigen Schuppen und eine quadratische Veranda, die hinter dem Haus lag.

Wir beide starrten für eine Weile über das Meer und beobachteten, wie die Wellen sich hinterherjagten, um sich schließlich an den Felsen unter uns zu brechen. Ich warf Cam einen Seitenblick zu. Sein dunkles Haar wurde vom Wind gepeitscht, und die Enden seines Schals flatterten hinter ihm her. Seine Augen schienen deutlicher zu leuchten als jemals zuvor, und es wirkte, als würde seine Haut glühen. Hier, in der ungezähmten Natur, war er in seinem Element.

Ich dagegen sah furchtbar aus. Ich hatte meine Haare zurückgebunden, aber sie entkamen bereits aus dem Gummi und peitschten mein Gesicht.

»Ich habe meiner Mum alles erzählt«, sagte er schließlich. »Sie macht sich wirklich Sorgen um die Abeo-Staub-Emissionen. Ich habe ihr auch erklärt, was diese Wissenschaftlerin in dem Video über eine zu starke Dosis von Abeo-Staub gesagt hat. Mum hat Angst, dass es wirklich ernst werden könnte.«

»Was meinst du damit?«, fragte ich, obwohl ich genau wusste, was er meinte. Ich hatte selbst schon daran gedacht.

»Ich fürchte, dass es mehr tun wird, als nur unsere Fähigkeiten zu zerstören.«

»Wie ... euch umzubringen?«

Cam zuckte mit den Schultern. »Wer weiß?«

Ich schluckte schwer und entschied, das Thema zu wechseln, bevor ich anfing zu heulen. »Hat sie etwas von deinem Dad gehört?«

»Sie hat versucht, ihn zu erreichen, aber es bringt nichts ... er ist noch bei dem Stamm.« Er starrte auf das Meer hinaus. »Ich liebe diesen Ort. Weil er so abgelegen ist, durften Seth und ich uns das letzte Mal, als wir hier waren, so oft verwandeln, wie wir wollten.« Seine Augen folgten einem Schwarm schwarzer Vögel, die über die Wellen glitten. Sie sahen über dem glitzernden Meer aus wie schwarze Pfeile. »Hier haben wir uns zum ersten Mal in Vögel verwandelt. Beim ersten Versuch sind wir auf dem Boden rumgeflattert wie Nestlinge. Seth und ich haben die ganze Woche geübt, bis wir schließlich gelernt haben, wie man fliegt.«

Ich lachte. »Die meisten Kinder versuchen in diesem Alter, schwimmen zu lernen oder wie man ohne Stützräder Fahrrad fährt.«

»Ja, ich weiß«, lachte Cam. »Es war phantastisch. Seth hat gesagt ...« Ihm stockte die Stimme. »Seth hat gesagt, falls er je in einer Verwandlung hängen bleibt, dann wäre er gerne in einem Vogelkörper gefangen.«

Ich legte meine Hand auf seinen Arm, aber er versteifte sich und trat einen Schritt zur Seite. Wir hatten uns kaum berührt, seit er heute Morgen ausgetickt war.

Ich ließ meine Hand wieder sinken. »Ich kann es kaum erwarten, Seth kennenzulernen. Er wird bald kommen, richtig?«

Cam schaute mich mit traurigen Augen an. »Richtig.«

Beim Mittagessen war die Stimmung angespannt. Laura verbrachte die Hälfte ihrer Zeit damit, auf die Uhr zu starren, die restliche Zeit musterte sie mich auf seltsame Art. Nachdem wir mit dem Essen fertig waren, gingen die Mädchen fernsehen. Cam versuchte ein freundliches Gespräch zwischen uns zu entwickeln.

»Es war schön, Spikehead endlich persönlich zu treffen«, sagte er.

Laura warf mir einen kurzen Blick zu. »Nur nicht gerade unter den besten Voraussetzungen.«

Cam sank in seinem Stuhl zurück und spielte mit den Resten seines Essens.

»Es ist übrigens toll hier«, versuchte ich das Thema zu wechseln.

»Für den Moment zumindest«, antwortete Laura. »Mal sehen, wie lang wir hier noch sicher sind, wenn man bedenkt, dass dein *Dad* hinter uns her ist, Tori.«

»*Mum*!«, rief Cam. »Nicht nur er ist hinter uns her.«

Sie lachte bitter. »Vielleicht, aber sei doch ehrlich, Cam, es wäre besser, wenn …«

Cam ließ seine Gabel auf den Teller fallen und starrte sie böse an. »Wenn was, Mum? Was versuchst du zu sagen?«

»Wenn Tori auf mich gehört und dich in Ruhe

gelassen hätte, wäre Altus nicht hinter uns her, dieser Chambers-Junge hätte nicht gesehen, wie du dich verwandelt hast, und …« Sie schaute wieder auf die Uhr und Tränen stiegen ihr in die Augen. »Und ich hätte nicht so furchtbare Angst, weil Seth irgendwo allein da draußen ist!«

Sie stand auf, warf ihre Serviette auf den Tisch und stürmte aus dem Zimmer.

Cam vergrub das Gesicht in den Händen, bevor er mich ansah. »Es tut mir leid, Tori, es wird einfach eine Weile dauern, bis sie sich beruhigt.« *Zum Beispiel ewig?* Er spähte zur Tür. »Ich rede mit ihr.«

Nachdem er weg war, wanderte ich ins Wohnzimmer und sank neben den Mädchen in mich zusammen. Ember streichelte meinen Arm. »Du siehst traurig aus«, bemerkte sie.

Olivia sah von ihrem Buch auf, und ich setzte mir ein künstliches Lächeln auf. »Mir geht's gut, ich bin nur müde.«

»Livvie war auch traurig, nachdem sie uns mit dem Staub behandelt haben«, sagte Ember.

Ich schaute Olivia an. »Vermisst du deine Fähigkeiten?«

»Ich hatte sie erst ein paar Wochen«, antwortete Olivia.

»Zumindest hattest du sie«, meinte Ember und verschränkte genervt die Arme.

Olivia stieß sie an. »Du kriegst sie vielleicht auch noch!«

Ember runzelte die Stirn. »Sie haben auch mich mit dem Staub behandelt, erinnerst du dich?«

»Aber du konntest dich noch gar nicht verwandeln, also weiß man es nicht, Emmy!«

»Wie war es, als du deine Fähigkeiten entdeckt hast?«, fragte ich Olivia.

»Ich war nicht überrascht, wir waren schon ewig bereit dafür. Mummy hatte uns gesagt, dass wir uns verwandeln würden, sobald die erste Periode kommt, wie die anderen Gestaltwandler, die Mädchen sind. Also wussten wir schon alles. Es war toll!«

Ember nickte. »Livvie hat sich das erste Mal in ein Kätzchen verwandelt – wie Abbey, unser Kätzchen zu Hause. Wenn es mir passieren sollte, dann werde ich zu einem Flughund!«

Ich lachte. »Ein Flughund? Das ist aber etwas völlig anderes.«

»Die sind so cool«, meinte Ember. »Ich habe vor ein paar Wochen im Zoo welche gesehen, sie sehen aus wie Welpen mit Flügeln!«

»Aber wo willst du jetzt einen Flughund finden, um seine DNS einzufangen?«, fragte ich lächelnd.

Ember schüttelte den Kopf. »Das brauche ich nicht! Der nette Altus-Mann, der uns besucht hat, hat uns erzählt, dass man schon Wochen vor der ersten Verwandlung DNS anziehen kann. Er hat nur gesagt, dass wir uns von gefährlichen Tieren fernhalten sollten.«

»War das, bevor ihr entführt wurdet?«, fragte ich.

Ember wurde ernst. »Ja. Mum hat den Leuten von Altus erzählt, dass Livvie angefangen hat, sich zu verwandeln.«

»Wenn wir da nur schon gewusst hätten, wie böse sie sind«, fügte Olivia mit finsterer Miene hinzu. »Sie wussten wahrscheinlich schon, dass sie uns entführen wollten, als sie uns besucht haben!«

»Und wir haben unsere Tanzstunde wegen dieses doofen Besuchs verpasst«, meinte Ember.

»Tanzstunde?«, fragte ich. »Ihr tanzt gerne?«

Sie seufzte und schaute auf die Wanduhr. »Wenn wir zu Hause wären, hätten wir genau jetzt Tanzstunde, richtig, Livvie?«

Olivia nickte. »Stimmt.«

»Was für Unterricht hattet ihr?«, fragte ich.

»Stepptanz und Ballett«, antwortete Olivia.

Ich lächelte. »Ich mache auch Ballett.«

Embers Gesicht leuchtete auf. »Wirklich?«

»Wie wäre es, wenn ich euch eine Stunde gebe?«

Beide strahlten mich an, und eine halbe Stunde später übten wir auf der Wiese vor dem Haus Pirouetten. Während wir im dunstigen Sonnenlicht herumwirbelten, schienen sich all meine Probleme zu verflüchtigen. Das Tanzen erinnerte mich an den Abend, als ich Cam getroffen hatte. Ich bemerkte, dass Laura uns aus der Küche beobachtete, ein sanftes Lächeln auf den Lippen.

Als wir eine Stunde später zurück ins Cottage gingen, hörte ich Laura aus der Küche rufen: »Willst du eine Tasse Tee, Tori?«

Ich stoppte im Türrahmen, und sie lächelte mich an. »Ähm, okay«, meinte ich zögerlich. *Ziemlicher Stimmungsumschwung im Vergleich zu vorhin.*

»Ich habe euch beobachtet. Du warst toll mit den

Mädchen«, sagte sie, während sie kochendes Wasser in zwei Tassen goss.

Ich zuckte mit den Schultern und ging zum Tisch. »Sie brauchten ein wenig Ablenkung. Sie sind schrecklich lieb und haben eine Menge durchgemacht.«

Laura trug die Tassen zum Tisch und setzte sich. »Olivia und Ember sind toll. Sie erinnern mich an Cam und Seth, als sie in diesem Alter waren. Und du hast recht, sie haben eine Menge durchgemacht. Aber du auch, Tori.« Sie hielt kurz inne. »Ich war nicht fair. Ich habe meine Angst und meinen Frust an dir ausgelassen, ohne auch nur einmal darüber nachzudenken, wie schwer das alles für dich sein muss.«

»Für Sie und Cam ist es schwieriger«, sagte ich. »Ich mache mir selbst Vorwürfe, weil ich uns in dieses Chaos gestürzt habe.«

»Es ist nicht dein Fehler, Tori. Du bist noch ein Mädchen. Ein Mädchen, das seine Mum vermisst, wette ich?«

Sie hatte recht, ich vermisste meine Mum wirklich. Ich hatte mich so darauf konzentriert wegzulaufen, war so auf Cam fixiert und darüber schockiert gewesen, dass mein Dad mich geschlagen hatte, dass ich kaum an sie gedacht hatte. Sie machte sich wahrscheinlich fürchterliche Sorgen, und Gott allein wusste, was mein Dad ihr antun würde.

Meine Augen füllten sich mit Tränen. Laura schob ihren Stuhl näher zu mir und zog mich in die Arme. Sie ließ mich ein paar Minuten an ihrer Schulter weinen, dann hob sie vorsichtig mein Kinn und betrachtete den Bluterguss. »Dein Vater ist ein wirklich übler Kerl, Süße.«

Ich zog mich zurück und wischte mir über die Augen. »Cam hat Ihnen gesagt, was er getan hat?«

»Man kann es an deinem Gesicht ablesen, Tori. Wortwörtlich. Aber ja, er hat es mir erzählt. Er mag dich.«

»Ich mag ihn auch«, flüsterte ich.

»Das ist offensichtlich. Ich war zuerst skeptisch, weil ihr beide so jung seid. Aber die Art, wie er über dich redet … wie er dich *ansieht.*« Sie schaute mir in die Augen. »Vergiss nur nicht, dass ihr erst sechzehn seid. Überstürzt nichts, okay?«

Ich dachte an seinen Ausbruch am Morgen und die ablehnende Art, wie er auf meine Berührung auf der Klippe reagiert hatte. Wenn man bedachte, wie die Dinge in letzter Zeit zwischen mir und Cam standen, musste Laura sich wirklich keine Sorgen machen.

Ich wurde rot und wandte den Blick ab. »Klar.«

Laura stand auf und streckte sich. »Ich fahre jetzt schnell einkaufen.«

»Ich kann mitkommen und helfen, wenn Sie möchten.«

»Nein, Tori, das ist zu gefährlich. Cam hat mir von dem Fernsehaufruf erzählt. Bleib hier. Ich besorge nur einen Kuchen. Immerhin haben wir morgen einen Grund, richtig schön zu feiern.«

»Kuchen? Feiern?«

Sie runzelte die Stirn. »Hat Cam dir nicht erzählt, dass er Geburtstag hat?«

»Mit keinem Wort!«

Sie schüttelte den Kopf. »Dieser Junge. Also, auf jeden Fall weißt du es jetzt.«

»Aber ich habe kein Geschenk für ihn und schon gar nichts zum Anziehen für eine Feier!«

»Ich habe ein schönes Kleid, das ich dir leihen kann. Und was das Geschenk angeht, versuch es mal auf dem Speicher, dort könnte sich etwas finden lassen. Die Dodsworths haben einiges hiergelassen.

»Dodsworths?«, fragte ich.

»Die Familie, der dieses Cottage gehörte.« Sie lächelte. »Wahrscheinlich findest du da oben ziemlich viel seltsames Zeug. Ich war immer der Meinung, dass Everard Dodsworth ein wenig verrückt ist. Er war Historiker und hatte unzählige wirre Theorien über Altus. Er war der Meinung, dass sie unseren Kindern ihre Fähigkeiten gegeben hatten, um eine Armee zu schaffen oder so. Wenn ich es recht bedenke, hatte er recht mit seiner Paranoia.«

»Sie meinen mit der Armee?«

Sie lachte. »Nein, nicht mehr.« Ich fragte mich, was sie damit meinte. »Aber manchmal hat auch Wahnsinn Methode, und einige von Everards Theorien könnten sich schon bald als wahr entpuppen.«

Nachdem sie gegangen war, stampfte ich den Flur entlang und hämmerte gegen Cams Tür. »Warum hast du mir nicht erzählt, dass du morgen Geburtstag hast?«, fragte ich, sobald er die Tür geöffnet hatte.

Er sah betreten weg. »Es ist auch Seths Geburtstag.«

Dumm, Tori, wirklich dumm. »Cam, tut mir leid, ich habe nicht nachgedacht. Wahrscheinlich wird er versuchen, an diesem Tag zurück zu sein, richtig? An eurem Geburtstag?«

Er lächelte. »Das hat Mum auch gesagt.« Er ging zu seinem Bett, ließ sich nieder und klopfte auf den Platz neben sich.

»Letzte Nacht hast du Seths Namen gerufen«, sagte ich, als ich mich neben ihn setzte.

»Muss dieser Albtraum gewesen sein. Ich habe jede Nacht denselben.«

»Und was passiert darin?«

»Er handelt von dem Tag, an dem Seth entführt wurde. Wir sind sonntags oft Mountainbiken gegangen und dann hinterher an den See gefahren. Wie an jenem Tag. Wir haben ein paar Bier getrunken und rumgealbert, aber dann haben wir angefangen, uns zu streiten. Ich hatte am Tag vorher einem Kerl eine geklebt, weil er den Hund unseres Nachbarn getreten hatte, und Seth hat mich angepflaumt und mir erklärt, dass ich endlich aufhören muss, Gewalt als Lösung zu benutzen. Na ja, ich bin ... ich habe ihn einfach allein dort sitzen lassen«, sagte er durch zusammengebissene Zähne. »Eine Stunde später bin ich mit eingeklemmtem Schwanz zurückgekrochen. Aber er war nicht da! Ein Junge hat mir erzählt, dass er gesehen hat, wie er bewusstlos in einen Van geschleppt wurde.«

»Altus«, flüsterte ich.

Er nickte. »Ich weiß, dass er versucht hätte zu entkommen, indem er sich verwandelt, aber er war bewusstlos. Sie müssen ihn irgendwie betäubt haben, mit einem Narkosegewehr oder so.« Bei dem Gedanken verzog er das Gesicht. »In meinem Albtraum starrt er mich an, während sie ihn wegtragen – anschuldigend. Meine Mum dachte zuerst, er wäre Opfer einer *normalen* Entführung geworden, aber als ich Spikehead davon erzählt habe, war er sofort überzeugt, dass Altus dahintersteckte. Die Polizei wollte nichts davon hören. Ein paar Tage später ist jemand bei uns zu Hause eingebrochen, während wir unterwegs waren. Da wussten wir, dass sie auch hinter mir her sind und dass wir hierherkommen müssen, um Seth zu finden.« Er schlug auf die Matratze. »Wenn ich ihn nur nicht allein gelassen hätte …«

»Cam, das war nicht deine Schuld!«

»Ich habe es verbockt, Tori! Ich denke jede wache Minute darüber nach – und anscheinend auch, wenn ich *schlafe*!«

»Zu eurem Geburtstag wird er hier sein, ich weiß es einfach.«

Er biss die Zähne zusammen. »Ich hätte zu ihm gehen sollen.«

Schuldgefühle rollten über mich hinweg. »Cam, es tut mir leid, ich …«

Sein Gesicht wurde weich. »Hey, das ist nicht dein Fehler. Außerdem muss ich einen neuen Plan entwerfen.«

»Einen neuen Plan? Also willst du immer noch gehen?«

Er seufzte. »Natürlich, Tori. Aber diesmal ist die Gefahr nicht mehr so groß. Diesmal ist meine Mum bei dir, und ich habe mehr Zeit, um eine Strategie zu entwerfen.«

Mein Herz schlug vor Angst um ihn schneller.

Er musste den Blick in meinen Augen bemerkt haben, weil er sich zu mir lehnte und mir eine Haarsträhne hinter das Ohr schob. »Stell dir vor, ich finde ihn, und er kommt hierher. Ich kann kaum erwarten, dass er dich kennenlernt.«

»Wirklich?«

»Ja, wirklich.«

Ich konnte es nicht länger ertragen. Ich musste ihn einfach berühren. Was, wenn er nach Seth suchte und dabei gefangen genommen wurde? Was, wenn ich ihn nie wiedersehen würde? Ich presste meine Lippen auf seine Wange und ließ meine Hand in seinen Nacken gleiten.

Er erstarrte und zog sich zurück. »Tori, das sollten wir nicht tun.«

Ich seufzte. »Dass wir uns küssen, ist über kurz oder lang unvermeidlich, Cam. Wir müssen es versuchen. Übung macht den Meister, richtig? Deine Fähigkeiten verändern sich und wachsen mit dir, also müssen wir mit ihnen klar kommen, und irgendwann finden wir sicher eine Möglichkeit, dass uns das Verwandeln nicht mehr nervt. Sich fürchten bringt nichts.«

Er schaute auf seine Hände. »Du verstehst nicht, wie schwer das für mich ist.«

»Aber es ist die Anstrengung doch sicher wert, auch wenn wir uns nur eine Minute küssen können … Oder denkst du anders darüber?«

Er lächelte und ergriff meine Hand. »Ich will dich jede Minute an jedem Tag küssen. Du treibst mich wortwörtlich in den Wahnsinn. Du machst mich so wahnsinnig, dass ich dich nicht einmal ordentlich küssen kann.«

Ich drückte meine Lippen an seinen Hals. »Also wirst du jetzt gerade verrückt?«

Seine Atmung beschleunigte sich, und er packte meine Hand fester. Dann legte er seine Hände um mein Gesicht und sah mir mit seinen leuchtend grünen Augen in die Seele. »Warum tust du mir das an?«, fragte er. Dann presste er seine Lippen auf meine. Ich schlang meine Arme um seinen Nacken und fühlte, wie mein Herz gegen seine Brust schlug, als wir uns auf sein Bett fallen ließen.

»Bäh. Könnt ihr euch nicht ein Zimmer suchen?« Wir drehten uns um und sahen Olivia und Ember im Türrahmen stehen.

»Wir sind in einem Zimmer«, sagte Cam und löste sich von mir.

»Schon klar«, meinte Olivia. »Ember will dich als Geburtstagsgeschenk zeichnen, Cam.«

Ember rannte in den Raum und sprang aufs Bett. »Ich male dich und Seth!«, rief sie. »Dann ist es ein Geschenk für euch beide, wenn er auftaucht.«

»Dann lasse ich euch besser allein«, sagte ich und sah nach oben in Richtung Dachboden. »Ich habe auch etwas zu tun.«

Kapitel 12

Ich zog die Ausklapptreppe nach unten. Staub rieselte mir entgegen und brachte mich zum Husten. Dann kletterte ich nach oben, fand den Schalter, und gelbes Licht erhellte den Dachboden. Mehrere Kisten standen herum, und ich öffnete ein paar, fand darin aber nur altes Spielzeug und Kleider.

Dann entdeckte ich in einer Ecke einen alten Aktenschrank. Als ich die oberste Schublade aufzog, sah ich, dass sie bis oben hin mit Büchern, Notizblöcken und Akten gefüllt war. Ich zog einen der Blöcke heraus und blätterte ihn durch. Die Kritzeleien darauf brachten mich zum Lachen: *Hat Altus 9/11 geplant? Nachforschen … Loch-Ness-Monster, Erfindung von Altus?* Laura hatte recht – Everard Dodsworth war von Altus besessen gewesen.

Dann fiel mir ein Buch ins Auge, auf dessen Rücken der Titel *Die Geschichte des Dorfes Middleton* stand. Auf einige Seiten waren Notizen gekritzelt, besonders auf die Seite, die sich mit dem Herrenhaus beschäftigte. Eine der Anmerkungen erregte meine Aufmerksamkeit: *Kraftlinien, siehe Karte!* Ich erinnerte mich daran, was Alex über die Kraftlinien gesagt hatte, blätterte zu der Karte im Umschlag. Mir fiel auf, dass zwei rote Linien über sie gezogen worden waren. Sie schnitten sich direkt über dem Herrenhaus. Unten auf der Seite hatte Dodsworth geschrieben: *Zwei Kraftlinien kreuzen sich = extremes Energiezentrum = Brutstätte für magnetischen Staub.*

Staub? Meinte er Abeo-Staub? Meine Augen fielen auf eine andere Anmerkung: *Hat Harold Chambers die Hexenjagd von Middleton organisiert, um den Grafen und seine Frau loszuwerden und Zugang zum Staub zu bekommen?*

Ich hörte ein Geräusch, klemmte mir das Buch schnell unter den Arm und eilte die Treppe nach unten. Ich fand Cam mit den Mädchen im Wohnzimmer.

»Schau dir das an«, sagte ich zu ihm, kniete mich neben den Couchtisch und legte das Buch darauf. Die Mädchen eilten zu mir und knieten sich neben mich. »Ich habe es auf dem Dachboden gefunden. Es ist wirklich interessant.«

Cam nahm das Buch in die Hand und zog skeptisch eine Augenbraue hoch. »Wow, eine Geschichte von Middleton. Wie faszinierend, Tori!«

»Sarkasmus ist die niedrigste Form des Witzes, Chase.« Ich lehnte mich vor und blätterte zur Karte. »Lies das.«

Er betrachtete die Notizen und pfiff dann leise. »Das ist tatsächlich ziemlich interessant, Hamilton.«

»Hab ich doch gesagt. Glaubst du, Dodsworth

bezieht sich auf Abeo-Staub?« Mich schauderte, und ich dachte daran, dass Cam gesagt hatte, dass zu große Dosen vielleicht tödlich seien.

»Schätze schon. Dodsworth scheint zu glauben, dass Abeo-Staub nur dort gefunden werden kann, wo sich Kraftlinien überschneiden.«

»Kraftlinien sind cool«, sagte Ember und fuhr mit ihrem kleinen Finger die Linien nach, die Dodsworth gezogen hatte.

»Du weißt über Kraftlinien Bescheid?«, fragte ich sie.

»Wir haben auf dem Discovery Channel mal eine Dokumentation darüber gesehen«, sagte Olivia. »Ich halte es für Unsinn.«

Ember zog eine finstere Miene. »Sie sind real, Livvie! Anscheinend sind sie wie unterirdische Flüsse aus magnetischen Strömungen. Viele Kirchen liegen auf Kraftlinien. Und dort, wo sie sich kreuzen, passieren richtig viele Morde. Vielleicht liegt es am Abeo-Staub!«

»Dodsworth war ein wenig irre«, meinte Cam. »Aber wer weiß?«

»Angenommen, Harold Chambers hat den Staub unter dem Herrenhaus entdeckt«, meinte ich, »und wenn er dem Rest der Familie Chambers auch nur irgendwie ähnlich war, dann hat er sicher alles getan, um den Staub in seine Finger zu bekommen.«

»Inklusive eine Hexenjagd zu organisieren, um seinen Freund, den Grafen, loszuwerden. Aber es muss doch noch unendlich viele andere Orte geben, an denen sich Kraftlinien kreuzen«, sagte Cam. »Warum sollten sie sich nur auf das Herrenhaus konzentrieren?«

»Tun sie ja nicht. Altus hat in letzter Zeit nicht mehr unter dem Herrenhaus gebohrt, wahrscheinlich, weil man dort keine Aufmerksamkeit darauf lenken wollte, nachdem es so nah an ihrem Hauptquartier liegt. Aber ich wette, es gibt noch viele Grundstücke auf der Welt, die sie heimlich aufgekauft haben. Reich genug ist Altus auf jeden Fall.«

Cam nickte. »Und gierig außerdem.«

Als Laura zurückkam, machten wir zusammen Abendessen, und hinterher wickelten Cam und ich uns in eine graue Wolldecke ein, weil es draußen regnete. Cams Hand lag auf meinem Bein.

Laura schaute von dem Buch auf, das ich auf dem Dachboden gefunden hatte. »Das ist wirklich interessant. Der alte Dodsworth mag sogar recht haben.«

»Manchmal hat auch Wahnsinn Methode«, sagte ich.

Laura lächelte mich an, dann ließ sie ihre Augen über Cam und die Zwillinge gleiten. »Man kann sich kaum vorstellen, dass eine Substanz, die vor Hunderten von Jahren entdeckt wurde, so außergewöhnliche Kinder geschaffen hat.«

»Und jetzt dafür eingesetzt wird, unsere Fähigkeiten zu zerstören«, fügte Cam hinzu und lächelte traurig die Mädchen an. »Erst recht, wenn er in die Luft gelangt. Hast du schon anderen Eltern von dem Energie-Deal erzählt?«

»Ja. Ein paar davon sind glücklich über eine nahende *Heilung* für ihre Kinder, aber der Rest von uns macht sich Sorgen. Wir tun, was wir können, um diesen Vertrag zu stoppen – graben uns durch Altus' Vergangenheit, versuchen etwas zu finden, was den Ruf des Unternehmens zerstört.«

»Dann sollten Sie mit Robyn Slingsby reden, der Mum von meiner Freundin Lottie«, sagte ich.

»Gute Idee, Tori.« Als die Mädchen besorgte Blicke tauschten, wechselte Laura das Thema. »Genug davon«, sagte sie. »Cam, warum erzählst du den Mädchen nicht von Kanada?«

Cam lehnte sich mit einem breiten Lächeln nach vorne. »Ihr würdet es lieben! Jede Menge Landschaft, Seen und Wälder.«

»Gibt es da Bären?«, fragte Ember mit großen Augen.

Er lachte. »Einige, aber Seth und ich haben uns einfach in noch größere verwandelt und sie so vertrieben.«

»Wie war euer Haus?«, fragte ich.

»Ziemlich groß, mit einem riesigen Grundstück.«

»Und wie war eure Schule?«, fragte Olivia.

»Hey, Mädels, jetzt langt es aber mit dem Verhör!«, sagte er, und seine Augen schossen zu seiner Mum.

»Du warst nicht oft genug da, um diese Frage zu beantworten – oder, Cam?«, sagte Laura und rollte die Augen.

»Hast du etwa blaugemacht?«, fragte ich.

Die Mädchen fingen an zu lachen, und jetzt war es an Cam, die Augen zu rollen.

»Wie ich schon sagte, als Seth und mir unsere Fähigkeiten bewusst wurden, erschien uns die Schule als Zeitverschwendung. Warum sollten wir einem langweiligen Lehrer zuhören, wenn wir über Berge fliegen oder durch Felder galoppieren konnten?«

Ich stellte mir zwei wunderschöne Pferde vor, die an einem See entlanggaloppierten, während das Sonnenlicht sich auf ihrem Fell spiegelte und ihre Mähnen im Wind wehten. Dann sah ich zwei Vögel, die hoch über den Bergen segelten … und plötzlich hatte ich eine Idee für Cams Geburtstagsgeschenk.

Laura spähte auf die Uhr. »Wir sollten langsam ins Bett gehen, morgen ist ein großer Tag.« Sie drehte sich mit einem Lächeln zu mir um. »Vielleicht triffst du morgen zum ersten Mal Seth, Tori.« Das hoffte ich auch. Denn sollte Seth nicht auftauchen, wusste ich, dass Cam sich selbst die Schuld dafür geben würde, weil er ihm nicht geholfen hatte … und vielleicht mich dafür verantwortlich machen, weil ich ihn aufgehalten hatte.

Laura drehte sich zu Cam und zog eine Augenbraue hoch. »Und übrigens, ich lasse meine Schlafzimmertür auf, und außerdem quietschen die Bodendielen in diesem Cottage ziemlich.«

»Gott, Mum!« Cam wurde rot.

Als ich später im Bett lag, konnte ich an nichts anderes denken als daran, dass Cam nur wenige Meter entfernt war. Nachdem ich in der letzten Nacht in seinen Armen gelegen hatte, wusste ich jetzt, wie es sich anfühlte. Und ich wollte diese Erfahrung jede Nacht wieder machen. Ich wollte *alles* mit ihm teilen – besonders, wenn er vorhatte, wieder zum Hauptquartier von Altus zu gehen.

Meine Gedanken wurden unterbrochen, als ich ein leises Klopfen an meiner Tür hörte. Zuerst dachte ich, es wäre Cam, also schlich ich durch das Zimmer und fürchtete gleichzeitig, dass seine Mum mich hören würde. Aber als ich die Tür aufmachte, standen Ember und Olivia davor. Ember weinte, und Olivia hielt sie in den Armen.

»Ember, was ist los?« Ich zog sie in mein Zimmer und schloss leise die Tür.

»Ember hat ihre Periode bekommen«, flüsterte Olivia.

»Wow«, sagte ich, weil ich mir einfach nicht sicher war, was ich sonst sagen sollte. Embers Schluchzen wurde ein wenig lauter, und ich zog sie in meine Arme. »Hey, kein Grund zu weinen, das ist doch cool, es bedeutet …« Ich versuchte mich daran zu erinnern, was meine Mum mir gesagt hatte, als ich meine Tage bekommen hatte. »Es bedeutet, dass du zur Frau wirst.«

»Und zum Gestaltwandler«, fügte Olivia sachlich hinzu. »Davor hat sie eigentlich Angst.«

Ja, und das natürlich auch. Mit einem Mädchen, das seine Periode bekommen hatte, konnte ich umgehen. Bei einem Mädchen, das kurz davor war, übermenschliche Kräfte zu entwickeln, die sogar ihr selbst Angst einjagten, war ich überfragt.

Ich schaute Ember an. »Kannst du dich schon verwandeln?«, fragte ich.

Ember blickte mit großen, tränengefüllten Augen zu mir auf und schüttelte den Kopf.

»Bei mir ist es am nächsten Tag passiert«, meinte

Olivia. »Außer, der Staub hat bei ihr gewirkt, dann verwandelt sie sich vielleicht gar nicht.«

»Ich wünschte, meine Mum wäre hier«, flüsterte Ember. Mein Herz zog sich zusammen, und ich drückte sie noch einmal.

»Mach dir keine Sorgen, Ember. Ich habe hier ein paar Sachen, die du benutzen kannst, und wenn du anfängst, dich zu verwandeln, wird Livvie dir helfen, oder?« Ich zwinkerte Olivia zu, und sie nickte enthusiastisch. »Und natürlich Cam!«

Ember löste sich mit entsetzter Miene von mir. »Erzähl es auf keinen Fall Cam!«

»Aber er wird es sowieso merken, wenn du anfängst, dich zu verwandeln, Ember!«, meinte ihre Schwester und rollte die Augen.

»Das ist okay, erst mal müssen wir es ihm ja nicht erzählen«, sagte ich. »Wir können es als Mädchensache behandeln. Oder sollte ich sagen, als Frauenangelegenheit?«

Ein leises Lächeln erschien auf Embers Gesicht. »Also dann bin ich jetzt wirklich eine Frau, richtig?«

Eine gestaltwandelnde Frau. Ich nickte. »Hundertprozentig.«

Ein paar Minuten später verließen die Zwillinge Hand in Hand mein Zimmer, und ich ließ den Kopf auf mein Kissen zurücksinken. *Wow.*

Am nächsten Morgen weckte mich ein lautes Klappern und Cams Geschrei auf. »Wie zur Hölle kommt das Vieh hier rein!?«

Ich sprang auf und lief in den Flur, wo ich gegen

ihn prallte und mich an seiner nackten Brust festhalten musste. Er schaute mich mit einem trägen Lächeln an. »Guten Morgen, Süße.«

Mir fiel auf, dass er eine zusammengerollte Zeitschrift in der Hand hielt. »Was ist los?«

»Hier im Haus ist eine verdammte Fledermaus.«

»Eine *Fledermaus*?«

»Ja, sie ist nach unten geflogen.« Er stiefelte an mir vorbei, die Zeitschrift über dem Kopf. »Ich hasse diese Viecher! Und mit seinem zerknautschten Gesicht sieht es echt unheimlich aus!«

Ein zerknautschtes Gesicht? Wie ein Welpe … mit Flügeln? *Ember!*

Ich jagte die Treppe hinunter hinter ihm her und schrie: »Cam, nein!«

Er hielt an und drehte sich zu mir um. »Was denn?«

Für einen Moment lenkte mich der Anblick seines zerzausten Haars und seines Körpers in T-Shirt und Boxershorts ab.

»Was denn, Tori?«

»Ähm … *Tierschutz*«, rief ich und schob mich an ihm vorbei. »Du darfst ihr nicht wehtun. Ich kümmere mich um sie, denn ich mag Fledermäuse!«

Als ich in den Flur trat, sah ich Laura in der Küche, die mit den Armen in der Luft wedelte, während eine kleine Fledermaus um ihren Kopf schwirrte. Olivia stand an der Wand und versuchte ihr Kichern hinter der Hand zu verstecken. Ich rannte in die Küche, Cam auf den Fersen, und knallte ihm die Tür vor der Nase zu.

»Tori!«, rief er von draußen.

»Ich lasse dich hier nicht rein. Tierschutz!«, rief ich erneut. Dann schaute ich Laura an. »Es ist Ember«, flüsterte ich. »Sie hat gestern Nacht ihre Periode bekommen und will nicht, dass Cam es erfährt.«

Wir beide schauten zu Flughund-Ember auf ... die wirklich aussah wie ein Welpe mit Flügeln!

»Oh mein Gott«, sagte Laura und senkte die Arme. »Okay, Ember, entspann dich einfach, Süße.« Sie klopfte auf den Stuhl neben dem Tisch. »Versuch auf diesem Stuhl zu landen, und dann konzentrier dich darauf, dich wieder in dich selbst zu verwandeln.«

»Ich habe ihr gesagt, dass sie sich nicht zu sehr aufregen soll«, sagte Olivia und stellte sich mit einem Bademantel in der Hand hinter den Stuhl.

Flughund-Ember flatterte noch ein paarmal im Kreis, bevor sie vorsichtig auf dem Stuhl landete.

»Was ist da drin los?«, schrie Cam durch die Tür.

»Nichts«, schrien wir alle gleichzeitig zurück.

Die kleine Fledermaus blinzelte zu mir auf, und große braune Augen, die unverwechselbar Embers waren, suchten meinen Blick. Ich kniete mich neben sie und lächelte.

»Du hattest recht. Du siehst wirklich aus, wie ein Welpe mit Flügeln, das ist einfach toll.« Sie flatterte kurz. »Aber jetzt musst du dich zurückverwandeln, damit du uns allen erzählen kannst, wie es sich anfühlt. Cam hat mir gesagt, dass er sich einfach beruhigt und ganz fest vorstellt, in was er sich verwandeln will. Glaubst du, das kannst du auch?«

Wir hielten den Atem an. Ein paar Sekunden später fing Ember an zu schimmern, bis sie wieder in ihrer

Originalform vor uns saß, auf ihrem Gesicht eine Mischung aus Aufregung und Furcht. Sie packte den Bademantel, den Olivia für sie hielt, und zog ihn über.

»Das war phantastisch!«, sagte sie. Dann schaute sie mich an und lächelte breit. »Danke, Tori.«

Ich streichelte ihre Wange. »Kein Problem, Batgirl.«

»Mädels, jetzt mal ernsthaft, würdet ihr mir verraten, was los ist?«, schrie Cam durch die Tür.

Wir alle schauten Ember an, die lächelte. »Macht euch keine Sorgen, ihr könnt es ihm sagen«, meinte sie. »Ich will, dass er mir zeigt, wie man sich in ein Pferd verwandelt.«

»Komm rein«, sagte Laura und rollte die Augen.

Cam rannte in den Raum, die zusammengerollte Zeitschrift noch in der Hand, und seine Augen huschten durch die Küche. »Wo ist sie?«

»Hier«, sagte Ember kichernd.

Cams Gesicht leuchtete auf. »Ehrlich?«

Ember wurde rot und nickte.

»Das ist toll«, meinte Cam. »Der Abeo-Staub hatte also keine Wirkung auf dich. Ich frage mich, warum?«

»Wahrscheinlich, weil sie sich noch nicht verwandeln konnte, als sie damit behandelt wurde«, sagte Laura.

»Dann ziehst du dich besser ganz schnell um«, meinte Cam zu Ember. »Ich habe dir jede Menge beizubringen!« Ich bemerkte, dass Olivia die Schultern sinken ließ, und nickte in ihre Richtung. Cam folgte meinem Blick. »Du hilfst doch auch, oder, Liv?«

Sie zuckte mit den Achseln. »Wahrscheinlich schon.«

Die nächsten zwei Stunden verbrachten Laura und ich auf der Veranda und sahen Cam dabei zu, wie er Ember half, ihre Fähigkeiten in den Griff zu bekommen. Olivia wirkte am Anfang etwas niedergeschlagen und beobachtete die beiden schlecht gelaunt. Aber nachdem Cam ihr ein wenig Honig ums Maul geschmiert hatte, machte sie mit und half Ember dabei, ihre Verwandlung zu kontrollieren.

»Das weckt wirklich Erinnerungen«, sagte Laura. »Seth hat sich nur ein paar Tage nach Cam zum ersten Mal verwandelt, aber Cam benahm sich unmöglich – als wäre er selbst schon seit Jahren Gestaltwandler. Seth war wirklich sauer!«

Ich musterte sie von der Seite. »Wie ist Seth so?«

Sie lächelte traurig. »Wunderbar. Meine beiden Jungen sind wundervoll, aber auf völlig verschiedene Art, verstehst du? Seth ist ruhiger, stiller. Er *denkt* tatsächlich, bevor er etwas sagt oder tut. Aber in anderen Punkten ist er genau wie Cam, zum Beispiel ist er auch völlig furchtlos. Das ist mir an den Kindern schon früh aufgefallen, auch an Angel. Vielleicht hat es etwas mit ihrer einzigartigen Blutgruppe zu tun?«

»Cam hat mir davon erzählt, dass sie eine neue Blutgruppe haben – Blutgruppe E?« Laura nickte. »Warum sollte sie das furchtlos machen?«

»Wahrscheinlich hat es gar nichts damit zu tun.« Laura hob ihre Tasse hoch, führte sie an die Lippen und pustete auf den Tee. »Die Japaner glauben, dass man die Persönlichkeit eines Menschen an seiner Blutgruppe ablesen kann. Dort gibt es sogar Partnervermittlungen, die mit den Blutgruppen arbeiten!«

Ich lachte. »Wie bescheuert!«

»Ich weiß. Normalerweise glaube ich nicht an solches Zeug, aber der Wissenschaftlerin in mir gefällt die Verbindung zur Biologie. Was für eine Blutgruppe hast du?«

»Ich habe eine seltene Blutgruppe. Und Rhesusfaktor negativ.«

»Also, das erklärt, warum du und Cam so gut zusammenpassen, wahrscheinlich liegt es doch an euren Blutgruppen.«

Ich schaute zu Cam und dachte daran, wie er sich verwandelte, wann immer wir uns richtig nahe kamen. Wie sehr ich mich vom ersten Moment von ihm angezogen gefühlt hatte. Vielleicht lag es wirklich an unseren Blutgruppen.

Am Nachmittag las ich ein wenig, während Cam weiter mit den Mädchen draußen spielte. Schließlich kam er zurück und gesellte sich zu mir.

»Hattest du Spaß?«, fragte ich, als ich von meinem Buch aufsah.

Er setzte sich neben mich und legte einen Arm um mich. Er duftete nach frischem Gras. »Ja, es hat mich daran erinnert, wie Seth und ich angefangen haben, uns zu verwandeln.«

»Das meinte deine Mum auch. Wie geht's bei Ember voran?«

Er runzelte die Stirn. »Gut. Aber mir ist aufgefallen, dass sie sich aus Versehen verwandelt, wann immer sie emotional wird. Bei ihr scheint diese Phase definitiv früher einzusetzen als bei mir.«

Ich dachte einen Moment darüber nach. »Mädchen werden schneller reif als Jungen. Vielleicht ist es bei ihnen wegen der Hormone einfach anders?«

Er sah mir tief in die Augen und flüsterte mir ins Ohr: »Ich platze geradezu vor Hormonen. Und ich wünschte, wir könnten mal allein sein. Heute Nacht werde ich dich besuchen müssen.«

»Machst du Witze? Deine Mum hat wirklich sehr gute Ohren. Ich kann dir garantieren, dass sie es mitbekommt, wenn du es versuchst.«

»Tori, du vergisst, dass ich die Fähigkeiten eines Superhelden besitze!«

Ich schubste ihn, und er lachte.

»Worüber amüsiert ihr beiden euch?« Wir drehten uns um und sahen Laura in der Tür, eine Hand in die Hüfte gestemmt.

Cam drehte sich wieder zu mir. »Heute Nacht«, formte er mit den Lippen.

Beim Abendessen konnte Cam seine Augen nicht von mir losreißen ... und ich meine nicht von ihm. Erst als Ember und Olivia anfingen, sich zu streiten, schafften wir es schließlich, unsere Umwelt wieder wahrzunehmen.

»Ich verwandle mich viel besser als du! Cam hat gesagt, ich wäre wirklich schnell!«, jaulte Ember mit rotem Gesicht.

»Oh, bitte, du warst ja sooo langsam. Erinnerst du dich, was der Altus-Mann gesagt hat? Dass ich die schnellste Gestaltwandlerin war, die er je gesehen hat?«

Embers Augen blitzten vor Wut. »Bei Altus arbeiten nur Lügner!«

Olivia verschränkte die Arme. »Also, ich habe vor dir angefangen, mich zu verwandeln, also …« Dann zögerte sie und riss die Augen auf. Ich folgte ihrem Blick und bemerkte, dass Ember schimmerte.

»Warum starrt ihr mich alle so an?«, fragte Ember.

Cam lehnte sich vor und legte eine Hand auf ihren schmalen Arm. »Ember, du verwandelst dich.«

Sie runzelte die Stirn. »Wirklich? Aber ich will gar nicht.«

Laura und Cam wechselten einen Blick, und Cam holte tief Luft. »Ich glaube, dir passiert dasselbe wie mir. Wenn ich …« Er hielt inne, und seine Augen schossen kurz zu mir. »… mich zu sehr aufrege, fange ich aus Versehen an, mich zu verwandeln. Das ist etwas, was wohl nur Gestaltwandler-Zwillingen passiert.«

»Aber *mir* ist das nie passiert!«, sagte Olivia.

»Seth bisher auch nicht«, erklärte Laura. »Aber vielleicht geschieht es bei einzelnen Zwillingen zu verschiedenen Zeitpunkten.«

Olivia lehnte sich mit boshafter Miene über den Tisch nach vorne. »Siehst du, ich bin besser als du. Zumindest hatte ich meine Verwandlungen unter Kontrolle!«

»Olivia, sei nicht so gemein zu deiner Schwester!«, ermahnte sie Laura, während Cam zwischen den beiden hin- und herschaute, ein leises Lächeln auf dem Gesicht und eine Augenbraue hochgezogen.

Laura starrte ihn böse an.

»Was?«, protestierte er. »Die beiden erinnern mich nur daran, wie Seth und ich waren, als wir angefangen haben, uns zu verwandeln. Das ist alles!«

Ember schob ihren Stuhl zurück und rannte aus dem Raum. Laura drehte sich zu mir um. »Geh du, Tori. Auf dich hört sie.«

Ich fand Ember in einer Wandnische. Ihr kleines Gesicht schimmerte, während Tränen über ihre sommersprossigen Wangen liefen.

»Ist da noch Platz für mich?«, fragte ich. Sie zuckte mit den Achseln, und ich quetschte mich neben sie. »Du hast gerade ziemlich viel zu verarbeiten, was? Deine erste Periode und deine erste Verwandlung an einem Tag! Ich muss schon sagen, du bist ein tapferes Mädchen.«

Ember schaute zu mir auf, immer noch schluchzend.

Ich sprach weiter. »Als ich meine Periode bekommen habe, wäre ich auf keinen Fall mutig genug gewesen, mich in eine Fledermaus zu verwandeln. Und ich hätte es auch nicht geschafft, mich danach gleich in ein Pferd, einen Hund und einen Vogel zu verwandeln. Das war wirklich eindrucksvoll.«

Ihre Lippe zuckte ein wenig, während das Schluchzen leiser wurde. »Aber wenn ich es nicht kontrollieren kann, wenn ich wütend werde oder traurig bin oder mich aufrege, dann ist es gar nicht eindrucksvoll«, sagte sie.

»Wer sagt das? Du musst nur üben.« Ich lächelte in mich hinein, als ich an Cam und mich dachte – *Übung macht den Meister*. »Wenn es das nächste Mal passiert, atme einfach ein paarmal tief durch, schließ die

Augen, und stell dir vor, dass du dich zurückverwandelst, wie du es heute Morgen gemacht hast. Vielleicht funktioniert es nicht gleich beim ersten Mal, und vielleicht nicht mal beim zweiten, aber irgendwann klappt es sicher.«

Ich hörte die Bodendielen knarren, schaute auf und sah Cam, der uns anlächelte. »Tori hat recht, Übung macht den Meister. Es dauert nur eine Weile, das ist alles. Aber es wird die Mühe wert sein, wenn es so weit ist.« Als er das sagte, sah er mir in die Augen. Dann ging er neben Ember in die Hocke. »Ganz im Vertrauen, ich persönlich glaube, dass es ein Zeichen dafür ist, dass wir viel besser im Verwandeln sind als unsere Zwillingsgeschwister.«

Und in dem Moment trat Olivia in den Flur. »Tut mir leid, Emmy«, sagte sie.

Ember drängte sich an uns vorbei und lief zu ihrer Schwester. Cam beobachtete, wie sie sich umarmten, ein trauriges Lächeln auf dem Gesicht. Zweifellos dachte er an Seth. Dann riss er die Augen auf. Ich folgte seinem Blick, und jetzt sahen wir, dass auch Olivia angefangen hatte zu schimmern.

Wie ist das möglich? Der Staub hat ihre Verwandlungen gestoppt … oder?

Olivia runzelte die Stirn und schaute an sich selbst herunter. »Kann ich mich jetzt doch verwandeln?«

»Vielleicht«, meinte Cam und musterte ihr schimmerndes Gesicht. »Hast du es schon versucht?«

Sie ließ Embers Hand los, kniff die Augen zusammen und konzentrierte sich. Als sie die Augen wieder öffnete, wirkte sie enttäuscht. »Nichts«, flüsterte sie.

»Halt wieder Embers Hand«, sagte Cam.

»Warum?«, fragte ich ihn.

Er zuckte mit den Achseln. »Nur so eine Theorie.«

Olivia packte Embers Hand und fing wieder an zu schimmern. »Es funktioniert!«, schrie sie. Sie begann sich in ein Kätzchen zu verwandeln, genau wie in dem Video. Aber sobald sie den Kontakt zu Ember verlor, nahm sie wieder ihre ursprüngliche Form an.

»Es passiert nur, wenn ihr euch berührt«, sagte Cam.

»Sie muss immer noch ihre Fähigkeit haben, DNS anzuziehen«, sagte ich. »Vielleicht nimmt sie Embers DNS auf, weil sie der ihren so ähnlich ist, und das erlaubt ihr, sich zu verwandeln, solange sie sich berühren.«

»Das wäre ziemlich cool«, meinte Cam. Er sah Olivia an. »Besser als nichts, richtig?«

Olivia zuckte mit den Schultern. »Wahrscheinlich schon.«

Ember packte wieder ihre Hand. »Komm, lass uns siamesische Zwillinge spielen!«

Später in dieser Nacht wachte ich von einem trippelnden Geräusch in meinem Zimmer auf. Ich schaltete die Lampe an und blinzelte ins Licht. Dann hörte ich ein leises Pfeifen vom Boden. Ich schaute nach unten und entdeckte auf dem Teppich eine winzige graue Maus, die mit zuckender Nase auf den Hinterbeinen stand. Grüne Augen funkelten mich an.

Cam!

Ich griff kichernd nach unten, und er sprang in

meine Hand. Auf meinem Bett angekommen, fing er an zu schimmern. Sein winziger Mäusekörper wurde größer und größer, bis er schließlich wieder er selbst war – und sehr nackt. Aber er hatte die Verwandlung auf dem Bett wohl falsch berechnet und fiel mit einem Knall herunter.

Ich sprang auf, um ihm auf die Beine zu helfen, und bemühte mich, nicht laut zu lachen, wie er da splitterfasernackt auf dem Boden saß, sich den Kopf rieb und mich böse anstarrte.

»Das ist nicht witzig«, sagte er.

Ich half ihm hoch und fühlte seine Haut unter meinen Fingerspitzen. Er stand völlig nackt vor mir, und ich senkte den Blick für einen ganz kurzen Moment, nur um sofort wieder aufzuschauen, als er mich zum Bett zog. Wir fielen auf die Matratze, ich drückte mich an ihn und küsste ihn heftig.

»Ich will *alles*«, flüsterte ich.

Er hob den Kopf und ließ seine Augen über meinen Körper gleiten. »Alles?«

Ich nickte, und er senkte den Kopf wieder, um mich zu küssen, während seine Hände zum Saum meiner Pyjamahosen wanderten. Gleichzeitig erstarrten wir, als Lauras Schlafzimmertür sich öffnete und Schritte im Flur erklangen.

»Oh nein, meine Mum!«, flüsterte Cam und löste sich hektisch von mir. Er fing an zu schimmern, dann flatterte er als Motte an meinem Kopf vorbei, wie damals beim Altus' Sommerball. Leise klopfte es an meiner Tür.

»Alles okay, Tori?«, fragte Laura von draußen.

»Tut mir leid, ich bin aus dem Bett gefallen«, sagte ich.

Die Tür wurde aufgerissen, Laura kam in den Raum und schaute sich misstrauisch um. »Ich wollte nur schauen, ob es dir gut geht.«

»Mir geht's prima«, sagte ich, kletterte zurück unter meine Decke und bemühte mich, nicht zu lachen, als Motten-Cam an ihrem Kopf vorbei aus dem Zimmer flog.

Am nächsten Tag stand ich auf, als die Sonne als tiefroter Kreis über den Klippen aufging. Ich rannte über den Flur, klopfte an Cams Tür und hörte, wie seine Bettfedern quietschten, als er aus dem Bett kroch. Er machte die Tür auf, und ich biss mir auf die Lippe, als ich ihn musterte: Dunkle Haarbüschel standen von seinem Kopf in die Höhe, sein Gesicht hatte Liegefalten, und seine Brust war nackt. Meine Augen glitten an seinem Körper nach unten, nur um festzustellen, dass er knappe schwarze Boxershorts trug, die mehr von seinen Beinen zeigten als normalerweise. Ich erinnerte mich daran, wie er sich letzte Nacht angefühlt hatte, heiß und nackt unter meinen Händen.

Laura erschien an der Treppe, gähnte und rieb sich die Augen. »Happy Birthday, Schatz.« Sie lächelte traurig. »Noch kein Zeichen von Seth.«

Ich schluckte und schaute auf den Boden. Aber sollte er nicht bis heute hier sein? Cam legte einen Arm um meine Hüfte, und ich fühlte eine Welle von Erleichterung. Er lehnte sein Kinn auf meine Schulter und schaute an mir vorbei flehend zu seiner Mutter.

»Mum, es ist mein Geburtstag, darf Tori *bitte* für zwanzig Minuten in mein Zimmer kommen? Wir lassen sogar die Tür offen, okay?«

Laura musste genickt haben, weil Cam verschlafen lächelte, mich in sein Zimmer zog und die Tür hinter uns zuschlug. Ich hörte seine Mum von draußen schreien: »Keine Dummheiten – oder es gibt keine Pfannkuchen, hört ihr!«

Cam führte mich zu seinem Bett, glitt unter die Decke und lud mich mit einer Geste ein, mich zu ihm zu gesellen. Ich schaute auf ihn herab, wie er da auf der Seite lag, das dunkle Haar über der Stirn.

»Deine Mum wird austicken«, sagte ich, als ich mich neben ihn legte. Er fuhr mit der Hand meinen Arm entlang und vergrub sein Gesicht in meinem Haar, bevor er tief einatmete.

»Tor«, seufzte er mit rauer Stimme. Ich küsste sein Gesicht und fing an, ihm »Happy Birthday« ins Ohr zu singen, wie Marilyn Monroe. Er lachte. »Du solltest definitiv beim Tanzen bleiben.« Ich packte mir ein Kissen und zog es ihm über den Kopf. Dann packte er meine Arme und zog mich auf sich. »Keine Dummheiten«, flüsterte er.

Ich ignorierte ihn, senkte den Kopf und küsste seinen Hals. Der Raum füllte sich mit Energie – dieser speziellen Energie, die Cam und ich zu produzieren schienen und die die Welt verblassen ließ. Ich verdrängte die Gedanken an seine Verwandlungsprobleme, als ich meine Lippen über seine Brust wandern ließ, seine Finger in meinem Haar spürte und tief seinen Moschusgeruch einatmete. Er stöhnte, als ich meine Lippen wieder über die Brust nach oben an seinen Hals und dann zu seinem Mund führte. Seine Hände glitten unter mein Oberteil und an meinem Rücken nach oben.

Und genau dann, als die Hitze gerade anstieg, erstarrte er und zog die Hände zurück.

»Es war alles okay, Cam«, sagte ich und küsste ihn auf die Wange.

»Nein, war es nicht – vertrau mir, Tor.« Ich seufzte, legte mich neben ihn und versuchte vergebens, mir meinen Frust nicht anmerken zu lassen. »Ich wünschte, ich könnte normal sein«, flüsterte er.

»Und ich wünschte, du würdest so was nicht sagen. Einer der Gründe, warum ich dich so sehr …«, beinahe hätte ich das L-Wort gesagt, aber ich konnte mich gerade noch stoppen, »… *mag,* ist, dass du einzigartig bist. Übrigens: Hat deine Mum nicht irgendwas von Pfannkuchen zum Frühstück gesagt?«

Cams grüne Augen leuchteten. Die Erwähnung von Essen munterte ihn immer auf.

Beim Frühstück präsentierten ihm die Mädchen ein wunderschönes Bild, das Ember gemalt hatte. Es zeigte Cam und Seth, und im Hintergrund galoppierten zwei Pferde. Olivia hatte ein kleines Gedicht dazu geschrieben, und Cam wirkte ehrlich gerührt.

»Ich werde dir dein Geschenk heute Abend geben«, sagte Laura mit einem Augenzwinkern.

»Und mein Geschenk bekommst du nach dem Frühstück«, erklärte ich.

Nachdem wir mit dem Essen fertig waren, wollte ich kurz duschen. »Ich zeige dir besser, wie die Dusche funktioniert, sie ist ein wenig temperamentvoll«, sagte Cam und sprang auf. Seine Mum beobachtete uns ganz genau.

Als wir im Bad waren, stand ich hinter ihm, schaute auf seinen gebräunten Nacken und bewunderte, wie sich seine Muskeln bewegten, während er an den Hähnen herumspielte. Er musste bemerkt haben, dass mein Atem ein wenig schneller ging, denn er richtete sich auf, drehte sich zu mir um und fing meinen Blick mit seinen grünen Augen ein.

»Jetzt wo ich siebzehn bin, siehst du sogar noch verlockender aus.« Er öffnete den Gürtel meines Bademantels und schob seine Hand darunter, bis er den Arm um meine Hüfte gelegt hatte. Dann lehnte er sich vor und küsste meinen Nacken.

Ein Geräusch hinter uns ließ uns auseinanderspringen. Laura stand im Flur. Sie warf Cam einen bösen Blick zu, woraufhin er mit verlegener Miene aus dem Raum schlich.

Die Sache zwischen uns heizte sich langsam wirklich auf, und ich fühlte mich, als müsste ich jeden Moment explodieren. Inständig wünschte ich mir, wir könnten mal allein sein, irgendwo, wo weder seine Mum noch die Zwillinge uns beobachteten. *Aber das würde wahrscheinlich nie passieren.*

Als ich wieder nach unten kam, wartete Cam auf mich. Er sah in seinem langärmligen weißen Sweatshirt und den grauen Jeans einfach phantastisch aus. Um seinen Hals lag ein dünner schwarzer Schal.

Laura gab uns Brote fürs Mittagessen und zwinkerte mir verschwörerisch zu.

»Habt ihr zwei was ausgeheckt?«, fragte Cam.

»Nein«, erwiderten wir beide gleichzeitig.

Ein paar Minuten später traten Cam und ich vor die Tür und mussten unsere Augen vor dem strahlenden Sonnenschein schützen. Es war ein wunderschöner Tag, perfekt für das, was ich vorhatte. Wir gingen den Weg über die Klippen entlang, und die See kräuselte sich unter uns wie blauer Satin. Ich führte ihn in das kleine Wäldchen und lachte, wann immer er mich fragte, wo wir hinwollten. Schließlich kamen wir auf eine Lichtung und gingen zu dem umgefallenen Baumstamm, der dort lag.

»Phantastisch!«, rief er, sah sich um und lächelte.

»Das ist mein Geschenk«, sagte ich und breitete die Arme aus. »Du darfst einen ganzen Vormittag lang fliegen. Deine Mum hat mir erzählt, dass dort drüben die Klippe ist, von der Seth und du zum ersten Mal gestartet seid. Vielleicht kannst du ihn schon aus der Ferne erkennen. Und ich passe sogar auf deine Klamotten auf«, sagte ich mit einem Augenzwinkern.

»Hm, jetzt verstehe ich, warum du mich an diesen Ort gelockt hat«, flüsterte er und streichelte über mein Schlüsselbein.

»Wir können zu Mittag essen, wenn du zurückkommst. Flieg einfach, solange du willst.«

Er ging ein paar Schritte in Richtung der Klippe und streckte die Arme in die Luft. Seine Muskeln bewegten sich in der Sonne. Er zog sich das Hemd über den Kopf, dann beugte er sich vor, um seine Schuhe aufzuschnüren, wobei ihm die Haare in die

Augen fielen. Nachdem er seine Jeans aufgeknöpft hatte, warf er einen Blick zurück und hob eine Augenbraue. Dann zog er die Hose zusammen mit seinen Boxershorts aus und lief zum Rand der Klippe. Ich keuchte auf, als er absprang und sich in die Luft warf, weil ich fürchtete, dass er auf den Felsen am Fuß der Klippe zerschellen würde. Aber dann fing das Schimmern an und machte ihn noch schöner als sonst. Einen Herzschlag später glitt Krähen-Cam über die Klippe, und seine Flügel strahlten in der Sonne.

Ich saß dort für ungefähr eine Stunde und fühlte die Hitze der Sonne auf meinem Nacken, während ich Krähen-Cam am blauen Himmel beobachtete. Ein paarmal verschwand er aus meinem Sichtfeld, und als er einmal sehr lange wegblieb, ging ich zur Klippe, um nach ihm Ausschau zu halten. Ich musste lächeln, als ich ihn so knapp über dem Meer entdeckte, dass seine Flügel die Oberfläche berührten.

Dann gefror mein Lächeln, als ich am Rand einer anderen Klippe eine Gestalt bemerkte, vielleicht eine Meile entfernt. *Ist es Seth?* Aber Seth hatte keine solch dunklen Haare. Ich bekam Angst. Dunkle Haare ... wie die meines Dads! Panisch versuchte ich Krähen-Cams Aufmerksamkeit zu erregen, aber er stieg gerade wieder vom Meer auf und flog weiter hinaus auf die offenen See. Ich winkte ihm weiter, während ich erneut zu der Klippe schaute, auf der ich die Gestalt gesehen hatte. Aber sie war nicht mehr da! Schließlich, nach ein paar Minuten, flog Krähen-Cam zu mir.

»Ich habe dort drüben jemanden gesehen, der aussah wie mein Dad!«, erklärte ich ihm.

Seine winzigen, smaragdgrünen Augen blinzelten, bevor er sich in die Luft erhob, eine elegante Kurve flog und in die Richtung davonschoss, in der ich die Gestalt gesehen hatte. Er flog auf und ab, verschwand zwischen den Wipfeln, um dann wieder aufzutauchen und sich in meine Richtung zu drehen. Nach einer zehnminütigen Suche landete er auf dem Baumstamm. Ich sammelte seine Kleidung ein und legte sie vor ihn. Dann fing er an zu schimmern und ein paar Sekunden später war er wieder Cam.

»Bist du dir sicher, dass er es war?«, fragte er, während er sich die Hose anzog. »Vielleicht war es auch Seth?«

»Ich weiß es nicht. Ich habe nur eine Sekunde weit in der Ferne eine Gestalt gesehen. Aber ich konnte erkennen, dass sie kurze dunkle Haare hatte. So wie mein Dad. Hältst du es für möglich, dass Seth sich in jemand anderen verwandelt hat? Und wenn es nun doch mein Dad war?«

»Ich habe überall gesucht, Tori. Wenn er es war – wenn dort überhaupt jemand war –, dann hätte ich ihn gesehen.«

Je mehr ich darüber nachdachte, desto mehr glaubte ich, dass ich mir nur etwas eingebildet hatte. Plötzlich fühlte ich mich dumm und trat verlegen zu ihm. »Vielleicht habe ich mich auch getäuscht. Offenbar bin ich so angespannt, dass ich eine Halluzination hatte.«

Cam entspannte sich und streichelte mir mit einem

Finger über die Wange. »Vielleicht. Manchmal sind hier auch Wanderer unterwegs. Aber wenn sich hier außerdem noch jemand herumtreibt«, fügte er mit aufgeregtem Ton in der Stimme hinzu, »dann wird es Seth sein, nicht dein Dad.«

Schweigend traten wir den Rückweg an, während ich darüber nachgrübelte, wen ich gesehen hatte. *War es mein Dad gewesen?*

Als wir am Cottage ankamen, machte sich Cam auf die Suche nach seiner Mum, um ihr von meiner Beobachtung zu erzählen. Zusammen kamen sie zurück in die Küche.

»Tori, es ist sehr unwahrscheinlich, dass du deinen Dad gesehen hast«, meinte Laura und drückte meine Hand. »Es könnte tatsächlich Seth sein, der sich verwandelt hat, um nicht erkannt zu werden – für alle Fälle.« Sie spähte zur Uhr und kaute auf ihrer Unterlippe herum. »Aber dann wäre er inzwischen hier. Aber du solltest dich jetzt fertig machen. Ich habe dir eine Badewanne eingelassen und komme später hoch, um dir zu helfen.«

Ein paar Minuten später saß ich in der Badewanne. Das heiße Wasser half mir dabei, meine Sorgen zu vergessen. Als ich wieder in mein Zimmer kam, lag ein schwarzes Chiffonkleid auf meinem Bett ausgebreitet. Ich hob es hoch und seufzte. Es war wirklich wunderschön, aber ich war mir nicht sicher, ob ich es tragen konnte.

Es klopfte leise an der Tür, dann steckte Laura den Kopf ins Zimmer. »Ist es okay, wenn ich dir jetzt die Haare mache?«

Die Haare machen? Wann haben wir denn das vereinbart?

Als ich einen Föhn und ein Glätteisen in ihrer Hand sah, machte sich Frust in mir breit. Warum wollten die Leute immer meine Haare glätten? Es würde nie gelingen. Auch Lottie hatte es hundertmal versucht. Ich fühlte einen Stich, als ich an sie dachte. Machte sie sich Sorgen um mich? Glaubte sie diese falschen Nachrichtenmeldungen? Bei einer Mum wie der ihren war sie von allen, die ich kannte, am ehesten diejenige, welche die offizielle Version infrage stellen würde.

Laura rauschte in den Raum und ließ ihre Utensilien auf mein Bett fallen. »Also, während du deine Haare noch ein wenig mit dem Handtuch trocknest – nur noch ein bisschen –, schalte ich schon mal das Glätteisen an.«

Ich fing an, meine Haare zu rubbeln, dann setzte ich mich auf einen Stuhl. Es gab im Zimmer keine Spiegel, also konnte ich nur hoffen, dass Laura wusste, was sie tat. Sie föhnte meine Haare, knetete irgendein Zeug hinein und griff nach dem Glätteisen. Ich schluckte, als sie anfing, meine Haare in seltsamen Winkeln von meinem Kopf wegzuziehen, und war wirklich überrascht, als sich sanfte blonde Wellen über meine Schultern legten.

Nach ungefähr zwanzig Minuten schaltete sie das Glätteisen aus, stellte sich vor mich und lächelte zufrieden. »Du siehst umwerfend aus.«

»Danke, Laura, ich weiß Ihre Hilfe zu schätzen.« Sie lächelte, und ihre Augen schossen zum Fenster.

»Irgendein Zeichen von Seth?«, fragte ich, obwohl ich die Antwort schon kannte.

»Nichts. Ich hatte wirklich gedacht, dass heute der Tag ist, an dem er auftaucht. Spikehead hat Cam gesagt, dass das, was auch immer Seth tun wollte, ungefähr ein bis zwei Tage dauern würde, aber vielleicht …«

Ihre Stimme verklang, und ihre braunen Augen waren traurig. Für einen Moment dachte ich darüber nach, ihr zu beichten, dass ich Cam davon abgehalten hatte, Seth zu suchen – einfach, um die Schuldgefühle loszuwerden, die mich plagten. Aber stattdessen schwieg ich.

Dann lächelte Laura wieder. »Zieh doch mal das Kleid an, ich will sehen, wie viel besser es dir steht als mir!« Sie verließ den Raum, und ich zog mir das Kleid über den Kopf, bevor ich in ein paar von Lauras hochhackigen Sandalen stieg. Als sie wieder reinkam, leuchtete ihr Gesicht auf. »Komm und schau mal in den Spiegel in meinem Zimmer.«

Als ich mich in Lauras großem Spiegel betrachtete, breitete sich ein Lächeln auf meinem Gesicht aus. Laura hatte tolle Arbeit geleistet: Meine Haare hingen in sanften Wellen um meine Schultern. Das Kleid passte perfekt, seine dünnen Träger zogen sich über meine Schultern, das V-förmige Dekolleté war ziemlich tief, und der feine Chiffonstoff floss bis unter meine Knie. Ich trug selten Schwarz, deshalb musste ich mich erst an den Kontrast zu meinen blonden Haaren gewöhnen. Und ich stellte noch seltener so viel von mir zur Schau! Ich lachte, als ich mir vorstellte, wie Cam sich am Abendessentisch vor Aufregung verwandeln würde.

Ich schritt die Treppe nach unten und war so nervös, als würde dort meine Verabredung zum Abschlussball warten. Ein paarmal wäre ich beinahe wegen der Absätze gestolpert, aber Laura packte meinen Ellbogen, bevor ich fallen konnte. Ich ging auf das Wohnzimmer zu, dann drehte ich mich zu ihr um.

»Nach Ihnen«, sagte ich freundlich zu ihr.

Sie lächelte und schüttelte den Kopf. »Heute Abend ist es nur ein Dinner für zwei! Cam hat es sich als Geburtstagsgeschenk gewünscht. Los, geh rein. Ich bringe später das Essen.«

Ich drückte die Tür auf und entdeckte jede Menge Teelichter, die flackernd den Raum erhellten. Ich trat ein paar Schritte in den Raum und fand Cam am Tisch sitzend. Er sah phantastisch aus. Er trug dunkle Hosen und ein weißes T-Shirt unter einem schwarzen Pulli.

»Oh … mein … Gott«, hörte ich ihn im Halbdunkel sagen. Ich kam näher und konnte schließlich erkennen, dass ihm der Mund offen stand und seine Augen leuchteten. »Wow, wow, wow«, sagte er immer wieder, während er mich mit den Augen verschlang. Er streckte eine Hand aus und zog mich an sich, bevor er mich küsste. »Tori, du siehst umwerfend aus. Woher hast du das Kleid?«

»Von deiner Mum.«

Er hob meine Hand und betrachtete meine Fingernägel. »Hey, deine Nägel wachsen.«

Ich schaute auf sie herab und stellte fest, dass er recht hatte. Vielleicht war ich die schlechte Angewohnheit los? Ich lächelte ihn an. »Aber du hast dich auch ziemlich rausgeputzt!«

»Mum hat darauf bestanden.« Er machte eine einladende Geste in Richtung Tisch und rückte meinen Stuhl zurecht. »Würdest du gerne Platz nehmen?«

Ich lachte, und wir beide setzten uns. Laura klopfte an die Tür und brachte uns zwei Teller, auf denen jeweils ein leckeres Steak lag. Ember und Olivia folgten, jede mit einem Glas Champagner in der Hand. Beide kicherten, während ihre Augen zwischen uns hin- und herschossen.

»Die beiden sind toll«, sagte Cam und beobachtete die Mädchen, als sie den Raum verließen. »Sie erinnern mich so sehr an Seth und mich … wie unterschiedlich wir sind, aber auch daran, wie sehr wir uns gegenseitig brauchen.« Für einen Moment sah ich erneut den Schmerz in seinen Augen, dann lächelte er aber. »Mir gefällt deine Frisur.«

»Deine Mum hat sie gemacht. Sie kann Wunder wirken – bis jetzt ist es nämlich noch niemandem gelungen, mein Haar zu zähmen.«

Er griff über den Tisch und wickelte sich eine Locke um den Finger. »Ich liebe deine Haare, egal, ob sie wild oder gezähmt sind.«

Ich nippte an meinem Champagner und grinste, als die Blubberbläschen meine Kehle kitzelten. »Ich habe die letzten paar Tage wirklich genossen. Und dabei ist meine Situation so lächerlich: Ich bin auf der Flucht vor meinem eigenen Dad und der wahnsinnigen Firma, für die er arbeitet … aber ich war noch nie glücklicher.«

»Mir geht es genauso!« Er lehnte sich nach vorne und sah mir in die Augen. »Wir beide haben wirklich etwas Besonderes, Tori.«

Wenn mein Magen nicht vor Nervosität gekribbelt hätte, hätte ich ihm in diesem Moment gesagt, dass ich ihn liebte. Aber irgendwie war es mir wichtig, dass er es zuerst sagte – besonders nach Ashtons Behauptung, dass Cam mich nur benutzte. Immer noch nagten Zweifel an mir … vielleicht war das der richtige Augenblick, um sie anzusprechen. Ich holte tief Luft. »Cam, es gibt etwas, über das ich mit dir reden muss. Ashton hat gemeint, dass du mich nur benutzt, um Informationen über Altus zu bekommen.«

Er runzelte die Stirn. »Tori, du glaubst ihm doch nicht, oder? Ich hatte schließlich keine Ahnung, wer dein Dad ist, bis du es mir erzählt hast.«

»Ich weiß, es ist dumm. Aber irgendwie habe ich mir deshalb Sorgen gemacht.«

»Wie ich schon gesagt habe, Tori: Das, was wir haben, ist etwas *Besonderes*. Ich wusste es von unserem ersten Treffen an. Wie Vögel, die von Natur aus wissen, wohin sie beim Vogelzug fliegen müssen. In dieser Nacht, in der wir uns das erste Mal begegnet sind, hätte ich eine direktere Route fliegen können, um Altus zu erreichen, aber ich hatte diesen starken Drang, über das Feld zu fliegen. Etwas hat mich in dieser Nacht zu dir gezogen.«

Ich schwieg einen Moment. »Aber wenn wir uns damals nicht getroffen hätten, wärst du jetzt wahrscheinlich mit Seth zusammen, und dein Leben wäre wieder normal.«

Er lachte. »Tori, mein Leben war noch *nie* normal. Ich habe dich in diesen Wirbelsturm hineingezogen, der momentan mein Leben ist. Wir kennen uns erst ein paar Wochen, und trotzdem bist du mit mir auf der Flucht ...«

»... vor meinem eigenen Dad! Aber das ist mir egal: Um bei dir zu sein, stelle ich mich auch ins Auge des Sturms.«

Seine grünen Augen funkelten. »Ich würde mich in die Mitte einer Supernova stellen, um bei dir zu sein. Ich wünschte nur, ich würde mich nicht immer zum falschen Zeitpunkt verwandeln.« Er stand auf und ging um den Tisch, um sich hinter mich zu stellen. Dann schob er meine Haare zur Seite und küsste mich in den Nacken. »Und in diesem Kleid treibst du mich erst recht in den Wahnsinn«, flüsterte er mir ins Ohr. »Ich kann kaum erwarten, dass wir dieses *Alles* ausprobieren können, das du erwähnt hast.«

Und genau in diesem Moment öffnete sich die Tür. Laura und die Mädchen kamen mit Cams Geburtstagskuchen in den Raum, auf dem sich siebzehn Kerzen drängten. Warum tauchten sie immer zum falschen Zeitpunkt auf? Laura stellte den Kuchen zwischen uns auf den Tisch, und ich dachte an meinen eigenen Geburtstag zurück, der noch keinen Monat her war. Es erschien mir wie eine Ewigkeit.

»Wünsch dir was!«, sagte sie.

Cams grüne Augen suchten meine über den flackernden Kerzen, und er hielt meinen Blick, als er pustete und alle Kerzen ausgingen. Ich fragte mich, was er sich wohl gewünscht hatte.

Später zogen Cam und ich eines der Sofas nach draußen und setzten uns auf die Veranda. Wir kuschelten uns unter einer Decke zusammen, während Laura drinnen aufräumte.

Und das war einer der perfektesten Momente meines Lebens. Der fast volle Mond warf einen silbernen Schein über die Klippen und schien das Meer zu beruhigen, denn seine Wellen schwappten sanft gegen die Felsen. Aus dem Haus drang leise Musik, und am Schönsten war, dass ich Cams Wärme spüren konnte. Ich lehnte meinen Kopf an seine Schulter, während mein Körper immer noch vom Champagner kribbelte, den wir getrunken hatten.

Laura steckte den Kopf aus der Tür. »Es ist ziemlich spät. Ich gehe ins Bett. Ist bei euch beiden hier draußen alles okay?«

»Ja, uns geht's gut«, sagte Cam.

Laura blickte in die Dunkelheit hinaus. »Vielleicht taucht Seth in der Nacht auf?«

Cam folgte ihrem Blick. »Vielleicht. Er hat einen oder zwei Tage gesagt.« Laura nickte traurig. »Und danke für heute, Mum.«

Sie lächelte. »Gern geschehen, Liebling. Ihr beide habt es verdient. Bleibt nur nicht länger auf als bis eins. Und weckt mich, wenn ihr ein Zeichen von Seth entdeckt.«

Als Laura im Haus verschwand, schaute Cam auf seine Uhr. Es war fast Mitternacht. Ich lehnte mich vor und küsste ihn, wobei ich mich bemühte, so viel Gefühl wie möglich in den Kuss zu legen. Ich wollte, dass diese Nacht etwas Besonderes war. Etwas ganz Besonderes.

Nach ein paar Minuten zog Cam mich in seine Arme, sodass wir nebeneinander auf dem Sofa lagen. Er zog die Decke wieder über uns und legte seine Hände um mein Gesicht. Seine Augen funkelten. Dann lehnte er sich vor, um mich wieder zu küssen, während er einen seiner Finger unter den Träger meines Kleides schob und ihn langsam über meine Schulter streifte. Als seine Hände noch tiefer glitten, brach in mir ein Feuer aus, und ich musste mir die Decke von den Schultern schieben. Außerdem spürte ich dieses Ziehen, das noch verstärkt wurde vom Mond über uns und dem sanften Rauschen der Wellen.

»Tori«, stöhnte Cam und senkte den Kopf, bis seine Lippen seinen Händen folgten.

Ich beugte mich vor, um seinen Kopf zu küssen und seinen Geruch einzuatmen. Mir fiel auf, dass er sich noch nicht verwandelt hatte – so weit waren wir noch nie gegangen, und ich wollte nicht aufhören. Seine Lippen wanderten wieder zu meinem Gesicht. Er küsste mich hart. Ich ließ meine Hände über seinen Rücken gleiten und zog an seinem T-Shirt.

Er richtete sich auf. Sein Gesicht leuchtete im Mondlicht, als er sich das Hemd über den Kopf zog.

Er sah phantastisch aus, wie er da halb nackt über mir aufragte.

Ich beugte mich zu ihm und küsste seine Brust, bis ich ihn wieder zu mir nach unten zog. Er drückte seine Lippen auf meine und stöhnte, als meine Finger zu seinem Gürtel wanderten.

»Hör nicht auf«, flüsterte er mir ins Ohr, während seine Hände den Saum meines Kleides suchten und ihn nach oben schoben, während er sich zwischen meine Schenkel legte.

Dann erstarrten wir plötzlich, als wir eine Bewegung in der Nähe wahrnahmen. Jemand oder *etwas* näherte sich. Cam sprang auf und starrte in die Dunkelheit.

»Seth?«, rief er.

Ich zog gerade meine Träger wieder über die Schultern und schob den Saum des Kleides nach unten, als etwas in der Dunkelheit auf uns zukam. Ich hielt den Atem an, als ich erkannte, dass es ein Panther war. Er pirschte sich an uns heran, sein Bauch streifte fast den Boden. Cam fing an, sich zu verwandeln. Er kauerte sich nieder und verwandelte sich in Hund-Cam, wobei seine Kleidung zerriss. Dann begann er zu winseln, tobte auf den Panther zu und rieb seinen Kopf an dem der Raubkatze. Der Panther schimmerte, seine Muskeln schienen sich unter dem glänzenden schwarzen Fell zu verformen, und er jaulte leise.

Aufregung durchfuhr mich. Vielleicht war es wirklich Seth? *Endlich!*

Nach ein paar Augenblicken hatte sich der Panther in einen Menschen verwandelt, doch im Mondlicht vor mir stand ein sehr nacktes, absolut perfektes Mädchen – ihre kurzen schwarzen Haare wogten im Wind, und ihre dunklen Augen hielten Cam gefangen.

»Angel«, hörte ich Laura hinter mir sagen.

Kapitel 13

Laura eilte mit einer Decke an mir vorbei und wickelte Angel darin ein, bevor sie das Mädchen umarmte. Ich war erleichtert, dass ich ihren perfekten Körper nicht mehr betrachten musste. Aber irgendwie schaffte sie es, sogar in der alten grauen Decke elegant auszusehen, als wäre sie eine griechische Göttin.

Cam, der sich soeben zurückverwandelt hatte, stürzte sich auf Angel und umarmte sie fest. Bei diesem Anblick wurde mir irgendwie mulmig. Als sie sich voneinander lösten, musterte Angel mich von oben bis unten. Ich fuhr mir mit den Fingern durchs Haar, das inzwischen eher einem Vogelnest glich.

»Ang, das ist Tori«, stellte Cam mich vor.

»Hey«, sagte sie. Dann legte sie einen Arm um Cams Schultern. »Wie geht's dir, Süßer?«

»Mir geht's gut. Warst das etwa du, die uns heute auf den Klippen beobachtet hat?« Sie nickte, und er drehte sich zu mir um. »Dann hast du wohl sie gesehen, Tori.«

Plötzlich fühlte ich mich sehr dumm. *Natürlich war es nicht mein Dad.*

Angel schaute Laura an. »Dieses Cottage ist einfach sterbenscool, Laura!« Sie drehte sich wieder zu mir um und begutachtete kritisch mein Haar. Ich versuchte noch einmal, es zu ordnen. »Du bist von Natur aus blond – oder, Terry?«

»Ich heiße Tori«, sagte ich.

»Ich dachte, du hasst Blondinen, Cammy?«

Cam warf mir einen alarmierten Blick zu. »Das habe ich nie gesagt.«

»Aber klar hast du. Du und Seth hattet sogar einen Streit darüber, ob Blondinen oder Brünette besser sind, und du hast gesagt, du würdest Brünette vorziehen.« Sie zog ihn auf das Cottage zu und rollte ihre Augen in meine Richtung, als sie vorbeigingen.

»Männer!« Ich führte meinen Zeigefinger an den Mund, riss mit den Zähnen ein Stück Nagel ab und wünschte mir, es wäre ihr Kopf.

Ein paar Minuten später saßen wir alle um den Küchentisch, mit dampfenden Tassen voller heißem Kakao in den Händen.

»Seth hat mich angerufen, nachdem er entkommen ist«, sagte Angel. »Ich habe beschlossen, zu euch zu kommen, um zu sehen, ob ich helfen kann. Er hat wohl versucht, auch euch zu erreichen, aber ich nehme an, ihr habt eure Telefone inzwischen verschwinden lassen, damit Altus sie nicht orten kann.«

Cam nickte. »Hat er gesagt, wann er hier sein will?«

Ihre Miene verfinsterte sich. »Er wollte heute kommen, aber ...«, sie sah sich um, »... offensichtlich ist er noch nicht da.«

Laura und Cam tauschten besorgte Blicke aus, und mir wurde plötzlich schlecht. Es machte keinen Sinn mehr, es zu leugnen: Altus musste Seth wieder gefangen genommen haben. Vielleicht wäre er jetzt hier, wenn ich Cam nicht davon abgehalten hätte, ihm zu Hilfe zu eilen.

»Spikehead hat gesagt, Seth wollte sich vorher noch um etwas kümmern. Hat er dir gesagt, um was es dabei ging?«, fragte Laura, ihre braunen Augen voller Sorge.

»Nö.« Angel betrachtete ihr Spiegelbild in der dunklen Fensterscheibe, und ich ergriff die Gelegenheit, sie mir im Licht der Küchenlampe genau anzusehen. Sie wirkte mit ihrer makellosen olivfarbenen Haut und den breiten, katzenartigen Augen exotisch. Ihre Wangenknochen waren unglaublich, ihre Nase war absolut gerade, und ihre Haare glänzten schwarz.

Und natürlich hasste ich sie. Ich konnte nicht anders.

Widerwillig riss sie die Augen von der Reflexion. »Er hat nur gesagt, dass ein wirklich übler Kerl die Security von Altus leitet … Max irgendwas?«

Ich starrte in meine Tasse, als Cam und Laura mir besorgte Blicke zuwarfen. »Es ist okay, erzählt es ihr einfach«, sagte Cam.

»Mir was erzählen?«

Er seufzte. »Toris Dad arbeitet für Altus. *Er* ist Max Hamilton.«

Angels schwarze Augen schossen zu mir, und darin braute sich ein wütender Sturm zusammen. »Was?«

»Entspann dich, Angel«, sagte Cam.

»Dein Dad arbeitet für Altus?«, rief Angel und ignorierte Cam völlig. »Ist es nicht ein bisschen riskant, sie hier zu haben? Sie könnte Altus direkt zu uns führen!«

»Max Hamilton weiß nicht, wo wir sind«, sagte Cam.

»Und da bist du dir sicher?« Angels Stimme wurde immer lauter, und ihre Augen bohrten sich in meine.

»Ja, weil Altus sonst schon hier gewesen wäre, Angel«, antwortete Cam unnachgiebig.

Angel sprang vom Tisch auf und schüttelte nur den Kopf. »Cam, ich wusste immer, dass du das Risiko liebst, aber das hier ist lächerlich. Sie gehört zu Altus, wie kannst du ...«

»Ich gehöre *nicht* zu Altus!«, sagte ich laut und knallte meine Tasse so fest auf den Tisch, dass der Kakao überschwappte. Alle schauten mich überrascht an. Dann fuhr ich etwas leiser fort: »Ich hasse meinen Dad für das, was er tut. Ich würde es mir nie verzeihen, wenn Cam etwas passiert.«

Angel drehte sich zu mir. »Aber genau das wird geschehen.«

Cam vergrub das Gesicht in den Händen, als Angel und ich uns böse anstarrten.

»Mädchen«, schaltete sich Laura dazwischen. »Ich glaube, es ist Zeit, dass wir alle ins Bett gehen. Eigentlich wollte ich vorschlagen, dass du dir ein Zimmer mit Tori teilst, Angel, aber ...«

»Ich schlafe auf dem Sofa«, unterbrach Angel sie.

»Nein«, sagte Cam. »Du kriegst mein Zimmer, und ich schlafe auf dem Sofa.«

Sie lächelte ihn an. »Danke, Cammy. Aber vorher müsst ihr mir unbedingt berichten, was alles los war. Terry brauchen wir dafür ja nicht.«

Cam sah mich entschuldigend an. »Tor, vielleicht ist es wirklich besser, wenn du ins Bett gehst. Wir haben uns viel zu erzählen, du langweilst dich vielleicht nur.«

»Nein, das ist okay, ich bin nicht müde«, sagte ich.

Laura lehnte sich vor und legte ihre Hand auf meine. »Du siehst aber müde aus, Süße.«

Mit anderen Worten: *Lass uns allein.*

»Okay, wenn ihr es so wollt.« Ich stand auf und verließ die Küche. Lauras Sandalen klapperten in meiner Hand – und ich musste furchtbar aussehen.

Am nächsten Tag änderte sich das Wetter. Der Himmel war stahlgrau, die Luft unruhig, aber es regnete nicht. Nur das dunkle Versprechen eines Unwetters hing über unseren Köpfen.

Ich rührte ziellos in meinen Cornflakes herum, während Angel und Cam am Frühstückstisch mit den Mädchen herumblödelten. Ember und Olivia wirkten, als wären sie von Angel ziemlich beeindruckt – besonders weil sie sich in ihre Lieblingstiere verwandelte, wann immer sie darum baten.

Cam sprang auf und packte meine Hand. »Hat jemand Lust, spazieren zu gehen?«

Angel spähte aus dem Fenster. »Was ist eigentlich mit dem Wetter in diesem Land los? Kein Wunder, dass alle Briten bleich und schlecht gelaunt sind«, meinte sie und schenkte mir einen bedeutungsvollen Blick.

»Unsere Mum sagt, wir sind zwar bleich, aber interessant«, erklärte Ember.

»Oh Süße, euch zwei Traumfrauen habe ich doch nicht gemeint.«

Ich starrte sie böse an. Ich wusste genau, wer gemeint war.

Ein paar Minuten später wanderten wir alle die Klippen entlang. Laura und Angel schlenderten mit den Mädchen vor uns her.

»Tut mir leid wegen Angel«, sagte Cam. »Sie ist ein ziemlicher Hitzkopf. Gib ihr ein paar Tage, dann kommt ihr klar.«

»Eher ein paar Jahrhunderte«, murmelte ich. Wir beobachteten, wie Angel Richtung Wald davonschoss. Ein paar Minuten später erschien ein Panther zwischen den Bäumen. Cams Augen leuchteten, und er drehte sich aufgeregt zu mir um.

»Na los«, sagte ich zögernd. Er gab mir einen schnellen Kuss auf die Wange, dann rannte er auch zwischen die Bäume. Ember folgte ihnen, während Olivia bei Laura blieb.

»Ich wünschte, ich könnte mich auch verwandeln«, grummelte ich, während ich zusah, wie die drei sich gegenseitig jagten.

Laura lächelte traurig. »Wir können nicht alle Superhelden sein, Tori. Manche von uns müssen sich damit zufriedengeben, vom Spielfeldrand zuzuschauen. Ich weiß allerdings, wie du dich fühlst, ich denke oft darüber nach, wie es wäre, ihre Fähigkeiten zu haben. Dann könnte ich meine Jungs vor Altus beschützen.« Sie beobachtete, wie Cam als Hund zum Klippenrand sprang und Angel anbellte, und ihre Miene wurde finster. »Seitdem sie ihre Fähigkeiten entdeckt haben, fühle ich mich ständig, als würde ich auf einem Drahtseil balancieren. Erst ist Seth gefallen, und jetzt habe ich panische Angst, dass auch Cam fallen wird. Ich fühle mich so hilflos.«

Ich legte meinen Arm um ihre Schultern, und Olivia drückte ihre Hand, während Hund-Cam und Angel sich in der Ferne jagten, übereinander herfielen und jaulten. Schließlich tauchten sie wieder in ihrer menschlichen Gestalt aus dem Wald auf, die Gesichter gerötet, die Kleider unordentlich und mit leuchtenden Augen.

Am Nachmittag fing es an zu regnen. Wir blieben im Cottage und spielten *Jeu de Dames,* wie Angel es nannte – obwohl es sich dabei eigentlich nur um Dame handelte.

»Also, Tori«, sagte Angel. »Es ist ziemlich cool, mit einem Gestaltwandler auszugehen, richtig? Muss aber auch echt frustrierend für dich sein, weil du dich nicht mit ihm verwandeln kannst?«

Ich dachte daran zurück, wie sie am Vormittag zusammen gespielt hatten. »Kann sein.«

Cam sah sie mit einem Stirnrunzeln an. »Es ist nicht nur Zuckerschlecken, mit einem Gestaltwandler zusammen zu sein, Angel.«

Ich fragte mich, ob Cam ihr wohl von seinen Schwierigkeiten erzählt hatte? *Ich hoffe nicht.*

»Ich wette, das erste Tier, als das du ihn gesehen hast, war ein Pferd«, sagte Angel zu mir und ließ einen Spielstein über das Brett springen.

»Ja, das stimmt.«

»Ich habe Cammy ja so gern geritten. Als Pferd, meine ich natürlich.« Sie kicherte, aber ihre Augen blieben kalt. »Ist es nicht einfach toll, den Wind in den Haare zu spüren und Cams starken Körper unter sich?«

Eifersucht grub sich tief in meine Eingeweide, als Cam rot wurde. »Angel, das hört sich an, als wäre ich Black Beauty!«

»Na ja, deine Mähne ist ja auch fast schwarz«, sagte sie und wuschelte ihm durch die Haare, während er vergeblich versuchte ihr auszuweichen. Dann hielt sie für einen Moment inne und sah ihm tief in die Augen. »Und ohne Zweifel bist du schön.« Dann drehte sie sich wieder zu mir um. »Also, Tori, erzähl mir mehr von deinem Dad. Ich finde, es war ziemlich clever von Cam, sich mit dir anzufreunden. Je mehr man über seine Feinde weiß, desto mehr Vorteile hat man.«

Cams Augen schossen zu mir. »Angel, lass ...«

»Ich würde lieber nicht über meinen Dad reden«, blaffte ich.

»Das überrascht mich nicht. Cam hat mir erzählt, dass er dich und deine Mum ziemlich aufgemischt hat.« Sie sah mich lauernd und mit einem Ausdruck falschen Mitgefühls an. »Das muss hart gewesen sein.«

Ich schenkte Cam einen bösen Blick. *Wie konnte er es wagen, ihr das zu erzählen?*

»Angel«, sagte er und wirkte, als wäre ihm unbehaglich zumute. »Tori hat gesagt, dass sie nicht darüber reden will.«

Sie biss sich auf die volle, rote Unterlippe und formte mit dem Mund ein »Entschuldigung« in Cams Richtung. Dann zog sie den nächsten Spielstein über das Brett und klatschte in die Hände. »Und schon wieder habe ich gewonnen!«

Ich stieß mich vom Tisch ab und erdolchte Cam mit meinen Augen. »Ich bin müde, ich will nicht mehr spielen.«

Angel zog eine perfekt geformte Augenbraue hoch.

»Komm schon, Baby«, rief Cam mit einem Lachen und schlang einen Arm um meine Hüfte. »Wir spielen das schon seit Jahren! Du brauchst dich nicht schlecht zu fühlen, nur weil du nicht gleich mithalten kannst.«

Da wäre ich fast ausgetickt. Ich war kurz davor, Cam nach draußen zu schleppen, um ein ernstes Wort mit ihm zu reden, als Angel sich vorlehnte. »Wir müssen sowieso los, um Seth zu retten, Cam.«

Mein Herz fing an zu rasen. Was meinte sie damit?

Cams Augen blickten unsicher zu mir, und Angel runzelte die Stirn. »Was ist? Tori will doch sicher auch, dass du deinen Bruder findest?«

»*Natürlich* will ich das«, sagte ich. »Ich mache mir nur Sorgen, dass Cam auch gefangen genommen wird, das ist alles.«

»Oh, das wird er natürlich nicht. Er hat ja mich dabei, nicht wahr?«

Cam rollte übertrieben die Augen. »Angel, *dazu*

brauche ich dich nicht! Du hast doch gehört, was meine Mum gesagt hat: Zwillings-Gestaltwandler sind mächtiger als andere.«

Ihre schwarzen Augen blitzten bösartig auf. »Ich bin mir nicht sicher, ob ich diesen Dreck glaube.«

Cam lachte. »Mach mal halblang! Du weißt, wie schnell Seth und ich uns im Vergleich zu dir verwandeln können!«

»Und ich konnte euch schon immer in die identischen Hintern treten.«

Sie starrten sich mit vorgespielter Wut auf den Gesichtern an.

»Also, geht ihr noch mal zurück?«, unterbrach ich sie.

Cam lehnte sich vor und legte seine Hand auf meine. Angels Miene wurde finster, als sie unsere miteinander verschlungenen Finger musterte. *Recht so.* »Tori, ich bin den ganzen Weg nach England gekommen, um Seth zu finden. Ich werde jetzt nicht einfach aufgeben. Wie ich schon gesagt habe, wir brauchen einen Plan.«

»Deine Mum tickt aus«, sagte ich.

»Mum will Seth genauso dringend zurück wie ich«, sagte Cam. »Sie wird ihre Meinung ändern.«

»Und sie muss es ja auch nicht wissen«, meinte Angel mit einem Achselzucken. »Wir können in ein paar Stunden wieder zurück sein. Wenn wir mitten in der Nacht aufbrechen, wird sie es niemals erfahren.« Sie starrte mich vorwurfsvoll an. »Außer, jemand verpetzt uns.«

»Ich werde nicht petzen! Ich halte euren Plan nur

für gefährlich. Wäre es nicht besser, damit zu warten, bis dein Dad zurück ist, Cam?«, fragte ich.

»Mein Dad wird frühestens in ein paar Wochen den Stamm verlassen. So lange kann ich nicht warten. Seth kann nicht solange warten!«

»Vielleicht hat Altus Seth gar nicht«, meinte ich.

»Und du bist dir sicher, dass sie nicht auf der Seite ihres Daddys steht, Cammy?«, fragte Angel. »Sie scheint nämlich entschlossen zu sein, uns nicht gehen zu lassen.«

Ich funkelte sie an. »Und du scheinst entschlossen zu sein, Cam auszuliefern.«

Sie funkelte zurück. »Und zwar deinem *Dad*.«

Cam packte uns beide am Oberarm. »Kommt schon, entspannt euch.« Er wandte sich an Angel. »Angel, ich bin es leid, dass du ständig behauptest, wir könnten Tori nicht vertrauen, also lass es, okay? Und Tori ...« Er sah mich an, und sein Gesicht wurde weich. »Ich muss das einfach tun, okay? Er ist mein Bruder. Wir werden sicherstellen, dass wir uns nicht in Gefahr begeben.«

Angel lächelte ihn süßlich an. »Gut mitgedacht, Cammy. Wir sollten den Nachmittag nutzen, um einen Plan zu entwerfen, damit wir heute Nacht loskönnen.«

»Heute Nacht?«, fragte ich schockiert.

»Warum nicht?«, meinte Angel, ohne mich anzusehen. Ihre Augen waren immer noch auf Cam gerichtet. »Wenn Cam und ich die Köpfe zusammenstecken, entwickeln wir die besten Pläne. Wir brauchen dazu nur ein wenig Zeit zu zweit.«

Cam runzelte die Stirn. »Tori kann bleiben. Sie hat auch gute Ideen.«

Angel zog eine Augenbraue hoch und unterdrückte ein spöttisches Lächeln.

»Keine Sorge«, sagte ich. »Das überlasse ich euch. Ich würde mir ohnehin nur Sorgen machen, wenn ich euren Plan kenne.«

Dann drehte sich Cam zu Angel um und fing an, angeregt auf sie einzureden. Er bemerkte kaum, dass ich den Raum verließ.

In den nächsten paar Stunden sperrten sie sich im Wohnzimmer ein, während Laura draußen mit den Mädchen spielte und ich oben auf meinem Bett lag und las. Ich war innerlich zerrissen. Ich wollte nicht, dass Cam nach Middleton ging, aber ich wollte auch nicht riskieren, dass er mich dafür hasste, wenn ich ihn wieder aufhielt. Nach einer Weile hörte ich ein Klopfen an der Tür.

Ich legte mein Buch weg. »Ja?«

Die Tür öffnete sich, und Cam steckte den Kopf herein. »Ist es okay, wenn ich reinkomme?«

Ich zuckte mit den Schultern. »Wenn du willst.«

Er schloss die Tür hinter sich, lehnte sich dagegen und holte tief Luft. »Du bist nicht sauer auf mich, oder, Tori?«

Mein Herzschlag beschleunigte sich, als ich in seine unglaublich grünen Augen sah. Er wirkte ehrlich besorgt. Es war unmöglich, wütend auf ihn zu sein. Warum hatte er diesen Effekt auf mich?

»Ich habe nur Angst, das ist alles«, sagte ich.

Er kam durch den Raum auf mich zu, kniete sich vor mich und packte meine Hände. »Tori, ich schwöre, es wird nichts passieren. Angel, Seth und ich haben solche irren Sachen schon gemacht, als wir Kinder waren, und wir sind nie erwischt worden. *Nie.* Das wird ein Kinderspiel, besonders, nachdem ich Angel habe, die mir hilft.«

Wut durchfuhr mich, als er ihren Namen aussprach. »Ich habe den Eindruck, als wäre sie ein wenig waghalsig.«

Er lachte. »Ein wenig? Eher ziemlich.«

»Cam, das will ich wirklich nicht hören, wenn man bedenkt, dass du mit ihr zusammen dein Leben aufs Spiel setzen willst.«

»Ich setze nicht mein Leben aufs Spiel. Der Plan, den wir entworfen haben …« Er schwieg plötzlich, und für einen Moment flackerte in seinen Augen Sorge auf. »Ich garantiere, wenn du morgen früh aufwachst, wird Seth hier sein. Du musst mir einfach vertrauen, Tori. Bitte.«

»Ich habe eigentlich keine Wahl.«

»Doch«, sagte Cam und sah mir tief in die Augen. »Ich gehe nicht, wenn du mir sagst, dass ich es nicht tun soll.«

»Wirklich?«

Er nickte erst. »Deine Meinung bedeutet mir eine Menge, Tori. Wenn du mir sagst, dass ich nicht gehen soll …« Er schluckte schwer. »Dann gehe ich nicht. Ich schwöre es.«

Ich dachte an das erste Mal zurück, als ich ihn davon abgehalten hatte, Seth suchen zu gehen. Darum konnte ich ihn nicht noch mal bitten. Ich schloss für ein paar Sekunden die Augen, um meine Ängste und Sorgen zurückzudrängen. Als ich sie wieder öffnete, lächelte ich und streichelte sein Gesicht. »Du musst gehen, Cam. Er ist dein Bruder.«

Er atmete erleichtert auf. »Ich werde bei dir reinschauen, sobald wir zurück sind, okay? Wir verschwinden um zwei Uhr morgens und sollten spätestens um fünf Uhr zurück sein.«

Ich lehnte mich vor und küsste ihn auf den Mund in dem Versuch, nicht zu weinen. Eine dunkle Vorahnung machte sich in mir breit.

»Abendessen, Leute!«, hörten wir Laura rufen.

Cam stand auf, aber ich packte seinen Arm. »Was ist, wenn ihr um fünf Uhr nicht zurück seid?«

Er schaute mir noch mal tief in die Augen, dann lächelte er. »Wir werden zurück sein ... mit Seth.«

Das Abendessen war eine ruhige Angelegenheit. Cam und Angel wirkten in sich gekehrt. Wahrscheinlich dachten sie an ihre Pläne für die kommende Nacht. Ember schien ebenfalls seltsam ruhig und beobachtete die beiden aufmerksam. Laura und Olivia waren die Einzigen, die sich unterhielten.

Als wir nach dem Essen ins Bett gingen, stellten Cam und ich sicher, dass wir die Letzten waren, die die Küche verließen.

»Ich komme zu dir, sobald wir zurück sind«, flüsterte er und küsste mich auf den Mund.

Ich legte meine Hände um sein Gesicht und starrte in seine smaragdfarbenen Augen. »Bitte sei vorsichtig, Cam.« Plötzlich lief mir ein Schauder über den

Rücken, als der Gedanke, der schon das gesamte Abendessen in meinem Kopf herumgeschwirrt hatte – nämlich dass ich ihn an Altus verlieren würde –, wieder auftauchte. »Oh Gott, Cam, wenn du …«

»Tori, ich komme mit Seth zurück, okay?« Er küsste mich wieder, noch intensiver als sonst.

Wir hörten ein Knarren auf der Treppe. Als wir aufsahen, stand Angel oben und schaute auf uns herunter.

»Mach dir keine Sorgen, Tori. Ich passe schon auf ihn auf.« Ihre Stimme klang freundlich, aber ihre Augen straften sie Lügen.

Ich lächelte angespannt. »Das hoffe ich doch.«

Ich konnte überhaupt nicht schlafen und starrte ständig auf die Uhr. Als es endlich zwei war, hörte ich nichts und hoffte von ganzem Herzen, dass sie die Aktion abgeblasen hatten. Aber nach ein paar Minuten verpuffte diese Hoffnung, als ich Geräusche vor dem Haus hörte. Ich stand leise auf und schlich zum Fenster, von wo aus ich dunkle Silhouetten auf der Klippe erkennen konnte – Cam und Angel.

Mein Herz fing an zu rasen, und ich wanderte im Zimmer auf und ab, während unerwünschte Bilder vor meinen Augen aufstiegen: mein Dad, der über Cam stand und Abeo-Staub auf ihn herabrieseln ließ, und George Chambers, der im Hintergrund lachte, während Ashton Cam in die Rippen trat.

Ich kletterte zurück ins Bett, zog mir ein Kissen über den Kopf und bemühte mich, die Bilder zu verdrängen. Während die Stunden vorbeizogen, entwarf ich andere Szenarien, in denen Cam wie Seth angeschossen oder in einem gläsernen Käfig gefangen gehalten wurde, gegen den er verzweifelt seine Hände presste.

Als es fast vier Uhr war, wollte ich sogar aufstehen, Laura wecken und ihr erzählen, dass die beiden weg waren, damit sie etwas – irgendetwas – tun konnte, um ihnen zu helfen. Ich stoppte mich selbst und rollte mich stattdessen im Bett zusammen, die Knie an die Brust gezogen.

Um fünf Uhr fühlte ich mich, als würde ich jeden Moment einen Nervenzusammenbruch erleiden. Das Fenster, vor dem ich saß, hätte genauso gut an meiner Stirn festgeschweißt sein können, so fest, wie ich den Kopf dagegenpresste und die Dunkelheit nach ihnen absuchte.

Ich verglich die Zeit auf meiner Armbanduhr mit dem Wecker. Nun war es dreizehn Minuten nach fünf. Die schrecklichen Szenarien von vorhin überfielen mich wieder, und bevor es mir klar wurde, war ich auf dem Weg, um Laura zu wecken. Ich öffnete die Tür und erschreckte mich zu Tode, als ich Cam und Angel sah, die gerade die Treppe nach oben schlichen – mit Ember! Erleichterung überschwemmte mich, vermischt mit Verwirrung. Sie hatten Ember mitgenommen?

Cam legte einen Finger auf den Mund, dann sah er Ember an und deutete mit dem Kinn auf ihr Zimmer. Sie nickte und schlich davon. Als sie an mir vorbeikam, blickte sie zu mir auf, und ich bemerkte, dass ihre Augen rot waren und ihre Haut kränklich bleich. Angel ging ohne mich anzusehen in ihr Zimmer.

Cam kam auf mich zu, erstarrte aber, als die Tür zum Schlafzimmer seiner Mum sich mit einem Quietschen öffnete. Er riss die Augen auf. Leise zog ich meine Tür zu und presste das Ohr dagegen.

»Cam, was machst du da?«, hörte ich Laura fragen.

»Sorry, Mum, ich war gerade auf dem Klo.« Seine Stimme krächzte und klang tief erschöpft.

Sie zögerte kurz. »Warum trägst du Jeans?«

»Mir war kalt.«

Ich hörte, wie die Dielen knarrten, dann wurde ein Schrank geöffnet und wieder geschlossen. »Hier, nimm diese Decke mit runter. Im Erdgeschoss wird es kühl.«

Als ich hörte, wie Cam nach unten ging, legte ich mich ins Bett. Ich wollte zu ihm, machte mir aber Sorgen, dass Laura mich hören würde.

Als endlich Sonnenlicht durch meine Vorhänge schien, zog ich mich schnell an und lief nach unten. Cam klappte gerade die Schlafcouch zusammen. Er hatte dunkle Ringe unter den Augen. Ich schaute mich im Zimmer um – vielleicht war auch Seth hier? Aber außer Cam war niemand da. Ich sah ihn an. Er wirkte wütend, sein gesamter Körper war steif. Als er mich ansah, wurde seine Miene weicher.

»Was ist passiert?«, flüsterte ich.

»Wir konnten ihn nicht finden.«

»Oh Cam.«

Ich ging zu ihm und umarmte ihn. Für ein paar Sekunden entspannte er sich in meinen Armen, dann entzog er sich mir. Schmerz stand deutlich in seinem Gesicht.

»In das Gebäude einzudringen war richtig einfach. Aber als wir das Zimmer erreicht hatten, aus dem die Mädchen Seth dieses eine Mal haben kommen sehen, tauchte Ashton dort auf. Offensichtlich hatte er auf mich gewartet.«

»Wie schrecklich! Was ist passiert?«

»Er hatte Abeo-Staub dabei.«

Panik durchströmte meinen Körper. »Bist du …?«

Er schüttelte traurig den Kopf. »Nein, aber Ember …« Seine Stimme wurde brüchig, und er wandte sich ab.

»Ember? Was meinst du damit?«

»Wir haben sie mitgenommen.«

Meine Vermutung hatte sich bestätigt. Ich starrte ihn an und war plötzlich wütend. »Mein Gott, Cam, sie ist erst zwölf!«

»Ich weiß! Angel hat mich überredet, okay?«

»Aber warum?«

Er setzte sich und stützte sein Gesicht in beide Hände. »Gestern Nacht erschien es uns sinnvoll«, murmelte er. »Ember ist die Einzige von uns, die George Chambers nah genug gekommen ist, um sich in ihn zu verwandeln. Zuerst habe ich nicht zugestimmt, aber Angel hatte Ember schon eingeweiht, und zusammen haben sie mich umgestimmt.«

»Ember *wollte* gehen?«

Er riss den Kopf hoch. »Wir hätten sie niemals gezwungen, Tori. Sie hat gesagt, sie will Seth helfen.«

»Und warum hat Ashton den Staub auf sie geworfen? Sie ist doch nur ein Kind.«

»Er wollte ihn gerade auf mich schleudern, da ist

sie vorgesprungen und hat ihn ihm aus der Hand geschlagen. Der ganze Staub ist auf sie gefallen.«

»Alles?«

Er nickte. »Die gesamte Phiole.«

»Und hat sie ihre Fähigkeiten verloren?«

Cams Augen schwammen in Tränen, und er drehte den Kopf weg. »Ja. Es hat keinen Sinn, mich zur Schnecke zu machen, ich fühle mich auch so schon schlecht genug.«

Ich seufzte und ging vor ihm in die Hocke. »Mach dir keine Vorwürfe, Cam. Letztendlich ist es Ashtons Fehler. Und Angels, weil sie diese Idee hatte und dich überredet hat. Geht es Ember ansonsten gut?«

»Ich glaube schon. Sie war nur müde und stand unter Schock.«

»Solltest du es nicht deiner Mum sagen?«

»Machst du Witze? Sie wird ausrasten!«

»Aber was, wenn Ember jetzt krank wird?«

»Es geht ihr gut, Tori! Wäre Abeo-Staub für uns tödlich, dann wäre sie …«

Wir ließen das Wort unausgesprochen in der Luft hängen. Ich schlang meine Arme um ihn. »Zumindest seid ihr alle in Sicherheit«, flüsterte ich ihm ins Ohr.

»Nicht alle.«

»Was meinst du damit?«

Er sah mich mit glänzenden Augen an. »Seth. Er ist noch dort.«

Beim Frühstück musterte ich Embers Gesicht. Sie war immer noch unglaublich bleich, aber Angel und Cam sahen genauso aus. Beide aßen schweigend.

»Gott, was für eine fröhliche Runde«, sagte Laura, als sie unsere Teller abräumte. »Meint ihr, ein Feuer hilft? Ich war gestern mit den Mädchen auf dem Speicher. Dodsworth hat einige Briefe von anderen Eltern aufgehoben, die persönliche Details beinhalten, die Altus nicht erfahren darf. Ich muss sie verschwinden lassen. Ich dachte, wir könnten sie heute Abend in einem großen Feuer verbrennen, das macht sicher Spaß!«

Olivias Augen fingen an zu strahlen, aber der Rest von uns lächelte nur angestrengt.

Später, am Abend, warf Cam Papier auf das flackernde Feuer. Ich beobachtete Angel, die nie den Blick von Cam abwandte. Es war offensichtlich, dass sie Gefühle für ihn hatte, und ihre Versuche, mich loszuwerden, waren so durchschaubar. Auf keinen Fall würde ich ihre dämlichen Spielchen weiter ertragen – und sie schon gar nicht damit durchkommen lassen, dass sie letzte Nacht Ember mitgenommen hatte. Ich ging zu ihr, während das Feuer tanzende Schatten auf das Gras vor ihr warf.

»Hallo, Angel«, sagte ich, meine Stimme kühl.

Sie drehte sich überrascht zu mir um. »Oh, ich habe dich nicht mal bemerkt.«

»Cam hat mir erzählt, dass die letzte Nacht ein Desaster war?«

»Nicht zuletzt wegen deines Exfreundes.« Sie verzog angewidert den Mund, während sie mich von oben bis unten musterte.

»Ich kann nicht glauben, dass ihr Ember mitgenommen habt.«

»Tori, Gestaltwandler sind anders als *gewöhnliche* Kinder wie du. Sie hat sich phantastisch gehalten!«

»Und hat im Zuge dieser Aktion ihre Fähigkeiten verloren.«

»Wie ich schon gesagt habe, das haben wir deinem Exfreund zu verdanken.«

Unser beider Blick fiel auf Cam, der ins Feuer starrte. Sein ebenmäßiges Gesicht sah im Schein der Flammen phantastisch aus, und seine dunklen Haare bewegten sich im Wind.

»Wie war das noch mal? Wann hast du Cammy zum ersten Mal getroffen?«, fragte Angel.

»Vor ungefähr einem Monat, aber wir scheinen uns schon ewig zu kennen. Wie hat Laura neulich so schön gesagt? Das zwischen uns ist echt intensiv – dafür, dass wir uns erst vor Kurzem begegnet sind.«

Angel lachte und schüttelte den Kopf. »Cam! Er ist wirklich intensiv. Ich meine, gib ihm ein paar Wochen, und er ist davon überzeugt, die Liebe seines Lebens gefunden zu haben. Zu Hause habe ich ihn immer wegen seiner kleinen ... Affären aufgezogen.«

»Wie bitte?«

»Oh, du weißt schon, ein Mädchen hier, ein Mädchen da.« Sie drehte sich zu mir um und legte eine Hand auf meinen Arm. Sie fühlte sich kalt und hart an. »Gott, ich muss klingen, als wäre ich eine furchtbare Freundin. Ich meine, er ist kein *herzloser* Aufreißer. Ich will damit nur sagen: Wenn er sich für jemanden interessiert, dann legt er sein ganzes Herzblut hinein, verstehst du? Aber er ist wie eine

Flamme.« Sie wandte sich wieder dem Feuer zu. »Nach einer Weile verzehrt sie sich und verschwindet.«

Meine Schultern sanken nach unten, und Tränen füllten meine Augen. Klar, genau das hatte Angel gewollt! Aber was, wenn sie recht hatte? Was, wenn Cam genau so war, wie sie ihn beschrieben hatte? So intensiv in seinen Gefühlen, dass man glaubte, man wäre das beste, das einzige Mädchen auf der ganzen Welt? Nur um dann nach einer Weile seine Meinung zu ändern und alle Zuneigung … verschwinden zu lassen?

»Es muss momentan für euch ziemlich hart sein«, sagte sie, zog einen Taschenspiegel heraus und kontrollierte ihre Frisur.

»Hart?«

»Das hat zumindest Cammy gesagt.«

»Wie meinst du das?«, fragte ich mit klopfendem Herzen.

Angel sah mich an, und in ihren Augen funkelte pure Bösartigkeit. »Er meinte, dass sein Bruder hier sein könnte, wenn du Cam nicht aufgehalten hättest. Gestern hat er es auf dem Rückweg sogar noch mal erwähnt.«

»Das hat er mir gegenüber aber nie gesagt.«

»Es dauert eine Weile, bis er anderen *vertraut*.«

Ich warf ihr einen bösen Blick zu, dann lief ich zu Cam und packte ihn am Arm. »Cam, stimmt das, was Angel gesagt hat?«

Er schaute mich verwirrt an. »Was meinst du?«

»Dass du sauer auf mich bist, weil ich dich das

erste Mal davon abgehalten habe, nach Middleton zu gehen und Seth zu suchen?«

Er zögerte, und sein Blick schoss kurz zu Angel, die uns mit einem Lächeln beobachtete. »Tori, so habe ich es nicht ausgedrückt. Ich … ich wünschte mir nur, ich wäre ihn damals suchen gegangen, als ich die Chance dazu hatte, das ist alles.«

»Und wünschst du dir auch, ich hätte mich nicht eingemischt und dich aufgehalten?«

»Nein, so ist es nicht, ich …«

»Cam, sei einfach ehrlich, okay? Wir müssen einander vertrauen können. Unsere Gefühle zu verstecken, egal, ob sie gut oder böse sind, ist dabei nicht hilfreich.«

Er schaute auf seine Fußspitzen. »Vielleicht wünsche ich mir, du hättest nicht so übertrieben reagiert. Wenn ich einfach gegangen wäre, könnten wir alle zusammen sein und …«

»Super!«, sagte ich. »Warum hast du mir das nicht gesagt? Lieber erzählst du alles Angel! Immerhin weiß sie auch, dass mein Dad mich und meine Mum geschlagen hat.«

Er legte eine Hand auf meinen Arm. »Komm schon, Tori. Ich kenne Angel seit Jahren.«

Ich starrte in die flackernden Flammen vor mir, die Hitze verbrannte fast meine Haut. Jegliche Unsicherheit in Bezug auf Cam schlug über mir zusammen – und besonders das, was Angel über die Mädchen gesagt hatte, mit denen er sich einließ. Obwohl ich immer schon befürchtet hatte, dass ich einfach zu *normal* war für Cam, hatte ich doch geglaubt, dass seine Gefühle echt und von Dauer waren. Aber Angel hatte Zweifel in mir gesät, die wie Unkraut zu wachsen begannen und ihre Wurzeln in mein Herz gruben. Ich wollte allein sein und zur Ruhe kommen, bevor die Situation außer Kontrolle geriet.

Er küsste mich auf den Mund. »Wir können uns richtig unterhalten, wenn Angel und die anderen schlafen, okay?«

Mir gefiel der Klang ihres Namens auf seinen Lippen nicht. »Nein, ich werde jetzt ins Bett gehen.«

»Tori, ist zwischen uns alles in Ordnung?«

»Sicher, ich bin nur müde.« Als ich ging, blickte er mir besorgt hinterher.

Ich warf mich im Bett herum, und nach einer Weile wurde mir klar, dass ich erst schlafen konnte, wenn ich mit Cam reden würde. Vielleicht war er noch wach? Ich schlich mich im Dunkeln nach unten, bemühte mich, so wenig Lärm wie möglich zu machen. Dann fiel mir auf, dass im Wohnzimmer eines der Sofas fehlte. Als ich mich der Tür näherte, die nach draußen auf die Veranda führte, war ich überrascht, Stimmen zu hören.

»Ich bin echt glücklich, dass du noch mal runtergekommen bist«, hörte ich Cam mit leiser, dunkler Stimme sagen.

Ich schlich mich näher zur Tür, dann vernahm ich eine zweite Stimme. »Ich auch, Baby.« Sie klang vertraut, aber ich konnte sie nicht einordnen …

Als ich jemanden stöhnen hörte, rutschte mir das Herz nach unten. Es schien, als würden die Wände um mich herum zusammenstürzen. Ich konnte meinen Herzschlag in den Ohren spüren, als ich zur Tür schlich, vorsichtig die Vorhänge anhob und nach draußen spähte. Das Sofa stand links von mir, und im Halbdunkel konnte ich Cams Gesicht erkennen. Seine grünen Augen funkelten, während eine Gestalt auf seinem Schoß saß, die mir den Rücken zugewendet hatte. Ich konnte sie in der Dunkelheit kaum erkennen, aber wer sollte es schon sein außer Angel? Mir wurde schlecht, als die Gestalt sich nach vorne beugte und Cam küsste ... meinen Cam.

Ich trat von der Tür weg und lehnte mich gegen die Wand, als ich sie stöhnen hörte. Ich war hin- und hergerissen zwischen dem Wunsch, wegzulaufen und sie zu konfrontieren, als ich Cam schreien hörte: »Verdammt, was ...«

Ich stieß mich von der Wand ab, um wieder nach draußen zu schauen. Cam hatte sich aufgerichtet und kniete jetzt mit überraschtem Gesicht auf dem Sofa. Ich folgte seinem Blick und sah Angel, die ihn mit weit aufgerissenen Augen anstarrte, während ihr Gesicht schimmerte.

»Angel, warum zur Hölle hast du das getan? Wir haben uns *geküsst*!«

»Cam, komm schon! Dir ist nicht mal *aufgefallen*, dass ich nicht Tori bin, bis ich mich verwandelt habe!«

Sie hatte sich in *mich* verwandelt?

Cam schüttelte den Kopf. »Nein, aber ... das spielt keine Rolle! Du hast meine Frage nicht beantwortet. Warum hast du das getan?«

»Um dich auf die Probe zu stellen, Cam.« Angel legte eine Hand auf seine Schulter, aber er schüttelte sie ab. »Wenn du wirklich in Tori verliebt wärst, hättest du sofort gewusst, dass ich nicht sie bin.«

»Du bist ekelhaft, Angel.«

Sie lachte. »Dafür liebst du mich doch! Komm schon, gib es zu. Du weißt, dass das mit Tori vorbeigehen wird, genauso wie mit den Mädchen zu Hause auch.«

In diesem Moment hätte ich auf die Veranda treten sollen oder zurück nach oben gehen, aber dieses gruselige Schauspiel hielt mich fest.

Cam stand auf und sah traurig auf Angel herunter. »Warum tust du das, Angel? Die Sache ist ganz einfach: Tori ist meine Freundin.«

»Aber du leugnest nicht, dass es vorbeigehen wird«, flüsterte sie, stand auf und trat einen Schritt auf ihn zu. *Komm schon, Cam, widersprich ihr!* Aber das tat er nicht. Stattdessen schubste er sie weg und schüttelte angewidert den Kopf. Über ihr Gesicht huschte ein gedemütigter Ausdruck, dann lehnte sie sich vor, bis ihr Gesicht nur noch Zentimeter von seinem entfernt war. »Du bist verrückt, wenn du dich mit Miss Total Normal zufrieden gibst! Es gibt da draußen so viele Mädchen für dich. Andere Gestaltwandler«, spuckte sie ihm entgegen. »Und die Tatsache, dass sie Max Hamiltons Tochter ist, macht alles noch schlimmer. Wegen Tori bist du für Altus nicht nur die perfekte Zielscheibe – sie ist darüber hinaus auch der Grund, warum du beim ersten Mal nicht nach Seth gesucht hast. Wenn du deinen Bruder nie wiedersiehst, ist es ihr Fehler. Was bist du für ein Idiot, Cam!«

Sie wandte sich ab und rannte über die Wiese davon. Ein paar Sekunden später stieg ein großer schwarzer Vogel auf und schlug fast hysterisch mit den Flügeln. Er schoss über die Klippe auf das offene Meer hinaus. Cam sprang von der Veranda, lief zur Klippe und starrte ihr hinterher. Ich beobachtete ihn einen Moment lang und wollte gerade wieder nach oben gehen, als er sich unvermittelt umdrehte und mich bemerkte. Schnell kam er auf mich zu und streckte die Arme nach mir aus. »Tori! Hast du das etwa alles gehört?«

Ich stieß seine Hände von mir und fühlte, wie unkontrollierbare Wut in mir aufstieg. »Was habt ihr zwei da getrieben?«

»Tori, ich dachte, *du* wärst es!«

»Beantworte einfach die Frage! Was habt ihr zwei getrieben?«

»Ich weiß es nicht … wir haben uns geküsst. Wir …«

»Du weißt es nicht? Wie kannst du das nicht wissen? Es ist erst wenige Minuten her. Hat es dir wenigstens Spaß gemacht, sie zu küssen?«

»Machst du Witze? Hast du nicht mitbekommen, wie wütend ich war, weil sie mich getäuscht hat?«

»Doch, aber du hast nicht widersprochen, als sie gesagt hat, das zwischen uns wäre nur eine vorübergehende Schwärmerei, oder?« Eine leise Stimme in mir versuchte mir zu sagen, dass ich unvernünftig war, aber ich konnte nicht anders.

»Tori, bitte … Du weißt, dass ich nicht so über dich denke.«

»Warum hast du Angel das dann nicht gesagt?«

Cam streckte die Hand nach mir aus, aber ich trat einen Schritt zurück. »Tori, du benimmst dich, als wäre ich dir untreu gewesen, aber du weißt, dass ich das nicht war. Ich dachte, du bist es!«

»Aber ich war es nicht, Cam! Was auch immer du mit ihr getrieben hast – wieso hast du nicht gemerkt, dass es Angel war? Was ist mit ihren Augen? Ihre Augen sind schwarz, Cam! Meine sind braun. Ich kann nicht glauben, dass du nicht begriffen hast, dass ich es nicht bin!«

»Zum einen war es dunkel. Und zum anderen habe ich *dich* geküsst. *Dich* berührt!«

»Berührt«, flüsterte ich traurig.

Cam trat wieder einen Schritt vor, und diesmal ließ ich zu, dass er seine Hand auf meine Wange legte und eine Träne mit dem Daumen auffing. »Es ist nichts Schlimmes passiert! Ich habe dir vertraut, als du mir gesagt hast, dass zwischen dir und Ashton nichts war – warum kannst du mir nicht vertrauen?«

Ich sah in seine Augen und wusste nicht, was ich sagen sollte. Plötzlich fühlte ich mich erschöpft und verwirrt. »Angel hat recht … Altus wird uns jetzt noch entschlossener jagen. Und Seth könnte hier sein, wenn ich dich an diesem Tag nicht davon abgehalten hätte, ihn zu suchen. Vielleicht sollte ich einfach gehen.«

»Tor, hör nicht auf sie, du kannst nicht gehen, ich …«

»Cam!« Wir drehten uns um und sahen Laura im Türrahmen. In ihren Augen stand tiefe Sorge. »Es ist Ember, ihr geht es wirklich schlecht. Ich muss sie in ein Krankenhaus bringen.«

Kapitel 14

Cam trug Ember nach unten. Ihr Körper in seinen Armen war schlaff und bleich. Olivia umklammerte den Knöchel ihrer Schwester, während sie ihr folgte. Angst stand in Cams Augen, als er Ember ansah.

»Mit ihrer Atmung stimmt etwas nicht«, sagte er, als er bei uns ankam.

Laura zog sich eine Jacke an und ergriff ihre Schlüssel. »Eine halbe Stunde entfernt ist ein Krankenhaus. Vielleicht schaffen wir es sogar noch schneller.«

»Ich kann mich in einen Vogel verwandeln, sie tragen …«

»Nein, Cam, ich bin mir nicht sicher, ob sie das über …« Sie stoppte sich und warf einen Blick zu Olivia. »Es wäre zu kalt für sie. Ich werde sie mit dem Auto hinbringen.«

»Dann wechsel ich meine Gestalt und komme mit«, sagte Cam, während Ember in seinen Armen stöhnte.

Laura schüttelte den Kopf. »Nein, Cam. Du hast selbst gesagt, dass du in letzter Zeit öfters die Kontrolle verlierst. Was, wenn du dich in dein eigentliches

Selbst zurückverwandelst und jemand dich erkennt? Du musst mit Tori und Olivia hierbleiben. Wir können es einfach nicht riskieren.«

Olivia rannte zu Laura und griff nach ihrem Arm. »Bitte, lassen Sie mich mitkommen, bitte! Sie ist meine Schwester! Niemand wird mich erkennen, wir waren nicht im Fernsehen.«

Laura schaute auf sie herab, und ihre Augen füllten sich mit Tränen. »Okay. Aber Cam, du musst mit Tori hierbleiben, verstanden?«

»Wenn es sein muss.« Er blickte mich unsicher an, und ich wandte den Kopf ab, weil mir unser Streit noch zu frisch im Gedächtnis war.

»Hat sie Asthma?«, fragte ich stattdessen Laura. »Vielleicht hat sie eine Lungenentzündung?«

»Es ist der Staub«, sagte Cam leise.

Laura schaute ihn an. »Der Staub?«

Seine Augen schossen zu mir. »Wir waren letzte Nacht im Hauptquartier von Altus.«

Laura riss die Augen auf. »Was?« Sie blickte Ember an. »Das verstehe ich nicht.«

»Wir haben keine Zeit für Erklärungen, Mum! Du musst einfach nur wissen, dass eine ganze Phiole von dem Zeug auf ihr gelandet ist.« Cam senkte seinen Blick.

Laura ging vor Olivia in die Hocke. »Wie viel Staub haben sie damals verwendet, um deine Fähigkeiten zu zerstören?«

»Nur eine Prise«, schluchzte Olivia.

Laura stand wieder auf und wirkte tief besorgt. »Ich habe darüber nachgedacht, was die Wissenschaftlerin in dem Video über den Staub gesagt hat, Cam. Eine Überdosis starker Nanomagneten könnte ihre Zellen dazu bringen zu verkleben.«

»Verkleben?«, fragte ich. »Was würde das bedeuten?«

»Ich weiß es nicht, es ist nur eine Theorie. Ich bin mir sicher, Ember kommt wieder in Ordnung«, meinte Laura, während sie Olivias Kopf streichelte.

Mir sank das Herz in die Kniekehlen, als ich über die möglichen Auswirkungen nachdachte. Meine Augen schossen zu Cam, der den Kopf über Ember gebeugt hatte, seine dunklen Haare fielen ihm ins Gesicht, während er ihr etwas zuflüsterte. Was, wenn es ihn getroffen hätte? Ich konnte damit umgehen, wenn er seine Fähigkeiten verlor – aber was, wenn er krank wurde? Was, wenn er *starb*?

Laura riss die Haustür auf, und eine kalte Brise wehte in den Flur. »Bring sie zum Auto, Cam. Ich weiß nicht, wann wir zurück sein werden, aber ich werde versuchen, dich hier im Haus anzurufen.«

Er folgte ihr nach draußen. Embers Kopf lehnte schwach an seiner Schulter. Dann öffnete sie die Augen und streckte die Hand nach mir aus. Ich ergriff sie, und meine Tränen sorgten dafür, dass ich nicht klar sehen konnte. »Pass auf dich auf, Ember, wir sehen uns bald wieder«, flüsterte ich.

Sie lächelte mich schwach an, dann fielen ihr die Augen zu.

Ein paar Minuten später stiefelte Cam wieder zu mir zurück ins Haus und knallte die Tür hinter sich zu. Ich stand unbeholfen im Flur, während er mit schimmerndem Gesicht neben mir auf- und abtigerte. Er ballte die Hand zur Faust und schlug so fest gegen die Tür, dass das Holz splitterte. »Wenn es am Abeo-Staub liegt, den Ashton auf sie geschüttet hat, schwöre ich, dass ich diesen Idioten umbringe!«

Ich rannte zu ihm. »Cam, du musst dich beruhigen …«

Er packte meine Oberarme und starrte in meine Augen. »Tori, ich will mich nicht beruhigen. Hast du sie nicht gesehen? Wenn sie … wenn sie stirbt und Ashton dafür verantwortlich ist, weil er zu viel Staub auf sie geschüttet hat … und was, wenn auch Seth zu viel davon abkriegt?« Er löste sich wieder von mir und begann erneut seine Wanderung.

»Aber das letzte Mal haben sie ihn gar nicht mit dem Staub behandelt.«

»Sie wollten offensichtlich, dass er seine Fähigkeiten behält, damit sie mit ihm experimentieren können. Aber diesmal werden sie auf jeden Fall Abeo-Staub gegen ihn einsetzen, um zu verhindern, dass er erneut entkommt. Vielleicht benutzen sie zu viel, vielleicht …«

Ein Windstoß erschütterte die Tür, und erschrocken drehten wir uns um. »Cam, es wird eine Weile dauern, bis wir von ihnen hören. Vielleicht sollten wir ein bisschen schlafen …«

»Geh du nur ins Bett. Ich bleibe wach.«

»Nein, Cam, ich will bei dir sein.«

Wir starrten uns eine Weile an, unsicher, was wir tun sollten. Ich wollte mich in seine Arme werfen, mir von ihm sagen lassen, dass alles in Ordnung kommen würde, aber unser Streit lag noch nicht lange genug zurück. »Ich hole dir eine Decke«, sagte er schließlich. »Du kannst im Wohnzimmer schlafen, während ich auf sie warte.«

Ich bemühte mich, wach zu bleiben, und beobachtete Cam, der angespannt aus dem Fenster starrte, während seine Finger nervös auf die Stuhllehne trommelten. Ab und zu schimmerte er und runzelte die Stirn. Aber nach einer Weile fielen mir die Augen zu, und ich schlief ein.

Ich träumte von goldenem Staub, der vom Himmel herabrieselte, während die Menschen unten lächelnd und gleichzeitig ehrfürchtig nach oben starrten. Es war wie purer Sonnenschein. Aber dann fiel der Staub in ihre Augen und in ihre offenen Münder, und sie zerkratzten sich schmerzerfüllt ihre Gesichter, während der Staub ihre Kehlen und Lungen verstopfte ...

Ich riss meine Augen auf, blickte mich suchend in der Dunkelheit um und sah dann Laura im Türrahmen stehen, ihr Gesicht voll Trauer. Für einen Moment dachte ich, es wäre Ember, die in ihrem Armen schlief, aber dann erkannte ich Olivia an ihrem blauen Mantel.

Cam sprang auf. »Wie geht es Ember?«, fragte er.

Laura wandte sich ab und legte mit zuckenden Schultern Olivia behutsam auf das Sofa. Dann winkte sie uns beide aus dem Raum, in den Flur. Ich schaute Cam an und sah, wie er ungläubig den Kopf schüttelte. Etwas war schiefgelaufen. Schrecklich schief.

»Ember …« Laura schluckte schwer, schloss die Augen und sammelte sich für einen Moment. Als sie die Augen wieder aufschlug, sah sie Cam an. »Ember hat uns vor einer Stunde verlassen.«

Mir wurde schwindlig, und ich fiel gegen die Wand. Cam streckte die Hand aus und zog mich an sich.

»Die Ärzte haben gesagt, dass sie keine Erklärung dafür haben«, fuhr Laura mit zitternder Stimme fort. »All ihre Organe haben einfach aufgegeben. Es war schrecklich, ich musste so tun, als wäre ich ihre Mutter. Sie wollen, dass ich morgen zurückkomme, um die Formulare auszufüllen. Ich weiß nicht, wie ich ihre Eltern erreichen soll. Spikehead könnte helfen, aber er geht nicht ans Telefon.« Die Worte stürzten fast aus ihr heraus, und ihre Hände zitterten. »Olivia ist zusammengebrochen, als ich es ihr gesagt habe. Sie kann damit nicht umgehen, Ember war schließlich ihre Zwillingsschwester!«

In Cams Augen standen Tränen. »Glaubst du, es lag am Abeo-Staub?«

»Ohne Tests können wir uns da nicht sicher sein, aber es ergibt Sinn«, meinte Laura.

»Aber er soll in die Luft gepumpt werden, wenn der Energiedeal von Altus abgeschlossen wird!«, sagte ich. »Wenn Sie recht haben, Laura, dann könnte er töten …«

Sie schüttelte den Kopf. »Aber ihr habt doch gesagt, dass in dem Dokument, das ihr bei Altus gefunden habt, stand, dass nur Spuren von Abeo-Staub in die Luft gelangen werden! Zusammen mit CO_2-Emissionen und Wasserstoff wird er nicht konzentriert genug sein, um zu töten. Das geschieht offenbar nur in großen Dosen …« Sie schlug die Hände vor den Mund. »Mein Gott, Cam, was, wenn Seth …«

Cam löste sich mit entschlossener Miene von mir. »Ich gehe sofort zurück nach Middleton, um ihn zu finden.«

Laura riss die Augen auf. »Nein, Cam, ich kann nicht meine beiden Jungs …«

»Sie hat recht«, sagte ich und berührte seinen Arm. »Du darfst nicht gehen, Altus wartet doch nur darauf!«

»Diesmal lasse ich mich nicht von dir aufhalten, Tori. Ich *muss* gehen.« Er schüttelte meine Hand ab, stiefelte den Flur entlang und riss die Tür auf. Ich rannte hinter ihm her, und Laura folgte mir.

»Cam, geh nicht einfach so!«, rief ich.

Er drehte sich um, umfasste mein Gesicht mit seinen Händen und lehnte sich vor, um mich zu küssen. Seine Lippen zitterten. »Ich muss das tun! Ich würde dasselbe für jeden tun, den ich liebe, inklusive dir, Tori.« Er schluckte, und tiefe Gefühle strahlten aus seinen Augen. »Ich liebe dich«, flüsterte er.

»Ich liebe dich auch, Cam. Deswegen kannst du nicht gehen, du darfst mich nicht verlassen!«

Aber es war sinnlos, er verwandelte sich bereits. »Pass auf Tori auf«, sagte er zu seiner Mum, wandte sich ab und … erstarrte. In der Ferne kamen Scheinwerfer auf das Cottage zu. Cam trat einen Schritt zurück und stellte sich vor uns, um Laura und mich zu schützen. »Wer ist das?«

Laura schaute über seine Schulter. »Oh Gott, lass es nicht Altus sein …«

»Vielleicht hat das Krankenhaus sie verständigt«, sagte ich.

»Aber woher wissen sie, dass wir hier sind?« Sie packte mich und Cam am Arm. »Cam, verwandle dich in deinen Dad. Tori, versteck dich auf dem Dachboden.«

Aber es war zu spät. Mit quietschenden Reifen kamen mehrere Autos vor uns zum Stehen, und dahinter folgten noch weitere Scheinwerfer. Ich keuchte, als mein Dad aus einem schwarzen Wagen sprang. »Tori!«, schrie er, als er mich sah.

»Wie habt ihr uns gefunden?«, fragte Laura, während ihr bereits Tränen über das Gesicht liefen.

»Wir haben Fotos von euch an jedes Krankenhaus in England gemailt«, erklärte mein Dad und wirkte, als wäre er mächtig stolz auf sich. »Eine Krankenschwester hat angerufen, woraufhin meine Leute die Gegend überprüft haben und herausfanden, dass die Dodsworths hier ein Haus besitzen.«

»Tori?« Meine Mum stieg hinter ihm aus dem Auto und eilte auf mich zu. Dann hielt sie an und starrte voller Angst auf Cam. »Warum hast du unsere Tochter entführt?«, klagte sie ihn an.

»Sie dürfen nicht glauben, was Sie in den Nachrichten gehört haben«, erwiderte er.

»Mum, Dad nimmt Kinder wie Cam gefangen!«, rief ich. »Du weißt, dass er dazu fähig ist, er …«

Meine Mum streckte die Hand nach mir aus. »Dein Dad wird eine Therapie machen, er …«

»Bitte, gerade *du* müsstest wissen, dass er nie damit aufhören wird!«

»Tori, pass auf, was du sagst«, schaltete sich mein Dad ein. »In nur ein paar Wochen hat dieser Junge dich in jemanden verwandelt, den ich kaum als meine Tochter erkennen kann.«

Brennende Tränen liefen mir über die Wangen. »Dad, du hast mich nie gekannt. Das hier ist mein echtes Ich. Ich bin kein Kind mehr. Vor dir steht Tori, die *echte* Tori!«

»Die echte Tori wäre niemals weggelaufen!«, schrie er.

»Das hätte ich schon vor Jahren tun sollen!«

»Bitte, Tori, sag das nicht«, warf meine Mum ein.

»Es ist wahr, Mum. Tut mir leid.«

»Sie hat es nur seinetwegen getan, Valerie!«, sagte mein Dad und zeigte anschuldigend auf Cam.

»Nein, Dad, kapierst du es nicht? Ich bin weggelaufen, weil du mich *geschlagen* hast! Und ich bin weggelaufen, weil ich herausgefunden habe, wer du wirklich bist. Dass mein eigener Vater zusammen mit seiner Firma eine Hexenjagd veranstaltet, nur weil manche Menschen mit gewissen Fähigkeiten geboren wurden, macht mich krank!«

Er schüttelte den Kopf. »Tori, du bist zu jung, um das zu verstehen. Was wir tun, dient dem Wohl aller.«

»So wie das, was du seit Jahren Mum antust? Dient das auch dem Wohl aller?«

Mein Dad trat schockiert einen Schritt zurück. »Tori, hör auf.«

»Was ist los?« Alle drehten sich zu Olivia um, die

in der Tür stand und sich die Augen rieb. Lauras Gesicht wurde bleich, als mein Dad den Kopf schüttelte.

»Du solltest dich schämen, Laura«, sagte er. »Zwei kleine Mädchen zu entführen.«

»Sind Sie verrückt?«, schrie Cam. »*Sie* haben die beiden entführt! Warum machen Sie Jagd auf uns? Warum zerstören Sie unsere Fähigkeiten? Was haben wir Ihnen jemals angetan?«

»Wegen euch Gestaltwandlern ist Sarah Chambers gestorben. Und ihr habt meine Tochter entführt.«

»Sie selbst haben Tori davongejagt«, sagte Cam. »Sie haben sie sehr beschützt und eine Mauer um ihr Leben gebaut, dass sie dabei fast erstickt wäre. Aber die ganze Zeit war die Person, von der die größte Gefahr ausging, ihr eigener Dad, nicht wahr? Es dauert sicher nicht mehr lange, bis Sie nicht nur Ihre Frau windelweich schlagen, sondern dasselbe auch mit Ihrer Tochter machen.«

Mein Dad brüllte vor Wut, zog eine Phiole mit Abeo-Staub aus der Tasche und öffnete sie. Laura sprang nach vorne und stellte sich schützend vor Cam, während Olivia wieder ins Cottage rannte. »Bitte«, flehte Laura. »Sie haben schon einen meiner Söhne, nehmen Sie mir nicht noch einen!«

Ein weiterer schwarzer Wagen hielt in der Entfernung, und Ashton stieg aus, begleitet von drei großen Männern in schwarzen Anzügen. Seine blonden Haare wehten im Wind.

Cam schrie zornentbrannt auf und fing an zu schimmern. Er wechselte von einer Tierform zur nächsten, näherte sich Ashton grimmig und fixierte ihn hasserfüllt. Schließlich wählte er die Form eines Löwen – stark und voller Leben, trotz der dunklen Wolken, die im Dämmerlicht über der Klippe hingen.

Aus dem Augenwinkel sah ich, wie mein Dad die Phiole hob.

»Nein, du wirst ihn umbringen!«, schrie ich. »Der Staub hat Ember McClusky getötet!«

Meine Mum starrte entsetzt auf die Phiole und streckte instinktiv die Hand nach ihr aus.

»Wag es nicht, Valerie«, sagte mein Dad.

Sie riss die Hand zurück, während Laura versuchte, sich zwischen ihren Sohn und meinen Dad zu werfen. Aber Ashton riss sie genau in dem Moment zur Seite, als mein Dad den goldenen Staub über Löwen-Cam warf. Die Wellen brausten gerade gegen die Klippen, als er Staub auf ihn herabrieselte. Langsam verwandelte er sich zurück in seine eigentliche Form, seine smaragdgrünen Augen, die er auf mich gerichtet hatte, waren plötzlich ruhig und voller Liebe, als er stolpernd und nackt vor uns zum Stehen kam. Laura entwand sich Ashtons Griff und rannte zu ihrem Sohn.

»Wie viel Staub haben Sie benutzt?«, schrie Laura meinen Dad an. »*Wie viel?*«

Mein Dad betrachtete die Phiole, während ich entsetzt zu Cam lief.

»Mach dir keine Sorgen um mich, Tori«, krächzte er und begann zu schwanken. »Ich habe es gesehen, es war nur ein bisschen.«

Einer von den Altus-Männern packte Cam und zog

ihn von mir weg. Ich war kurz davor, ihnen nachzurennen, als ein riesiger Falke auf ihn zuschoss.

»Seth?«, schrie Laura hoffnungsvoll.

Ashton rannte vorwärts, zog seinerseits eine Phiole aus der Tasche und warf ein wenig Staub in Richtung des Falken. Der Vogel schrie und schwebte für einen Moment unbeweglich in der Luft, bevor er in Spiralen zu Boden sank und sich dort in Angel verwandelte. Ihre schwarzen Augen blitzten vor Wut. Aber dann verwandelte sie sich langsam und mit schmerzverzerrtem Gesicht in ein unscheinbares, dickliches Mädchen. Ein Stöhnen entkam ihren Lippen, als sie auf die Knie fiel.

Das war die wahre Angel?

Cam kämpfte gegen die Männer von Altus, um Ashton zu erreichen, der ihn spöttisch beobachtete. »Kannst du dich etwa nicht verwandeln, Chase?«

Ich konnte an Cams frustriertem Gesicht sehen, dass Ashton recht hatte. In der Zwischenzeit hatte ein anderer Mann Olivia aus dem Cottage geholt und führte sie zusammen mit Laura zu einem Auto. Dann zerrten sie Cam zu einem anderen Wagen, aber bevor sie ihn hineinstoßen konnten, drehte er sich zu mir. »Ich komme und hole dich, Tori. Ich werde dich holen kommen!«

Ich rannte auf den Wagen zu, aber Ashton hielt mich fest. »Es ist vorbei, Tori.«

Kapitel 15

Auf der Rückfahrt nach Middleton weigerte ich mich, mit meinen Eltern zu reden. Meine Mum saß neben mir auf der Rückbank und versuchte ihren Arm um mich zu legen, aber ich rutschte von ihr weg und drückte mich gegen die Scheibe. Sie hatte mich enttäuscht, und zwar tief. Ich konnte ihr nicht mehr ins Gesicht sehen. Die Augen meines Dads schossen immer wieder zum Rückspiegel, und ich starrte ihn böse an, legte meinen gesamten Hass und all meine Trauer in diesen Blick. Ich versuchte sogar die Tür aufzureißen, als wir an einer Ampel hielten, aber mein Dad hatte die Kindersicherung aktiviert. *Die Kindersicherung!*

Also starrte ich hilflos aus dem Fenster, in der Hand die Kette mit dem Kristallanhänger, die Cam für mich gemacht hatte, und schloss jedes Mal die Augen, wenn ich daran dachte, wie der Staub auf ihn gefallen war.

Schließlich hielt der Wagen, und mir wurde schlecht, als ich zu unserem Haus aufsah. *Willkommen zurück in der Vorstadthölle.* Mein Dad sprang aus dem Auto und öffnete mir die Tür, aber ich blieb einfach mit verschränkten Armen sitzen und starrte geradeaus.

»Tori, bitte, mach es uns nicht noch schwieriger. Ich habe all das für dich getan, zu deinem Besten. Cam Chase ...«

Ich hielt mir die Hände auf die Ohren. »Ich will nicht noch mal hören, wie du seinen Namen aussprichst!«

Er packte meinen Arm und zog mich aus dem Auto. Dann stieß er mich den Weg zum Haus vor sich her, während die Vorhänge der Nachbarn unauffällig zur Seite geschoben wurden. Als wir drinnen waren, drehte er sich zu mir um und legte die Hände auf meine Schultern. »Ich will, dass du weißt, dass ich dich sehr liebe und ...«

Ich schubste ihn weg, rannte nach oben, warf mich auf mein Bett und drückte mir ein Kissen über den Kopf. Ich konnte das alles nicht mehr ertragen. Dass ich Cam vielleicht nie wiedersehen würde. Dass ich für den Rest meiner Teenagertage in diesem Haus eingeschlossen sein würde. Dass mein eigener Dad den Jungen verletzt hatte, den ich liebte.

Durch das Kissen hörte ich das Klicken eines Schlosses. *Das darf nicht wahr sein!* Ich rannte zur Tür und drückte die Klinke, aber sie öffnete sich nicht. Ich legte mein Ohr an die Tür und hörte jemanden auf der andere Seite atmen.

»Du hast mich eingeschlossen?«, sagte ich.

»Es ist eine vorübergehende Sicherheitsmaßnahme«, antwortete mein Dad. »Ich kann nicht riskieren, dass du wieder wegläufst!«

Ich lief zum Fenster und drehte den Griff. Plötzlich erklang ein furchtbarer Heulton. Was zur Hölle …

»Valerie, den Code!«, hörte ich meinen Dad schreien. Die Alarmanlage stoppte ihr schreckliches Geheul.

»Du hast die Fenster gesichert?«, schrie ich ungläubig.

»George hat es uns empfohlen.«

»Ich kann es nicht fassen! Du hältst mich als Gefangene, Dad. Ich bin sechzehn. Mich gegen meinen Willen festzuhalten ist illegal! Ich werde die Polizei rufen, ich werde …«

»Ich habe die Polizei bereits über deine psychische Verfassung informiert. Sie wissen, dass wir dir momentan die Verantwortung für deine eigene Sicherheit nicht anvertrauen dürfen.« Seine Stimme wurde weicher. »Wie gesagt, es ist eine vorübergehende Maßnahme, Tori, bis du dich wieder gefangen hast.« Ich hörte, wie er die Treppe hinunterging.

Ich ließ mich aufs Bett fallen. Endlich hatte er, was er wollte: mich unter seiner hundertprozentigen Kontrolle. Genau wie Cam jetzt unter der Kontrolle von Altus war. Ich konnte nur in meinem Zimmer vor mich hin brüten und meine Flucht planen. *Ich werde zu Altus gehen, Cam finden und ihm bei der Flucht helfen.*

Später am Nachmittag klingelte es an der Tür. Ich rannte zum Fenster und war überrascht, Laura vor dem Haus stehen zu sehen. Ihr Gesicht leuchtete auf, als sie mich sah, dann öffnete sich die Tür, und sie eilte darauf zu.

»Verschwinde, Laura«, hörte ich meinen Dad sagen, der sofort die Tür wieder schließen wollte.

»Gib mir meine Söhne zurück, du Mistkerl!«, schrie Laura. Ich drückte mein Gesicht an die Scheibe, um den gesamten Eingangsbereich zu überblicken.

»Max, bitte, was ist los?«, fragte meine Mum aus dem Flur.

Mein Dad zögerte, und Laura ergriff die Chance, ihren Kopf durch den Türspalt zu schieben. »Sie sind Valerie, richtig?«, fragte sie mit panischer Stimme. »Ich wette, Sie haben eine Heidenangst gehabt, als Tori verschwunden ist.«

»Ja, das hatte ich, ich …«

Laura schob ihren Arm an der Tür vorbei und packte die Hand meiner Mum. »Dann werden Sie sicher verstehen, wie ich mich fühle. Bitte helfen Sie mir, meine Söhne zurückzubekommen!«

»Ich schließe jetzt die Tür«, sagte mein Dad. Laura sprang aus dem Weg, als er sie zuknallte. »Diese Frau ist völlig außer Kontrolle«, hörte ich ihn sagen.

Laura rannte den Weg zu ihrem Auto zurück, dann machte sie auf dem Absatz kehrt, um zu mir nach oben zu sehen. Ich presste meine Hände gegen das Fenster, und sie presste ihre Hand über den Mund, während ihr Tränen über die Wange liefen. Dann drehte sie sich um und lief weg.

Ein paar Stunden später klopfte meine Mum an die Tür. Sie war bis jetzt nur vorbeigekommen, um mir Essen und Trinken zu bringen – meine Weigerung, mit ihr zu reden, hatte sie schnell vertrieben.

»Hast du gesehen, wie verzweifelt Cams Mum war?«, fragte ich, als sie mein Zimmer betrat. »Kannst du nicht verstehen, was sie durchmacht?«

Sie drehte sich zu mir um, und mir fiel ein neuer Bluterguss auf ihrem Gesicht auf. »Natürlich verstehe ich das. Ich habe sogar versucht, mit deinem Dad zu reden, aber …« Sie berührte die Verletzung. »Außerdem bin ich gekommen, um dir zu sagen, dass Lottie und Caitlin hier sind.«

»Wirklich?« Ich lächelte zum ersten Mal, seitdem ich eingesperrt wurde. Mir war bis jetzt nicht klar gewesen, wie sehr ich meine Freundinnen vermisst hatte … und wie sehr ich sie momentan brauchte. »Schick sie hoch!«

Sie warf einen nervösen Blick zur Tür. »Sie müssen aber wieder weg sein, wenn dein Dad zurückkommt. Er würde nicht wollen, dass Lottie hier ist.« Ihre Hand glitt wieder zu ihrem Gesicht. »Versprichst du mir, ihm nichts zu sagen?«

Ich griff nach ihrer Hand. »Versprochen, Mum. Ich wünschte …« Ich schaute auf unsere Hände, während mir Tränen in die Augen stiegen. »Ich wünschte, du würdest dich ihm gegenüber mehr behaupten.«

»Ich bin nicht stark genug, Tori.«

»Das sieht so aus, aber ich denke, du ahnst gar nicht, wie stark du sein könntest.«

Sie streichelte meine Wange. »Es tut mir leid, dass ich das alles zugelassen habe, Liebling. Er hat wirklich versprochen, in Therapie zu gehen. Er … er hat gesagt, du bräuchtest auch Hilfe, dass du gerade eine *Phase* durchmachst …«

»Er ist schon sein gesamtes Leben in so einer Phase.«

Sie lächelte schwach. »Ich hole die Mädchen hoch.«

Ein paar Minuten später spähte Caitlin in den Raum. Ich sprang auf und riss die Tür auf. »Cait!«, schrie ich und umarmte sie fest.

Lottie kam hinter ihr herein und musterte mich von oben bis unten. »Süße, du bist so dünn, hat Cam dir nichts zu essen gegeben?«

Ich knallte die Tür zu und winkte sie zum Bett. »Ich hoffe, ihr habt diese dämliche Geschichte nicht geglaubt, die mein Dad verbreitet hat. Cam hat mich nicht entführt.«

»Ich wusste es!«, sagte Lottie und schlug mit der Faust aufs Bett. »Ich wusste, dass dein Dad Scheiße verzapft, als er behauptet hat, du hättest einen Nervenzusammenbruch gehabt!«

Ich lachte. »Nervenzusammenbruch? Was für ein Dreck.«

»Also, warum bist du mit Cam weggelaufen?«, fragte Caitlin.

Ich dachte darüber nach, ihnen von Cams Fähigkeiten zu erzählen. Beziehungsweise von den Fähigkeiten, die er einmal gehabt hatte. Aber ich hatte Cam versprochen, nie etwas zu sagen. Ich umklammerte den Anhänger meiner Kette. »Ich habe erfahren, dass Altus gewisse fruchtbarkeitssteigernde Experimente durchgeführt hat, die zu Geburtsfehlern führten.«

»Was für Geburtsfehler?«, fragte Caitlin mit weit aufgerissenen Augen.

»Ich kann nicht alles erklären, es ist viel zu kompliziert. Aber Cam ist zusammen mit seiner Mum nach England gekommen, um der Sache auf den Grund zu gehen. Er gehört nämlich zu den Kindern, die so einen Geburtsfehler haben. Als wir zusammengekommen sind, hat er …«

»Ich habe dir doch gesagt, dass da was läuft!«, rief Lottie und stieß Caitlin mit der Schulter an. »Stille Wasser sind tief!«

»Zurück zum Thema«, meinte ich und versuchte, nicht zu lächeln. »Mein Dad hat herausgefunden, dass ich Bescheid wusste. Erinnert ihr euch an diesen Energiedeal von Altus?« Beide nickten. »Altus ist kurz davor, einen Vertrag mit den USA zu unterschreiben, weshalb sie verzweifelt darauf bedacht sind, dass der Skandal nicht auffliegt. Wir sind geflohen, bevor sie die Chance hatten, uns gefangen zu nehmen.«

Lottie legte den Kopf schräg. »Weißt du, meine Mum hat mal was über diese fruchtbarkeitssteigernden Experimente von Altus gesagt … dass die ganze Sache ein wenig zwielichtig und unter Verschluss sei. Sie arbeitet in letzter Zeit an einer großen Enthüllungsstory über Altus.«

»Ich habe Cams Mum empfohlen, sich mit ihr in Verbindung zu setzen. Sie haben sogar …« Ich zögerte, dachte an Embers zartes Gesicht, und ein Schluchzen stieg in meine Kehle. »Sie haben sogar Kinder umgebracht.«

»Oh Mann«, flüsterte Lottie. Caitlin legte eine Hand vor den Mund, und auch in ihren Augen standen Tränen.

Ich hielt sie beide an den Händen fest. »Ich wusste, dass ihr mir glauben würdet. Mein Dad ist viel zu naiv, wenn er glaubt, ihr würdet auf seine Scheiße reinfallen!«

»Warum sollten wir ihm glauben?«, fragte Lottie. »Er prügelt seine eigene Frau, also …«

Ich erstarrte. »Ihr wusstet es?«

Caitlin lächelte traurig. »Tor, die ganze Stadt weiß es. Die Blutergüsse im Gesicht deiner Mum … wir wussten es schon immer.«

»Ich habe geschworen, ihm die Fresse einzuschlagen, wenn er dich je anfassen sollte«, sagte Lottie und ballte die Hand zur Faust. »Aber dir schien es bislang immer gut zu gehen, also …«

»Zumindest körperlich«, fügte Caitlin hinzu. »Aber wann immer wir angedeutet haben, dass wir es wissen, hast du zugemacht. Du warst immer so traurig, Tori.«

Ich schaute ratlos nach unten auf die Bettdecke. *Die ganze Zeit hatten sie es gewusst?*

Caitlin legte einen Arm um meine Schultern. »Es ist okay, Tor, wir stehen zu dir.«

Lottie streichelte meinen Rücken. »Ja, Süße, wir werden immer für dich da sein. Als wir gehört haben, Cam hätte dich entführt, wussten wir, dass etwas nicht stimmt. Es war so eine lahme Ausrede …«

»Und außerdem wusste ich einfach, dass Cam das nie tun würde! Und ich habe eine ziemlich gute Menschenkenntnis«, erwiderte Caitlin und trocknete sich mit dem Ärmel die Tränen.

»Wir dachten sogar, dein Dad wäre ausgerastet

und hätte dich umgebracht oder so«, sagte Lottie theatralisch.

»Oder Ashton!«, fügte Caitlin hinzu. Wut durchfuhr mich bei seinem Namen. »Alex hat ihn in der Stadt gesehen, nicht wahr, Lots? Hat gesagt, er wäre unrasiert gewesen und hätte irgendwie verrückt ausgesehen. Anscheinend hatte er einen Riesenstreit mit seinem Dad.«

Wir hörten Schritte vor der Tür, und ich sah auf die Uhr. »Ihr geht jetzt besser, mein Dad kommt bald.«

Lottie lehnte sich vor und strich mir übers Haar. »Ich werde mit meiner Mum reden, Süße«, flüsterte sie mir ins Ohr. »Wenn sie rausfindet, dass Altus Kinder umgebracht hat, wird sie das auf keinen Fall ruhen lassen.«

»Sag ihr, sie soll dem Verschwinden der McClusky-Kinder nachgehen – Olivia, Ed und *Ember*«, sagte ich.

Sie zog einen Block aus ihrer Tasche und schrieb sich die Namen auf. Caitlin und ich lächelten uns an. Ich hatte das unbestimmte Gefühl, dass Lottie eine Karriere als Journalistin vor sich hatte.

Nach dem Besuch der beiden fühlte ich mich besser. Mir fehlte immer noch etwas, weil Cam nicht da war, aber endlich fühlte ich mich, als hätte ich etwas getan.

In dieser Nacht träumte ich von Cam. Es war wie einer der Träume, die ich am Anfang unserer Freundschaft gehabt hatte. Wir waren wieder draußen auf dem Feld, und er griff nach mir, während er schimmerte. Als er sich in eine riesige Krähe verwandelte, hatte ich keine Angst. Ich sprang auf seinen Rücken und ließ mich von ihm höher und höher tragen, bis wir den Boden nicht mehr sehen konnten.

Als ich aufwachte, war mein Kissen nass vom Weinen.

Am nächsten Morgen hörte ich ein entschlossenes Klopfen an meiner Zimmertür. Ich ignorierte es und las in meinem Buch weiter. Als es wieder klopfte, hob ich den Kopf und seufzte. »Ja?«

Das Schloss klickte, die Tür öffnete sich … und Ashton kam ins Zimmer.

Kapitel 16

»Verschwinde, verdammt noch mal«, schrie ich und warf mein Buch nach ihm.

Er duckte sich. »Dein Vater hat recht, du hast dich wirklich verändert. Die Tori, die ich mal gekannt habe …«

»… wird ihren irren Exfreund erwürgen, wenn er nicht sofort aus ihrem Zimmer verschwindet.«

»Ist alles okay da oben?«, hörte ich meinen Dad rufen.

»Alles in Ordnung«, erwiderte Ashton. Dann schloss er die Tür hinter sich und lehnte sich dagegen. In seinen Augen blitzte Wut. Und Lottie und Caitlin hatten recht – er sah furchtbar aus, sein Gesicht war voller Bartstoppeln, und dunkle Ringe hingen unter seinen Augen. Sein T-Shirt hatte Flecken, und die Jeans waren verknittert. »Reiß dich zusammen, Tori. Dein Dad hat mich nach oben geschickt, um dich zur Vernunft zu bringen. Wenn du ein braves Mädchen bist, lässt er dich vielleicht raus – in meiner Begleitung, versteht sich.«

»Hm, lass mich kurz darüber nachdenken … Mit

einem Mörder unterwegs sein oder lieber weiter Hausarrest? Das ist eine wirklich schwere Entscheidung.«

Er runzelte die Stirn. »Mörder? Ich weiß nicht, was du damit meinst.«

»Klingelt es vielleicht beim Namen Ember McClusky?«

»Ich hatte doch keine Ahnung, dass eine solche Dosis sie umbringen würde. Niemand hat es mir gesagt! Ich wollte niemals jemandem wehtun, Tori, das musst du wissen.«

»Muss ich? Du magst vielleicht nicht so klingen oder so aussehen, aber du bist *Abschaum*. Du unterscheidest dich kein bisschen von Mistkerlen wie Liam Brown. George muss ja so stolz sein, mit dir ein perfektes Miniaturmodell von sich selbst zu haben.« Ich hielt inne. »Wo wir gerade von deinem Dad reden: Ich nehme an, er war ziemlich sauer, als er gehört hat, dass Cam dir die Kleidung gestohlen und dich in einem Schrank eingesperrt hat?«

Wut flackerte in seinen Augen, dann zwang er sich zur Ruhe, und ein bösartiges Lächeln breitete sich auf seinem Gesicht aus. »Cam lässt dich übrigens grüßen.«

Ich erstarrte, und mein Herz raste. »Du hast ihn gesehen?«

»Dieser Typ hat echte Probleme mit seiner Aggressionsbewältigung.«

»Wehe, du hast ihm wehgetan, Ashton!«

»Das ist schwer, wenn er hinter Sicherheitsglas sitzt!«

Ich dachte an Cam, weggesperrt, ohne seine Fähigkeiten, ganz allein. Aber vielleicht war er ja nicht allein. »Ist er mit Seth zusammen? Oder Angel?«

Er lachte. »Wenn es nach uns geht, wird er seinen Bruder niemals wiedersehen. Sie sind zusammen einfach zu gefährlich.«

»Ihr müsst sie freilassen! Was ihr tut, ist illegal!«

»Soweit die Polizei informiert ist, befindet sich Cam immer noch auf der Flucht. Und diese Angel? Die ist völlig ausgetickt, verhängt alle Spiegel in ihrem Zimmer, schaut ihrem Gegenüber nicht mal in die Augen, damit sie dort nicht ihr eigenes Spiegelbild sieht. Dein Freak-Freund war ziemlich geknickt, als ich ihm von ihrem Zusammenbruch erzählt habe.« Er seufzte, trat einen Schritt auf mich zu, und sein Gesicht wurde weicher. »Tori, ich weiß, dass du glaubst, Cam zu lieben, aber du irrst dich. Er ist einfach nicht dein Typ.«

»Du hast überhaupt keine Ahnung, was mein Typ ist!«

»Ach nein? War ich nicht mal dein Typ? Immerhin bin ich besser als dieser Freak.«

Ich konnte einfach nicht anders. Ich gab ihm eine Ohrfeige.

Ashton stolperte entsetzt nach hinten. »Das wirst du bereuen, Tori«, sagte er, während er sich die Wange rieb. »Wir beide waren füreinander geschaffen.«

»Glaubst du das wirklich, Ashton? Oder geht es hier nur um das, was dein Dad denkt? Hast du mich je wirklich gemocht?«

»Wenn mein Dad diesen Vertrag unterschreibt«, fuhr er fort und ignorierte mich völlig, »wird er zum Milliardär. Du hättest daran teilhaben können. Aber jetzt hast du deine Chance vertan.« Damit stürmte er aus meinem Zimmer.

In dieser Nacht saß ich stundenlang an meinem Fenster und starrte auf die Eiche. Meine Finger hielten den Anhänger meiner Kette fest umschlossen. Ein Teil von mir hoffte, dass Cam als Krähe auftauchen und mit leuchtenden grünen Augen in mein Zimmer segeln würde. Aber ich wusste, dass Cam sich nie wieder verwandeln konnte. Ich drückte die Augen zu und stellte mir intensiv sein gut aussehendes Gesicht und seine faszinierenden Augen vor. Mit diesem Bild schlief ich ein, die Stirn gegen das kalte Fenster gelehnt.

Am nächsten Morgen wurde ich aus dem Schlaf gerissen, weil im Erdgeschoss laut geschrien wurde.

»Aber wie zur Hölle sollen sie es sonst rausgefunden haben, Max?« Es war Georges Stimme, die durchs Haus schallte. »Ist sie wach?«

»George, es ist noch so früh«, rief meine Mum. »Sie …«

Schritte eilten die Treppe nach oben, und ich sprang auf, als die Türklinke sich bewegte. »Lass mich rein, Max!«

»George, beruhige dich«, hörte ich meinen Dad sagen.

»*Lass mich rein,* verdammt noch mal. Ich schwöre, du wirst es sonst bereuen.« Der Schlüssel drehte sich im Schloss, und George jagte mit einer Ausgabe der Middleton Gazette in der Hand in den Raum. »Warst du das?«, schrie er, sein Gesicht war wutverzerrt.

Ich starrte auf die Zeitung. *Fruchtbarkeitsbehandlung von Altus verursacht Geburtsschäden* war die Überschrift des Leitartikels. Darunter stand etwas kleiner: *E-Mail beweist, dass mehrfacher Milliardendeal vielleicht geplatzt ist. Robyn Slingsby berichtet.*

Ich konnte nicht anders. Ich lächelte. Lotties Mum hatte es geschafft, sie hatte den Energiedeal offenbar gestoppt! George stürmte vor und packte meine Schulter, während er mit der Zeitung vor meiner Nase herumwedelte. »*Du* warst es!«

»George, hör auf!«, schrie mein Dad und zog ihn von mir weg.

»Du hast gesagt, du würdest deine Tochter unter Kontrolle bringen, Max. Das sieht für mich nicht nach Kontrolle aus.« Er drehte sich wieder zu mir um, und für einen Moment verließ der Zorn sein Gesicht, sodass ich einfach nur einen gebrochenen Mann vor mir sah. »Du hast mich ruiniert.«

»Sie haben sich selbst ruiniert, George«, sagte ich. »Sie haben das Leben von Hunderten von Kindern vermurkst und zwei von ihnen umgebracht, vielleicht sogar noch mehr, von denen ich nichts weiß. Andere haben Sie entführen lassen.«

Seine Wut kehrte zurück, und mein Dad packte ihn am Arm. »Jeder hätte dich anschwärzen können, George. Gott weiß, dass du dir unter den Angestellten Feinde gemacht hast. Immerhin erwähnt der Artikel in keiner Zeile die Gestaltwandler!«

George schüttelte meinen Dad ab. »Das ist auch gar nicht nötig, allein das Wort Geburtsfehler lässt den Deal platzen, besonders, wenn das Ganze noch durch diese dämliche E-Mail untermauert wird, die Slingsby ausgegraben hat! Das reicht als Beweis. Es ist vorbei, Max, und es ist dein Fehler. Der Fehler deiner Familie. Zusammen mit der Flucht des Chase-Bruders ...«

Ich trat einen Schritt nach vorne, und mein Herz raste. »Cam ist entkommen?«

George starrte mich böse an. »Dein inkompetenter Vater hat erneut einen Chase-Bruder entkommen lassen. Er hat ihn nicht mit genug Staub behandelt.«

Cam kann sich verwandeln?

»Ich habe dir bereits gesagt, dass die Dosis hoch genug war. Selbst unsere Wissenschaftler verstehen nicht, wie er sich wieder verwandeln konnte. Sie sind genauso ratlos wie ich. Ich habe dir gesagt, dass ich ihn finden werde, George, er wird auf jeden Fall versuchen, zu Tori zu gelangen, ich kann ...«

»Diese Chance wirst du nicht bekommen. Du bist gefeuert, Max. Die gesamte Operation ist beendet.« Seine Schultern sackten nach unten. »Es hat keinen Sinn mehr.«

Mein Dad riss überrascht die Augen auf. »Aber ...«

»Du hast mich enttäuscht! Du und Ashton habt alles versaut. Altus ist ruiniert!« Mit diesen Worten stürmte er aus dem Zimmer.

Mein Dad durchbohrte mich mit Blicken und zitterte vor Wut. »Schau dir an, was du getan hast ... was Chase getan hat!«

Ich dachte, er würde mich schlagen, aber stattdessen rannte er aus dem Raum und verschloss die Tür hinter sich, bevor er die Stufen hinunterpolterte. Ich ging zu meinem Fenster und beobachtete, wie er auf der Auffahrt hinter George hereilte. Dann suchte ich den Himmel nach einer vertrauten Krähe ab. Ein Teil von mir wollte, dass Cam mich suchen kam, aber meine vernünftigere Hälfte wusste, dass es dumm wäre. Wenn ich nur irgendwie fliehen und ihn suchen könnte!

Ich legte meine Hand ans Glas und erinnerte mich daran, wie ich mir vor ein paar Wochen vorgestellt hatte, ich könnte mich durch das Fenster brennen. So blieb ich stehen, während ich beobachtete, wie mein Dad und George sich in der Einfahrt unterhielten. Nach ein paar Minuten stürmte mein Dad mit wütender Miene zurück ins Haus.

»Chase wird hierherkommen, das weiß ich«, hörte ich ihn schreien, als er die Stufen hinaufstürmte. »Und ich werde auf ihn warten, direkt vor deiner Tür. Irgendein Geräusch in der Nacht, irgendeine Bewegung – und ich bin bei dir!«

»Hast du George nicht zugehört«, schrie ich zurück. »Es ist vorbei, was soll das Ganze noch? Lass Cam in Ruhe!«

»Es geht mir um dich, Tori! Er hat dich mir weggenommen.« Ein paar Minuten später hörte ich, wie er einen Stuhl durch den Flur zog. Er meinte es ernst!

In dieser Nacht konnte ich nicht schlafen. Mein Dad atmete vor meiner Tür, und der Gedanke daran, wie Cam direkt in die Schusslinie lief, sorgte dafür, dass mein Körper steif vor Angst wurde. Jeder Vogel, der vorbeiflog, und jedes Bellen in der Nachbarschaft ließen mein Herz rasen.

Als ich ein sanftes Picken am Fenster hörte, dachte ich für einen Moment, ich würde es mir nur einbilden. Ich setzte mich im Bett auf und sah zum Fenster. Vor der Scheibe saß eine große, schwarze Krähe – eine Krähe mit smaragdgrünen Augen! Ich wollte unbedingt aufspringen und am liebsten das Glas einschlagen, nur um ihn zu berühren. Aber ich wusste, dass mein Dad vor der Tür saß, also legte ich stattdessen einen Finger an die Lippen und zeigte auf meine Tür.

Er rutschte näher ans Fenster. Der warme Atem aus seinem Schnabel legte sich wie Nebel auf die Scheibe. Dann fing er an, seinen Schnabel über das Glas zu ziehen, und erzeugte damit das unangenehme Geräusch von Fingernägeln auf einer Tafel. Ich sah, dass er mit dem Schnabel das Wort »Feld« geschrieben hatte. *Meinte er das Feld, auf dem wir uns das erste Mal begegnet waren?*

Ich hörte eine Bewegung im Flur, und Krähen-Cams Augen schossen zur Zimmertür. Der Schlüssel drehte sich im Schloss, und mein Dad stürmte in den Raum, die Augen auf Cam gerichtet. Ich keuchte, als mir klar wurde, dass er ein Gewehr in der Hand hatte.

Ich sprang aus dem Bett und rannte zum Fenster, um ihm die Sicht zu versperren. Aber mein Dad stieß mich einfach aus dem Weg. Krähen-Cam entfaltete die schwarzen Flügel, aber er wartete einen Moment und starrte mich an. Dann erschütterte ein lauter

Knall den Raum, das Fenster zerbarst, und überall flogen Scherben herum.

Mein Dad stolperte rückwärts, während Rauch aus dem Lauf seines Gewehrs aufstieg. Ich stürzte zum Fenster. Gezackte Scherben funkelten im Mondlicht wie die Zähne eines Hais. Als ich sah, dass Krähen-Cam in die Nacht davonflog, überflutete mich die Erleichterung. Aber sie wurde schnell von Angst verdrängt, denn ich beobachtete, dass er einen seiner Flügel in einem unnatürlichen Winkel hielt und sich seltsam bewegte, immer auf und ab, während er sich durch die Luft kämpfte.

In den Häusern der Nachbarn gingen Lichter an, und eine Gestalt rannte in die Einfahrt. Sie sah zu mir auf und fing meinen Blick ein. *Ashton.*

Mein Dad drückte sich an mir vorbei ans Fenster. »Ich habe Chase angeschossen!«, schrie er Ashton zu. Seine Augen glänzten aufgeregt.

Ashton sah sich um und bemerkte die Gesichter an den Fenstern der Nachbarschaft. »Reiß dich zusammen, Max!«

Mein Dad folgte seinem Blick. »Natürlich, tut mir leid.« Er senkte die Stimme und beugte sich aus dem Fenster, scheinbar ohne zu bemerken, dass Scherben in seine Hände schnitten. »Ich komme runter, wir werden ihn jagen! Mit einer Verletzung wird er nicht weit kommen!«

»Max, mein Vater hat dich gefeuert«, sagte Ashton. »Er hat mir gesagt, dass du dich nicht einmischen sollst. Außerdem wird es sowieso unmöglich, Cam zu finden – er fliegt!«

»Warum bist du dann hier?«, fragte mein Dad. Ashtons Blick schoss zu mir. Die Miene meines Dads wurde finster. »Mir ist egal, was George sagt. Ich will Cam erwischen, er hat mir meine Tochter gestohlen!«

Dann rannte er zur Treppe, aber meine Mum trat ihm in den Weg. »Du gehst nicht«, sagte sie mit zitternder Stimme.

»Valerie, lass mich vorbei.«

»Du hast genug Schaden angerichtet, Max. Es reicht.«

Wut explodierte in seinem Gesicht, und er hob die Hand, um sie zu schlagen. Ich sprang dazwischen. Meine Mum sah mich an, und irgendetwas geschah zwischen uns, ein Moment des gegenseitigen Verständnisses ... als würden wir gleichzeitig begreifen, dass dies die Chance war, uns zu befreien. *Genug. Nie wieder*.

Er versuchte uns zur Seite zu schieben, aber meine Mum klammerte sich an seinen Arm. »Du darfst diesen Jungen nicht verletzen, er ist nur ein Kind.«

»Ich habe dir doch gesagt, Valerie, wie gefährlich er ist.«

»Das glaube ich dir nicht. Tori mag ihn, und das bedeutet, dass er ein guter Mensch ist.«

Mein Dad lachte. »Ihr seid beide so jämmerlich.«

Er stieß uns aus dem Weg und wollte nach unten laufen, aber er stolperte, und sein Fuß verpasste die erste Treppenstufe. Meine Mum streckte die Hand nach ihm aus und packte gerade rechtzeitig sein Handgelenk, um ihn vor dem Sturz zu bewahren.

»Zieh mich hoch, du dumme Kuh!«, schrie er.

Sie verzog den Mund, dann ließ sie ihn los. Er fiel rückwärts die Treppe hinunter und blieb bewusstlos unten liegen. Ich starrte ihn schockiert an, bis meine Mum mich in mein Zimmer zerrte und die Tür schloss.

»Mum, du – er – oh mein Gott.«

»Er kommt schon in Ordnung, er hat mir schon Schlimmeres angetan, und ich habe es überlebt.« Sie rannte durch mein Zimmer, und ihre nackten Füße traten auf Scherben, als sie sich aus dem Fenster lehnte. »An Ashton kommst du nicht vorbei.« Sie packte meine Decke und legte sie über die Scherben, die noch im Fensterrahmen steckten. »Gib mir das rosa Kapuzenshirt, das Ashton dir geschenkt hat.«

»Ich verstehe nicht ...«

»Tu es einfach, Tori!« Ich wich zurück, überrascht von der Stärke ihrer Stimme. Vor mir stand die Frau, die seit Jahren meinen Dad ertragen hatte. Die danebengestanden hatte, als er mich eingesperrt hatte. Die zugelassen hatte, dass er Cam wehtat! Und trotzdem war sie plötzlich so stark, so wild und so entschlossen. Als ich ihr das Shirt aus einer Schublade reichte, wurde ihr Gesicht weich, und sie streichelte meine Wange. »Es tut mir leid, dass ich nur zugesehen und damit zugelassen habe, dass all das passiert. Ich wollte dich immer nur vor dem beschützen, was er mir angetan hat. Du weißt, dass ich dich liebe?«

»Das weiß ich. Ich liebe dich auch, Mum.«

Sie lächelte. »Ich werde so tun, als wäre ich du, damit du zu Cam kannst, ohne dass Ashton dir folgt. Dafür brauche ich dieses Kapuzenshirt. Ashton wird es wiedererkennen.« Sie zog es sich über den Kopf, setzte die Kapuze auf und legte dann ihre Hand über meine. »Spring auf das Vordach und klettere nach unten. Ich werde ihn glauben lassen, du wärst durch die Hintertür geflohen, dann werde ich eine Zeit lang verschwinden, um dir einen Vorsprung zu geben. Ich rufe Laura an – sie hat mir ihre Nummer zugesteckt, als sie neulich meine Hand gepackt hat. Ich weiß, dass sie auf dich aufpassen wird, bis … bis wir uns wiedersehen.« Ich drückte ihre zarte Hand, und wir blickten uns für einen Augenblick tief in die Augen. Wir beide ahnten, dass wir uns vielleicht für eine lange Zeit nicht wiedersehen würden.

»Ashton«, schrie sie plötzlich und brach damit die Stille. »Tori ist zur Hintertür gelaufen. Ich fürchte, dass sie Chase folgen wird. Wir müssen sie suchen!« Als wir hörten, wie das Gartentor aufschwang, griff ich nach meiner Strickjacke, und meine Mum half mir, auf den Fenstersims zu klettern.

Ich zögerte und sah ihr fest in ihre blauen Augen. »Danke, Mum. Das werde ich dir nie vergessen.«

Sie lächelte, dann rannte sie aus dem Zimmer. Ich ließ die Beine über den Rand baumeln, bis ich das Vordach unter meinen Füßen spürte, dann trat ich vorsichtig darauf. Ich warf einen letzten Blick in mein Zimmer und bemerkte einen blutigen Fußabdruck im Flur. *Der Fußabdruck meiner Mum.* Ich unterdrückte ein Schluchzen, als mir klar wurde, was sie für mich getan hatte. Dann sammelte ich mich – *Cam braucht meine Hilfe* – und kletterte vorsichtig in den Vorgarten.

Sirenen heulten in der Ferne, und die Nachbarn traten vor ihre Häuser, während ich unbemerkt in der Dunkelheit verschwand und mich auf den Weg zum Feld machte.

Kapitel 17

Als ich dort ankam, sah alles genauso aus wie in jener ersten Nacht: Silbern leuchtete das Licht des Vollmonds, dunkle Wolken standen am Himmel. Ich suchte das Feld nach Cam ab, konnte aber nichts außer den schlammigen See und den zerfallenen alten Wohnwagen, dessen Umriss im Mondlicht glitzerte, entdecken.

Der Wohnwagen!

Ich rannte darauf zu und bemerkte, dass Cam davor zusammengesunken war. Er riss den Kopf hoch, seine grünen Augen leuchteten in der Dunkelheit. Dann versuchte er auf die Beine zu kommen, wobei er seine Hände an den Körper presste.

»Bist du verletzt?« Meine Hand zitterte, als ich sie auf seine Schulter legte, und überall auf seinem nackten Bauch sah ich Blut – und ein kleines Einschussloch unter den Rippen. »Oh nein.«

»Es ist nichts.«

Blut sickerte aus der Wunde, und er wurde noch bleicher. »Oh Gott, Cam, du verlierst zu viel Blut. Ich muss dich in ein Krankenhaus bringen. Ich habe mein

Handy zwar nicht dabei, aber ich kann dich stützen … Wir können zu einem Haus in der Nähe gehen, dann können wir …«

»Keine Krankenhäuser, da lauert nur wieder Altus auf mich. Sie haben unsere Blutgruppe sowieso nicht vorrätig, Freaks wie mir können sie nicht helfen.« Er verzog das Gesicht und schaute wieder auf die Wunde. Panik breitete sich auf seinem Gesicht aus. Dann schimmerte seine Haut, und die Wunde verschwand. Er lächelte schwach, und seine Grübchen leuchteten im Mondlicht. »Siehst du – weg.«

»Lass das, Cam, ich weiß, dass sie noch da ist.«

Er schaute zum Mond auf, und ich folgte seinem Blick. »An dem Tag, an dem wir uns getroffen haben, war auch Vollmond, richtig?« Ich nickte, während Tränen über meine Wangen liefen. »Unser Dad hat uns einmal eine Geschichte erzählt, sie stammt von den amerikanischen Indianern. Über einen Jungen namens Laufende Antilope. Er verliebte sich in ein wunderschönes Mädchen, aber der Häuptling des Dorfes entführte sie. Laufende Antilope wollte sie retten, wurde aber von dem Häuptling in einen See getrieben.«

»Warum erzählst du mir das, Cam?«

»Hör einfach zu.« Er schaute zu dem schlammigen See, in dem sich der Mond spiegelte. »Der Häuptling wollte ihn töten, also flehte der Junge den See an, ihn zu retten. Er erfüllte ihm seinen Wunsch und verwandelte ihn in den Mann im Mond, dann tötete er den Häuptling. Laufende Antilope konnte das Mädchen nicht mehr berühren, aber er konnte sie von dort, wo er war, immer sehen.« Cam sah zu den Sternen auf, zum Kleinen Wagen – oder dem Kleinen Bären – über uns. »Der Junge war bei seinen Freunden, den Sternen. Der Kleine Bär und der Große Bär … sie alle waren vor dem Häuptling sicher.« Seine Stimme war schwach. Zu schwach. Er streichelte mein Gesicht, und ich konnte auch dort sein Blut fühlen. »Deshalb war es nicht umsonst.«

Er stöhnte, und seine Hand glitt nach unten, wo die Wunde wieder aufgetaucht war. Ich schlüpfte aus meiner Strickjacke und drückte sie auf seine Wunde. Sofort verfärbte sie sich rot und hob sich deutlich von seiner zu bleichen Haut ab.

Ich muss einen Notarzt rufen oder irgendwas tun. Er verliert zu viel Blut!

Dann nahm ich eine Bewegung in der Nähe wahr. Als ich mich umdrehte, gewahrte ich eine Gestalt, die auf uns zukam. *Ashton*. Er streckte die Hand aus und zog mich nach oben, während ich nach ihm trat. »War ein bisschen dämlich, dass du diese Nachricht auf ihrer Fensterscheibe hinterlassen hast, Chase. Der Mann im Mond wollte offensichtlich, dass ich sie finde, denn genau diese Scherbe lag im Mondlicht auf dem vorderen Rasen!«

»Lass sie in Ruhe!«, sagte Cam und versuchte auf die Füße zu kommen, während er die Hände an seine Wunde presste.

Ashton riss die Augen auf, als er das Blut bemerkte, das zwischen Cams Fingern herausfloss. Ich nutzte die Chance, um ihn wegzustoßen. Dann zog ich mein Bein an, trat nach vorne – eine klassische Arabeske aus dem Ballett – und rammte meinen Fuß gegen Ashtons Brust.

Er stolperte nach hinten. Cam stürzte sich auf ihn und schimmerte, als sie zusammen auf den Boden fielen. Eine einsame Wolke schob sich vor den Mond, und wir standen plötzlich in absoluter Dunkelheit. Ich bemühte mich, die beiden zu erkennen, und hatte panische Angst, dass Ashton Cam noch stärker verletzen würde.

Dann verzog sich die Wolke, und ich keuchte, als mir aufging, dass Ashton schimmerte! Beide schimmerten!

Ashton ist ein Gestaltwandler?

Aber das hätte ich doch wissen müssen – oder? Ich beobachtete ängstlich, wie sie miteinander rangen. Das Mondlicht wurde von ihrer schimmernden Haut zurückgeworfen, während sich eine unglaubliche magnetische Energie zwischen ihnen auflud.

Dann erstarrte Cam und riss die Augen auf, als er Ashtons schimmernde Umrisse bemerkte. »Was zur …«

Ashton hielt ebenfalls inne und sprang zurück – in seinem Gesicht stand Panik. »Du hast mich dazu gebracht!«

»Dazu gebracht? Mich hast du Freak genannt, und die ganze Zeit warst du …« Cam schwankte leicht, und seine Augen schossen zu mir. Dann fiel er in sich zusammen.

Ich rannte zu ihm und kniete mich neben ihm ins Gras. Sein Gesicht war unglaublich bleich, und er atmete schwer. »Cam!«, schrie ich und schüttelte ihn.

Er öffnete die Augen einen Spalt weit. »Es ist okay, Tori!«, flüsterte er.

Ashton stand direkt neben uns. »Es ist nur ein Kratzer, Tori, er wird schon wieder.«

»Er hat eine Schusswunde im Bauch! Ich habe mein Handy nicht dabei, deshalb musst du den Notarzt rufen!«

Ashton wich zurück und schüttelte den Kopf. »In den Bauch? Aber …«

Ich streckte die Hand aus. »Dein Handy, Ashton!«

»Ich habe es zu Hause gelassen«, sagte er schließlich. »Ich kann zurücklaufen … oder ihn selbst ins Krankenhaus bringen.«

»Verwandle dich, dann geht es schneller«, presste Cam zwischen den zusammengebissenen Zähnen hervor.

Ashton verzog angewidert den Mund. »Ich bin keiner von euch.«

»Wie erklärst du dir dann, was gerade passiert ist?«, fragte ich.

»Das ist nur geschehen, weil ich Chase berührt habe.«

Ich runzelte die Stirn. »Aber …«

»Ist Chase tot?« Wir drehten uns um. Mein Dad humpelte auf uns zu, während er mit einer Hand Lauras Arm gepackt hielt.

Kalte Schauder liefen mir über den Rücken, und instinktiv beugte ich mich über Cam, um ihn zu schützen. »Verschwinde!«, schrie ich.

Laura gelang es, sich aus seinem Griff zu entwinden, und lief zu Cam. Ihre Augen saugten sich an seinem blutigen Bauch fest. »Valerie hat mich gerade angerufen. Oh mein Gott, was ist passiert?«

Cam bemühte sich um ein Lächeln. »Mum, ehrlich, mir geht's gut, es ist nur …«

»Mein Dad hat ihn angeschossen.« Ich streichelte Cams Arm und bemerkte, dass das magnetische Ziehen nicht so stark war wie sonst. Nur ein Hauch, wie ein Kräuseln auf dem Wasser. Ich durfte nicht darüber nachdenken, was das bedeuten konnte …

Laura sah meinen Dad entsetzt an. »Angeschossen! Auf meinen Sohn geschossen?«

»Er hat versucht ins Zimmer meiner Tochter einzudringen!«

Ashton schüttelte ungläubig den Kopf. »Verdammt noch mal, Max, diesmal bist du zu weit gegangen.«

»Ach was, trittst du plötzlich für deinen Bruder ein, Ashton?«, fragte mein Dad.

Cam sah Ashton an. »Bruder?«

»Seth?«, fügte Laura hinzu.

Ashton lachte. »Seth Chase? Macht ihr Witze? Max hat keine Ahnung, wovon er redet – er hat offensichtlich den Verstand verloren!«

»Das hättest du gerne!«, blaffte mein Dad. »George hat es vor dir geheim gehalten. Er hat es selbst mir verschwiegen, bis ich es anhand des Blutes von Chase rausgefunden habe.«

»Was redest du da, Dad?«

Er schaute mich an, und sein Gesicht wurde weicher. »Georges Ehefrau Sarah erlitt eine Fehlgeburt nach der anderen, jede Menge. Dann trug sie ein Kind bis zum Schluss aus, aber das Baby war …«

»Eine Totgeburt«, beendete Laura den Satz. »Ich weiß – sie war zusammen mit mir auf der Entbindungsstation.«

»Ich verstehe nicht …«, sagte Cam schwach. Mit gerunzelter Stirn starrte er Laura an.

»Sarah hat daraufhin den Verstand verloren«, fuhr mein Dad fort. »Sie hat Lauras dritten Sohn an sich genommen, den schwachen … denjenigen, von dem Laura dachte, er wäre gestorben. Sie hat die Babys *vertauscht.*«

Laura stöhnte auf und schlug die Hände vors Gesicht. »Oh, nein.«

»Ich glaube dir nicht«, rief Ashton.

Cam starrte Ashton an. »*Deswegen* hast du gerade geschimmert! Du bist wirklich mein Bruder?«

»Ich habe dir doch gesagt, dass ich kein Freak bin wie du!«, sagte Ashton. »*Du* hast mich gerade zum Schimmern gebracht. Und auf dem Jahrmarkt auch! Es ergibt keinen Sinn. Der Abeo-Staub sollte mich doch *heilen.*«

»Heilen?«, fragte ich. »Das alles ist komplett verrückt. Könnte mir bitte jemand erklären, was hier abgeht?«

»Das war überhaupt erst der Grund, warum George Wissenschaftler dazu gebracht hat, den Abeo-Staub zu verändern, nicht wahr, Ashton?«, sagte mein Dad, und Triumph blitzte in seinen Augen auf. »Um dich zu heilen. Um dich davon abzuhalten, dich wieder zu verwandeln und die Kontrolle zu verlieren. Um zu verhindern, dass du wieder tötest, so wie du Sarah umgebracht hast, die Frau, die du für deine

Mutter gehalten hast! Welche Ironie, dass der Versuch, die mörderische Veranlagung seines Sohnes zu verstecken, zu dem Durchbruch bei den regenerativen Energien geführt hat.«

Ashton riss die Augen auf und fing an zu zittern. Ich schüttelte den Kopf, weil ich nicht ganz glauben konnte, welche neue Konstellation sich hier entwickelte. Ich war mit Ashton ausgegangen. Wir kannten einander seit Jahren. Wie konnte ich das alles nicht gewusst haben?

Laura schaute zu Ashton auf – sah ihren Sohn an. »Du hast Sarah umgebracht? Und George hat alles auf die italienischen Zwillinge geschoben, um dich zu schützen?«

»Eher um den Ruf von Altus zu schützen«, sagte mein Dad. »Die Mädchen waren das perfekte Alibi.«

»Mädchen?«, fragte ich.

»Die Esposito-Zwillinge. Sie waren erst vierzehn. Das Gestaltwandeln hat auf weibliche Zwillinge viel heftigere Auswirkungen, sie verlieren eher die Kontrolle und um einiges heftiger.« Ich dachte an Ember und unterdrückte ein Schluchzen.

Ashton trat einen Schritt auf Laura zu. »Es war nicht mein Fehler ... die Mutationen waren der Grund. Ich habe nicht verstanden, was mit mir passierte, und habe die Kontrolle verloren, ich wollte nicht ...« Er drehte sich zu Max um und ballte die Hände zu Fäusten. »Warum erzählst du uns das jetzt, Max?«

Etwas in Ashtons Blick ließ meinen Dad einen Schritt zurücktreten. »Ich habe es selbst erst vor ein paar Tagen herausgefunden«, sagte er. »Ich hatte nicht vor, auch nur ein Wort darüber zu verlieren, aber dann hat dein Vater mich gefeuert, ohne auch nur einen Gedanken an all das zu verschwenden, was ich über die Jahre für ihn getan habe! Warum sollte ich jetzt noch den Mund halten und seine jämmerlichen Geheimnisse schützen?«

Mein Dad kam auf mich zu, und Cam versuchte aufzustehen. »Cam, nein«, flüsterte ich und drückte ihn sanft wieder zu Boden. »Es ist okay.«

Mein Dad warf einen kurzen Blick auf die blutige Jacke, die Cam an seine Seite drückte, und für einen Moment wirkte er erschrocken. Dann riss er sich zusammen und streckte die Hand aus. »Tori, bitte. Lass uns das alles vergessen. Altus, George, die Fehler, die wir alle gemacht haben. Lass uns wieder eine Familie sein.«

Ich schüttelte den Kopf. »Wir waren nie eine echte Familie.« Ich schaute auf Cam herunter und sah, dass er jetzt die Augen geschlossen hatte und noch schwerer atmete. »Ich werde Cam nicht verlassen.«

»Sie hat recht«, sagte Ashton, »ihr wart nie eine echte Familie. Mein Dad – George – hat dasselbe gesagt. Die Art, wie du Valerie behandelt hast, wie du …«

Mein Dad warf Ashton einen bösen Blick zu. »Muss übel sein, wenn das Mädchen, das man liebt, lieber mit einem Freak zusammen ist, was?«

Ashtons Miene wurde zornig, und er schlug meinen Dad direkt ins Gesicht, sodass er bewusstlos zu Boden fiel. Für ein paar Augenblicke blieb er über ihm stehen, ballte wieder und wieder die Hände zu Fäusten, bis Cam aufstöhnte. Laura und ich schauten nach unten und sahen, dass er noch bleicher geworden war.

»Es geht ihm nicht gut«, flüsterte Laura. »Wir müssen etwas unternehmen, ansonsten …«

»Nein«, sagte ich und sah hinunter auf seinen nackten, bewusstlosen Körper – wie bei unserem ersten Treffen. Er durfte nicht sterben. Doch das Leben verließ seinen Körper. Ich hörte meinen Puls in den Ohren, und mein Gesicht wurde heiß, als würde mein Körper versuchen ihn mit meinem Leben zu wärmen. »Cam!«, sagte ich und schüttelte ihn. »Wach auf, Cam. Du musst aufwachen. *Ich liebe dich.*«

Ashton schüttelte den Kopf, als er mich das sagen hörte, und wich schnell von uns zurück. Laura sprang auf, und ihre Augen waren voller Tränen. »Nein, Ashton, bitte geh nicht! Du kannst ihn retten!«

Er zögerte. »Ihn retten?«

»Drillinge«, sagte Laura. »Ihr teilt dieselbe Lebensenergie. Deine Brüder haben im Mutterleib Stärke von dir abgezogen, deswegen warst du nach der Geburt so schwach. Deswegen sind Cam und Seth so stark, stärker als andere Gestaltwandler. So stark, dass selbst veränderter Abeo-Staub sie nicht aufhalten kann. Deswegen konntest du dich verwandeln, als Cam dich berührt hat, wie Olivia es konnte, wenn Ember sie berührt hat. Wenn du ihn anfasst, vielleicht …«

»Es wird nicht funktionieren«, sagte er und wollte gehen.

Laura streckte die Hand nach ihm aus, aber er zuckte vor ihr zurück. »Du bist mein Sohn, du bist ein guter Kerl. Was passiert ist, war nicht dein Fehler, niemand hat dir gezeigt, wie du mit deinen Kräften umgehen musst. Cam ist dein Bruder, Ashton.«

Er sah für einen Moment auf Cam herab, dann blickte er zu mir, und in seinen Augen flackerten Gefühle auf. Ich hatte zu viel Angst, etwas zu sagen, das ihn vielleicht vertreiben würde. Stattdessen sah ich ihm tief in die Augen und flehte ihn wortlos an.

Er kam auf uns zu, und Erleichterung machte sich in mir breit. Laura trat neben Ashton und legte ihm eine Hand auf die Schulter. Er ging in die Hocke und starrte Cam an, die unterschiedlichsten Gefühle huschten dabei über sein Gesicht. Dann legte er schließlich eine Hand auf Cams Wunde und schloss die Augen. Er fing wieder an zu schimmern, und ich lächelte, als Cam ebenfalls anfing zu schimmern. Sie sahen wunderschön aus im Licht des Vollmondes, mit den silbernen Sternen über sich, die sich mit ihren Umrissen zu verbinden schienen.

Ich schloss ebenfalls die Augen und umklammerte den Anhänger um meinen Hals. Bilder der Momente, die ich mit Cam verbracht hatte, schossen mir durch den Kopf. Diese erste Nacht auf dem Feld. Die Art, wie er mich auf dem Jahrmarkt angesehen hatte. Sein Lächeln, als er von seinem Dad erzählt hatte. Der traurige Ausdruck in seinen Augen, wann immer er Seth erwähnte. Windräder und Discokugeln und Traubensaft und Kronleuchter. Das konnte noch nicht alles gewesen sein. Ich brauchte mehr Bilder, mehr Zeit mit Cam.

Es muss funktionieren. Cam muss leben.

Nach ein paar Minuten zog Ashton seine Hand von Cams Wunde, und ich konnte sehen, dass kein Blut mehr austrat. Cam öffnete die Augen, sah mich an, und pure Euphorie überschwemmte mich. *Es hat funktioniert!*

»Tori«, flüsterte er. Ich lehnte mich zu ihm und küsste seinen Hals. Sein Puls war stark und gleichmäßig unter meinen Lippen. Er sah auf seine Wunde hinunter. »Wie …?«

»Ashton«, flüsterte ich.

Er runzelte die Stirn. Ashton stand auf und wandte sich ab.

»Geh nicht, Ashton«, sagte Laura und berührte sanft seinen Arm. »Ich kann nicht noch einen Sohn verlieren. Nicht dich *und* Seth.«

Er schaute auf ihre Hand und biss die Zähne zusammen. »Du hast Seth nicht verloren. Er ist in Finnland, an einem Ort namens Iso Syote, westlich eines Skigebiets. Die Sicherheitsmaßnahmen werden nicht mehr so streng sein, jetzt, wo George den Großteil seines Vermögens verloren hat. Wenn ihr euch bald auf den Weg macht, könnt ihr ihn dort befreien. Dann hast du sie beide zurück. Ist das nicht genug?«

»Nein«, antwortete sie. Aber Ashton löste sanft ihre Hand von seinem Arm, dann drehte er sich zu mir. Seine blauen Augen funkelten wild, und plötzlich sah ich so viel von Cam darin. Dieselbe Intensität, dieses pure Gefühl. Dann wandte er sich ab und verschwand in der Dunkelheit.

Laura wollte ihm folgen, aber Cam humpelte hinter ihr her und legte ihr eine Hand auf die Schulter. »Lass ihn gehen. Er muss damit erst mal selbst fertig werden.«

Ich trat im Mondlicht zu ihnen. »Ich kenne Ashton«, sagte ich. »Er wird uns eines Tages suchen kommen.«

Cam schlang seine Finger in meine und starrte mir tief in die Augen. »Uns? Heißt das, du kommst mit?«

»Ich kann dich nicht verlassen.« Ich sah auf die bewusstlose Gestalt meines Dads herunter. »Und ich kann nicht zurück zu ihm.«

»Du wirst ständig auf der Flucht sein«, meinte Cam, während sich seine smaragdgrünen Augen in meine bohrten.

»Wenn ich mit dir zusammen bin, fühlt es sich nicht an wie eine Flucht. Es fühlt sich an, als wäre ich zu Hause.«

Er lächelte und sah zum Himmel. Wolken zogen auf. Als wir die ersten Tropfen auf unserer Haut spürten, drückte Cam mich an sich.

»Dann ist es Zeit zu gehen«, flüsterte er mir ins Ohr. »Zeit, Seth zu finden.«

Und er begann zu schimmern.

Danksagung

Ich möchte mich bei meinem Schwager James Buchanan bedanken, der mir Einblick in den Bereich Nanomagnetismus gewährt hat, sowie bei Kevin McAllister für sein Wissen in Verfahrenstechnik. Viele meiner Einsichten im Bereich der erneuerbaren Energien verdanke ich dem Buch von David JC MacKay, *Sustainable Energy. Without the Hot Air*.

Meiner Agentin Dorie Simmonds möchte ich auf persönlicher Ebene Danke sagen – für ihre Kompetenz und ihre Begeisterung. Meiner schriftstellerischen Seelenverwandten Elizabeth Morris danke ich ebenfalls, und natürlich auch Angela Cranfield und Emma Cash für ihre Adleraugen. Und zum Schluss gilt mein Dank meinem Mann Rob Buchanan für seine Unterstützung und sein Verständnis.

Melissa Marr

Gegen das Sommerlicht

Roman. Aus dem Englischen von Birgit Schmitz. 352 Seiten. Piper Taschenbuch

Von klein auf kann Ash Elfen sehen, menschengroß, unheimlich, manchmal zudringlich – von klein auf hält sie diese Gabe aber geheim. Einer der Elfen, Keenan, beginnt ihr zu folgen, wohin auch immer sie geht. Wann immer er in Ashs Nähe ist, spürt sie Sommerlicht auf der Haut und riecht den Duft wilder Blumen. Doch da ist auch dieses Gefühl von Bedrohung. Ash und ihr Vertrauter Seth entdecken eine Welt voller seltsamer Regeln und Gefahren, und bald erkennt Ash, dass nicht nur ihre Zukunft mit Seth auf dem Spiel steht ...

»Ein erstaunliches Debüt, leise ironisch, mit filmreifen Dialogen.«
Espace

05/2609/01/L

Melissa Marr

Gegen die Finsternis

Roman. Aus dem Englischen von Birgit Schmitz. 336 Seiten. Piper Taschenbuch

Die unwiderstehlich magische Lovestory! Lelsie und Ash sind beste Freundinnen, aber sie könnten nicht unterschiedlicher sein. Ash ist die Sommerkönigin der Elfen, Leslie das Schattenmädchen des Königs der Dunkelelfen – die eine strahlend wie die Sonne, die andere dunkel und von Selbstzweifeln zerfressen. Als Leslie dem geheimnisvollen Irial begegnet, scheint er die Antwort auf all ihre Wünsche und Sehnsüchte zu sein. Doch Irial ist ein Dunkelelf, der das junge Mädchen unweigerlich in seine Welt aus Intrigen und Tränen hineinzieht.
Bald erkennt Leslie, dass sie sich aus Irials Bann befreien muss, bevor es zu spät ist.

»Ein atemberaubendes Märchen!«
Romantic Times

05/2608/01/R

Stephenie Meyer

Biss zum Morgengrauen

Roman. Aus dem Amerikanischen von Karsten Kredel. 512 Seiten. Piper Taschenbuch

»Es gab drei Dinge, deren ich mir absolut sicher war: Erstens, Edward war ein Vampir. Zweitens, ein Teil von ihm – und ich wusste nicht, wie mächtig dieser Teil war – dürstete nach meinem Blut. Und drittens, ich war bedingungslos und unwiderruflich in ihn verliebt.« Edward bestimmt bald Bellas Leben, doch damit schwebt sie fortan in ständiger Gefahr … Die Geschichte von Edward und Isabella begeisterte auf Anhieb weltweit und wurde ein internationaler Bestseller. Stephenie Meyers Debüt ist so romantisch wie spannend und fesselt bis zur letzten Seite.

»Ein Schmöker zum Träumen und Schwärmen.«
Der Tagesspiegel

05/2310/02/L

Karen Chance

Dämonisch verführt

Roman. Aus dem Amerikanischen von Andreas Brandhorst. 400 Seiten. Piper Taschenbuch

Dorina ist ein 500 Jahre alter Dhampir – halb Mensch und halb Vampir –, verdammt sexy und fällt öfter mal durch unkontrollierte Zornausbrüche auf, um nur ein paar ihrer ungewöhnlichen Markenzeichen zu nennen. Als ihr Onkel Dracula aus seinem Gefängnis entkommt, muss sich Dorina mit dem gut aussehenden Vampir Louis-Cesare zusammentun. Vampire und Dhampire sind zwar Todfeinde, und Dorina arbeitet sowieso lieber allein – doch gegen ihren berüchtigten Onkel Dracula muss sie jede Hilfe annehmen, die sie kriegen kann. Rasante und verführerische Urban Fantasy für alle Fans von Cassie Palmer!

05/2585/01/R